李树下的家

周光敏——著

李子是我的血液　我与她们一起脉动

李树是我的根　李花是我的心灵

天津出版传媒集团

天津人民出版社

图书在版编目（CIP）数据

李树下的家 / 周光敏著. —— 天津：天津人民出版
社, 2024.2

ISBN 978-7-201-20261-7

Ⅰ.①李… Ⅱ.①周… Ⅲ.①诗集 – 中国 – 当代②散
文集 – 中国 – 当代 Ⅳ.①I217.2

中国国家版本馆CIP数据核字（2024）第052172号

李树下的家

LISHUXIA DE JIA

出　　版	天津人民出版社	
出 版 人	刘锦泉	
地　　址	天津市和平区西康路35号康岳大厦	
邮政编码	300051	
邮购电话	（022）23332469	
电子信箱	reader@tjrmcbs.com	
责任编辑	岳　勇	
装帧设计	燕　子	
印　　刷	四川科德彩色数码科技有限公司	
经　　销	新华书店	
开　　本	710毫米×1000毫米　1/16	
印　　张	22.5	
字　　数	356千字	
版次印次	2024年2月第1版　2024年2月第1次印刷	
定　　价	48.00元	

李子花开春时节

江水如蓝

　　本书作者在网络上用文字写作时，和我成了相处多年之久的文友，她在 QQ 空间写作时叫"云雾山中一棵草"，在微信朋友圈叫"云雾草叶"，我们都亲切地叫她"草草"或"草"。2017 年 4 月，她从遥远的贵州，跨越万水千山，来到江南温婉的苏州，我为她的执着和勇敢感动。我们在太湖边徜徉，在天平古枫林穿行，在相门河边漫步，在古镇周庄放飞……一起度过了快乐、难忘的时光。

　　人生，只有物质和精神的交融，才能使生命之树满眼绿色，充满生机。

　　她来时，说她那里的李子刚刚结上青涩的果实。

　　苏州很少种李子了，或者说，我只识梨花，而不识李花。贵州好友发来了李花图片，让我知道李花和梨花一样的洁白，一样的五瓣，一样有芬芳的花蕊。只是梨树枝条是直伸形的，没有李树横向参差似的优美。她们那里遍种李树，现在这个季节，漫山遍野，如飘着白云。

　　我能想象在这样的季节，在盛开的李子花间穿行的兴奋和激动。因为从她发来的图片中，我读出了她内心的这般感受，还有一份对家乡的挚爱和骄傲。她常说，如果我有可能，在李子花盛开的现在，到她们那山坡上走走，感觉肯定不错的。

　　这当然啦！城市生活久了，心也变得粗糙和干涸了。能在满坡的绿草丛

中走走，已经够奢侈了。何况有满树洁白的李花，而且花瓣洒满了一身。

　　她是一个快乐的文学爱好者。她的散文和诗歌，她对生活的体验，总是充满着李花盛开似的欢乐。她拍的李花图片，从选取的角度，光线的运用，甚至于从发送的迫不及待上，都能感受出她对季节的感悟和对生活的热爱。那天，我读到她的一首诗，写的是李子花，其中有一小节是这样写的：太阳，轻轻爬上李子树梢／初生的花苞笑逐颜开／谁也不知道三月时／它会奉献多少朵花／想象那孩子般的心性／一点温暖就灿烂到又笑又哭……写的虽然是李子花，其实更像她的个性，只要有一点阳光，就灿烂得可以。

　　人应该是这样的。我们都风尘仆仆地活在这个世上，不要在不喜欢你的人那里丢掉了快乐，在喜欢你的人这里忘记了快乐。生活中应该努力寻找到那朵快乐的云，不要多，一朵就足够了。

　　李子花开春时节，我百度了一下"李花"。"李"，又名玉梅，古称嘉庆子，为蔷薇科落叶小乔木。嘉庆子，多么熟悉的名字，不由心里一热。小时候农历的六月初，古镇的小街，到处有卖嘉庆子的农妇。因为价廉，它是我喜欢的水果，甜中带酸，非常爽口。现在没有了，心底不由弥漫起对那一段少年时光的怀念。幸好在贵州那个山区，还保留着我那一份宝贵的记忆。

　　那年，她寄了一箱李子给我。我特别兴奋，一下子吃了八颗，的确很甜。我还写下了这样的文字：

　　仿佛一步回到了少年，曾经吃惯了的李子，这个季节，疯狂地四处寻觅，如寻找传说中的再生石，企图把失落的岁月串起。然而，人在物非，往事依稀，沧海已成桑田。李子，随同消逝的青春，影踪难觅。突然，楼下一声"快递"，纸箱中，载满着曾经的时光：清鲜、单纯、阳光、青涩。每颗李子镌刻着自己经历的往事，涂满了单纯的快乐时光，谢谢你，远方的朋友！在贵州的山区，想不到，把我一生中最美好的年月，保存在她那里，今天，我要好好地品尝，回味一遍早已远去的日子，还有少年时，那一丝懵懂的初恋。

　　愿草草的李子虽然略带酸涩，但永远甜蜜，伴随她一生。

　　愿她喜爱的文字也如是。

2022 年 3 月 20 日于苏州

山径上的微光伴我守乡

　　我出生在位于绥阳县城西北的天台山脚下。背后靠山，前面有一片田野，再远处是一处工厂，我的小学学校也在旁边。

　　从小，我便在这里打猪草，放牛，上学，长大。即便参加工作后，也时常回乡，因为父母一直住在这里。中间有几年由于母亲去世，父亲搬进城里，家里的房屋便空置下来。后来父亲看到我家房屋实在破旧，要我们兄妹几人改建成了砖混房屋，我重新迁回来居住。此时的生活与童年时候相比，发生了巨变。不管如何变化，后山上的李树、野花、小鸟、山径、石头依旧。

　　胞衣之地，有山、有水、有和睦的乡邻，让人安心，一些小诗情，丰富心灵。

　　五月是一个丰盈的季节，枇杷已黄。野生那树供鸟啄食，家种那棵给人采摘，不知哪只雀儿不守规矩，把所有的果实都钻了一个洞，大家对那些甜蜜的侵略一笑了之。

　　阳光照耀时，远远看去，茂密的李树林闪闪发光。每一株树都藏有鸟鸣，却找不到它的窠，其实是你没有用心吧，像你喂养在山窝窝的鸡鸭，都藏有蛋，温热的，刚好够一条菜花蛇一顿午餐。算了，放它们一马，生存不易。燕子剪雨，筑巢，在屋檐下双双飞进飞出，却惧怕人的脚步声，给它们搭一块篾笆，便是屋基，它们在上面生儿育女，或者打坐，缩短人类与飞禽之间，那些不可触摸的神性距离。

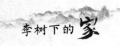

清晨，我在梦中被叫醒，一只噪鹃在高声朗读清晨，无法确定它是不是去年那只。时光不曾改变它的音质，我们都在歌唱现在，或者呼唤未来，以期达到某种深邃。青山在笑，布谷鸟和野蔷薇分享碧绿，映入溪水的青涩果实倔强而洁净；狭路相逢一条狗儿，睁着温良的眼睛；放眼山峦，总有几缕炊烟，缓缓地接近天空；啄木鸟的小鼓，不停敲打岁月，让山里人家不懈努力地，盘桓于此。

栽树，这些怀抱希望的人，种庄稼成了生活的调剂，那些久远的植物，渐渐走出山坳。年轻人不是跑网约车，就是开餐馆。一座又一座乡村小庭院，除了美，还有宁静，隐藏在树林中的灯火，照亮了夜行的灵魂，一代人有一代人的生活之路，小心看护吧，幽静的山谷和我们始终保持缄默的命运。

有时候想起来，这片山地确实繁复：猫头鹰站在梧桐树上享受孤独，松鼠动作敏捷不亚于猴儿，蜂鸟专与花蕊作对，锦腹野鸡自恋于草丛，小溪打破午夜的宁静，一只傻麻雀一头撞在铁栏杆上，葬身花盆，生死都是平常事。

我在这里，春夏秋冬有鸟鸣的地方，一条山径通往天台山，通向更广阔的天地，我走出去，又回来。山径旁有我至亲的坟茔，即便他们不在这个世界上，感觉仍旧没有远离。愚痴这条山径，不在乎时光流逝。有太阳透过树林照射下来，滋润心灵，生发诗意，丢弃寂寞，驻守故乡。

2022 年 11 月 16 日

散　文

◆浮光掠影

打李子 / 3

坝坝电视 / 5

秋天的藤蔓 / 7

十四岁那年的雪 / 9

你曾经来过我的世界 / 12

红叶，是一场思念 / 14

玉想，想玉 / 16

做一尾幸福的小鱼 / 18

向往上海 / 19

对于大自然的一些断章取义 / 21

殷殷土地心 / 28

两元小菜 / 30

朴素的菜 / 31

我们只说日常事 / 33

杏落一地 / 36

追　荷 / 37

病房小读 / 39

初冬絮事二则 / 41

等候千年，只为一睹你的风采 / 44

长不大的少年 / 46

春　雪 / 49

我从你的童年路过 / 51

说"粉" / 53

叶落了，我不再寂寞 / 55

我的梦 / 57

山风掠起树的涟漪 / 60

大房子 / 62

我的邻居李百顺儿 / 63

盼 / 65

乡村腊八 / 68

大山里的那些事儿 / 71

火炉的温度 / 74

接　机 / 76

订　婚 / 78

赶　秋 / 80

听　雨 / 82

六点出发 / 84

田野时光 / 86

贱　命 / 88

书法小爱 / 90

甜蜜的人 / 91

打糍粑 / 92

油菜花开 / 95

奢侈的周末 / 96

我家团圆饭在正月初二 / 98

十月，我想谱一曲工作恋歌 / 100

那个喊我幺姐的人去了 / 102

野棉花 / 104

我的小学校 / 106

菊花女子 / 108

洋芋粑粑里的记忆 / 110

与一粒种子不期而遇 / 112

包裹上的独角辫 / 113

城市之光 / 115

朴实的人 / 117

素年锦时

　　——写给2020年的最后一天 / 119

雅泉觅珠 / 121

生豆芽 / 124

初夏的雨 / 126

清明琐忆 / 128

◆ **血脉证据**

青青竹笋端午情 / 133

余家院子 / 135

街灯如星 / 137

送　机 / 139

老照片里的年味 / 140

错　过 / 142

春节，在平凡的烟火气里升华

　　——虎年春节日记 / 144

崇拜你，周家秀秀 / 159

绥阳的月亮纳雍圆 / 161

母亲的背篼 / 164

遥寄天国的母亲 / 167

姐姐板凳 / 171

芒种时，我吃到了麦李 / 173

◆**读与听**

在你起飞前，让我们来谈谈爱
　　——观古巴电影《飞不起来的童年》/ 175
冬牧场里的小团温暖与安宁
　　——读李娟《冬牧场》有感 / 177

萧　萧 / 179
九棵或更多的树 / 180
"青春鸟"，从未折断他们渴望飞翔的翅膀
　　——读白先勇小说《孽子》札记 / 183
萧红的幸与不幸 / 186

◆**现代诗**

麦李子 / 191

我 / 192

残　雪 / 192

立春前的菜园子 / 193

腊月纪事（组诗）/ 194

一片牵牛花叶子 / 197

窗　花 / 198

致渐行渐远的年 / 198

车　站 / 199

周家坳口 / 199

小河断流 / 200

母　亲 / 201

公牛栏 / 202

将晒坝还给草 / 202

梨树的归宿 / 203

郑表叔 / 204

黄婆婆 / 204

四川女人 / 205

地主娃儿 / 206

依山而建的马家湾 / 206

花布鞋 / 207

长长的心思在岔路口分道扬镳 / 208

数星星 / 209

一条小溪从我门前流过 / 209

黑暗中流淌的友谊 / 210

李子花开 / 211

太阳的味道 / 212

村庄站在半山腰 / 212

乡村少女 / 213

腊　月 / 214

邻家女人 / 214

雪 / 215

九月一日 / 215

见　面 / 216

五　月 / 217

春天落叶 / 217

弹花匠 / 218

俯瞰立交桥 / 219

攀　缘 / 220

六月雨 / 221

凌霄花 / 221

被风洗净的天空 / 222

郑场酸汤抄儿 / 223

柏树上的交响乐队 / 224

夏雨，摧折了一棵樱桃树 / 225

半是星光半是夕阳 / 225

天台山，又是一季李花节 / 226

稻谷，会在中秋时抵达 / 231

端午节礼物 / 232

和鸟儿一起醒来 / 232

月季发芽了 / 233

三棵树

　　——遇见的偶然性和必然性 / 234

从鱼塘边路过 / 235

隐秘者 / 235

雪　人 / 236

春风吹不化阴暗角落的冰 / 237

这天，其实不适合谈"哭泣"

　　——观电影《我是奴隶》有感 / 238

春日之声 / 239

梨花掉下一串泪 / 243

零下三摄氏度 / 244

喧哗的白 / 245

梦知道 / 246

听说寒潮要来 / 246

穿越寂静的对话

　　——读袁凌《寂静的孩子》有感 / 247

小布袋 / 248

时间会宠爱所有平凡的生命

　　——致女邻居姐姐 / 249

老砂锅 / 250

在蝉的声浪上浮游 / 251

七月雨 / 252

回　家 / 252

夏日，田野拾晨景 / 253

老哥俩 / 254

七夕书 / 255

靠近你，温暖我 / 256

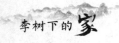

时间深处，落叶无声 / 257

老照片 / 258

我的诗 / 259

刀 / 259

一朵任性的花 / 260

读　字 / 261

野　菜 / 261

最后的证人 / 262

重新规划我中年的花园 / 263

天台寺听雨 / 264

躺在秋天里的记忆 / 265

用什么来养活我们的爱情 / 265

越来越沉默 / 266

爆米花 / 266

辣蓼草 / 267

守望傍晚的幸福 / 268

田野的叹息 / 269

傍晚时分，我成了甜蜜的人 / 269

突兀的树 / 270

春日，在诗歌里沦陷 / 271

秋收酿 / 271

重　阳 / 272

致未来的大王

　　——侄孙小豆豆初入幼儿园纪念 / 273

小雪，收秋 / 274

已是十二月了 / 275

一棵蜡梅树 / 275

哥哥的酒神 / 276

那时，我们围坐在一起 / 277

冬　趣

　　——兼致长篇小说《小妇人》 / 278

冬日素描（组诗） / 280

白　菊

　　——悼友胡佳永中年即丧 / 282

篾　货 / 283

追　年 / 283

我和我母亲 / 284

女诗人 / 285

镰刀记 / 286

三月初三，在天台山脚下遐想 / 287

致我们 / 288

谷　雨 / 289

一本字帖 / 290

原　谅 / 291

祖祖妈妈 / 292

八月速写 / 293

诗婆婆 / 293

秋天的原野 / 295

今夜，我想念德令哈 / 296

荣誉证书 / 297

她 / 298

立春之夜，我读洛尔迦 / 299

◆**散文诗**

钟情于秋天里的一些植物（组章）/ 300

重阳节的阳光 / 302

深夜，听《蓝眼泪》/ 303

雨中放牧 / 303

鸡鸣报时 / 304

一切事物，都在来中秋的路上（组章）/ 305

朝着太阳的方向飞行

　　——题周齐梅女士天鹅摄影图片 / 309

二月雨 / 309

一座山的春天 / 310

◆**歌　词**

诗之恋 / 312

海椒花儿开 / 313

二胡恋歌

　　——为绥阳女子二胡班而作 / 314

◆**诗　词**

忆苏州天平山红叶 / 315

春　逝 / 315

放纸鸢 / 315

苔（七首）/ 316

螺江春绿 / 317

天香园观牡丹 / 318

忆　梦 / 318

天台山观雪 / 318

雪　景 / 318

茶　花 / 319

思　梦 / 319

公馆桥 / 319

双河人家 / 319

观探索与发现专题片《国家宝藏》三

题 / 320

永兴茶场观茶海 / 321

湄江晚景 / 321

清明小雨谢春天 / 321

致天台山李子花 / 322

采酒曲 / 322

四月过祁连山 / 322

春末游莫高窟 / 323

贺父亲九十寿辰 / 323

雨中寄情 / 323

崖畔花 / 324

重阳节感怀 / 324

油菜花开 / 325

清　明 / 325

赏牡丹 / 325

游种植废园 / 325

谷雨行 / 326

采春茶 / 326

暮　春 / 326

庚子年闰四月初之秧田 / 326

又到端午 / 327

寄蓝莓园 / 327

与狗宝的缘分 / 327

遵绥两地姐妹缘聚红河村 / 327

游韭菜坪二首 / 328

废园赏桂 / 329

仁怀之行·夜过楠竹林公园 / 329

八月瓜 / 329

初冬暖阳 / 330

小寒，遇梅 / 330

野樱花 / 330

云帏蕴酒醇 / 330

早春植树 / 331

备春耕 / 331

夏日田野拾晨景 / 331

中秋夜怀想 / 332

中秋，山中行随感 / 332

写给邻家大姐 / 333

整理老父照片 / 333

孟夏农家 / 333

老父葬礼毕 / 333

秋分喜雨 / 334

采桑子·天台山森林公园见闻 / 334

采桑子·感秋 / 334

采桑子·深秋时节遇种菊女 / 334

采桑子·冬日，误入一片茅草丛 / 335

减字木兰花·荻花 / 335

减字木兰花·悼友 / 335

少年游·生辰自题 / 335

喜春来·春节前熏腊肉 / 336

虞美人·新春曲 / 336

虞美人·春雨 / 336

如梦令·传承青绿 / 336

采桑子·思父 / 337

减字木兰花·种茶人家 / 337

桂殿秋·纷飞的银杏叶 / 337

极相思·冬夜 / 337

◆**后记一**

李花深深是归处 / 338

◆**后记二**

我相信，一切都是有伏笔的 / 340

SAN WEN

散文

打李子

　　到了大暑时节前后，我总是会邀请朋友们：走，到我家打李子吃去。此时，我们家所在地天台山的李子大量上市，县城里遍街都是，便宜得很，但亲手摘摘总是乐趣无穷。

　　这里要特别说明一下，我们说采摘水果，总喜欢说"打某某"。比如打杨梅、打枇杷、打梨、打柑子等。其实，对于树上的水果，哪里经得起"打"这样的猛劲？比如杨梅，水分那么多，又没有外壳包裹，轻轻摘也要破的。即便稍微皮实些的李子、梨、枇杷，也不适合"打"，适合"采"或"摘"。总之，口头语说"打"，是有语境的，面对硕果累累，忙于丰收，说话也就没有那么讲究，手上"摘"的动作也没有那么文雅——"打"字有爽快又高效的意义了。要是真用竹竿打，掉地上全摔坏，除非是过于成熟或在树上就坏掉的。果子健康的，即使打，它们也牢牢吸附在枝上，不愿离开树的。

　　我上百度查询，看看哪位著名画家画过李子没有，结果令我失望。倒是那核大肉少的枇杷，在齐白石的笔下，有着"五月枇杷满树金"的吉祥色彩。而对气候、土壤适应性极强的李子，却是入不了画家的法眼。关于李子的文字，西晋傅玄在《李赋》中写道"潜实内结，丰彩外盈，翠质朱变，形随运成，清角奏而微酸起……"，这是指由绿到红的李子。而我们天台山的李子，以翡翠绿和宝石黄为主，那些立在枝头的小可爱，被称为苦李子。

　　天台山的李子，在本地是小有名气的。只因此地山势较高，利于排

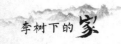

水，光照好，不知从什么时候起，人们都喜欢栽种李树，所以遍山都是。春来花满山，如吉祥的云朵降临山坡，夏来果满园，引众声喧哗。此时，李子正泛着青黄的颜色，不再苦，而是甜脆略带酸，再过几天，就开始变黄变软，皮与肉分离，适合掉牙齿的老人和婴儿吸吮，鸟儿也喜爱上了，呼朋唤友，飞来飞去地啄食。所以乡邻们要赶在李子变软前把大部分摘掉卖了，累并快乐着，哪里还讲究"打"与"摘"的区别呢。

曾经，在这个季节，全家人出动，打下李子后用人力车运到县城或附近乡镇去卖。再为小孩换来新鞋、新衣、学费，还有喷香的猪肉，再添些米。现在的城市化进程加快后，许多乡邻也靠这李子增加些收入。我们家的李子除了自己吃以外，主要用于"李子外交"，家里十多口人，老老少少邀请自己的朋友前来分享打李子的快乐。有一天，一帮诗友来打后，兴奋得写了一组同题诗。

其乐无穷的同时，我们没有忘记，家园的李子树栽种发起人——父亲。以他现在的精力，不过是每天在院子里慢慢地走走看看，再吃不多的几颗。这就是"前人栽树，后人乘凉"的意味吧。

坝坝电视

或许，你听说过坝坝电影，却没有听过坝坝电视。

最早看坝坝电视，大约是在二十世纪八十年代。在工人宿舍区，每隔几幢楼，便在空地上装有一台电视机。电视屏幕或许是十五寸或许是十七寸，被一个铁皮箱锁着，到了晚上七点由专人打开，供厂里工人师傅和家属们观看。我们居住在附近农村，自然对电视好奇极了，也不知道那些不停变换的画面是从哪里来的，最初是黑白，后来变成了彩色。周末时，晚饭后便往厂里跑。站在工人们座位的后面或者边上，凭着孩童的眼力神，远远地观看也很清楚。印象最深的是观看电影《海外赤子》，那首插曲《我爱你，中国》，高亢而优美的歌曲令人陶醉。这首歌至今盛唱不衰，我们有幸在第一时间听到。

电视机上的两根天线像是电视机的触须，接收来自神秘夜空中的电视信号。信号不好时，电视机屏幕就呈黑白点点，喳喳喳地响，要将天线拨弄拨弄，找到最佳信号后，画面才稳定下来。画面虽小，我们却看得津津有味，对电视机充满了神往。

后来，农村土地承包到户，农民们在自家土地里辛勤劳动，喜获丰收，迅速解决了温饱问题，对知识的渴求，对外界的渴望，是那么迫切。在这样的背景下，我二哥稍有积蓄后，便买来一台旧黑白电视机，很小，信号不好，让人着急，即便如此，家里常常拥满了人。不久后，二哥下决心换了一台彩色电视机。

夏天的傍晚，暑气渐渐消散，太阳的余晖在山后隐去。我们将小方桌搬到屋檐下，电视机抬到桌子上，调好频道，院坝安放了几根长凳独凳，还泡一大缸茶，供人们随便喝。新闻开播后，差不多已经坐满了一院坝的人。小孩子们没有位置，只好爬到院坝边的李子树上看。肖家二爷、郑治文表叔、李思秀婶婶、长生、百岁等人，每晚必到场。其实，肖家二爷坐在那里，一会儿就鼾声迭起，没有多少文化的他，看不太懂电视内容，但他喜欢这样的氛围，直到电视里出现"再见"二字，才起身回家。郑治文表叔是个老高中生，有文化，人也聪明，年少时爬树摔下，脊骨折断，医治不良，成了驼背。有时，他会给看不懂电视的人讲解一下。

晚上八点，电视剧准时开始。《霍元甲》《上海滩》《血疑》等，每天两集，总让人观之不足，意犹未尽。霍元甲的拳头打在入侵者身上，大快人心；《血疑》里的亲情爱情，无私奉献，让人泪流满面。山口百惠，一个美丽的少女，用温情，撞击着从粗粝时代过来人的内心。中国电视剧发展迅猛，四大名著搬上了电视，按时收看，成了我们一天中最美的向往和最快乐的事。电视里播放的电影和动画片，充满了正义感和人情味，更有一种积极向上的力量鼓舞着我们。东方歌舞团那些外国舞蹈和歌曲，让人大开眼界。——原来，世界是这么精彩！

那时，很羡慕外国那广阔的森林、牧场，火车和公共汽车上每人一个座位，每家每户一至两辆汽车，要乘飞机随时可以起飞。

中国女排第一次夺冠、1984 年的洛杉矶奥运会中国获得了 15 枚金牌，更是让大家兴奋不已，为中国体育健儿骄傲自豪！那几天晚上，乡邻们将院坝挤得水泄不通。

随着百姓生活逐渐富裕，家家买上了电视机，坝坝电视的现象消失了。电视上所看到和向往的生活在一一实现。回首时，令人感叹不已。社会发展，日新月异，人民生活水平的提高，与国家发展息息相关。我不由得在心里时常祝福：愿国泰民安直至永远！

曾经的坝坝电视，在乡村拉开了一个多彩的新时代，起到了传播文化、引领人心的作用。那时，我正值青春年少，人生轨迹从坝坝电视的夜晚，弹好了淡淡的墨线，一直向前，向前。

如今，进入了大数据时代，即便在偏远的乡村，人们也能随时随地拿起手机、打开电脑通过网络观看世界杯足球赛直播。只是，我们仍然不会忘记，因为有了那令人精神振奋的最初的坝坝电视，才有了今天的随处可以观看的网络电视。

秋天的藤蔓

那句"瓜棚豆架雨如丝"时不时地会在心里萦绕一下，想想都美：瓜果闲适地挂在棚上，豆荚下垂，秋雨绵绵，一滴一滴往下滴，日子是如此缓慢悠长，思绪是如此沉静，无须急着赶路，不急于让天下人都知道自己，甚至不急于时针已经指向下午六点，起身去做一顿可吃可不吃的晚餐。

到底日子是要过的，时光是要往前走的，没有那么多闲工夫在瓜棚豆架下滞留。在忙碌之余，看看那些爬上架，爬上树，甚至爬上窗的藤蔓植物，倒有许多的感想，这日子过得快哩，秋天真的来了。

如果都把藤蔓植物比作攀援附会的势利眼来进行讥讽和打击，这大自然没法活了。毕竟每一种生命都有自己的生存法则，所以这个世界才如此丰富多姿。

从窗口望出去，南瓜藤爬上了李子、桃子树。它很聪明，不会去爬高大的柏树，也不会去爬纤细的竹子竿。南瓜果实大，沉重，爬高了摔下来就坏，依附物不结实，摔下来也坏。南瓜藤保护着自己的孩子哩。佛手瓜藤嘛，也喜欢李子树，在夏季的不知不觉里，早爬满树丫，真正形成了一个绿色的棚架，再把一个一个的佛手瓜长出来，任你采摘。一棚架的瓜，吃都吃不完。

那天上班，穿过一个巷道，突然看到一丛牵牛花在一处房屋的木窗上，开得格外的硕大和艳丽。我知道，这是一处茶楼的房屋。我惊诧的是它比我家院里的还爬得高、开得好，可窗下的土并不厚实。车来车往的，尾气那么重，也没能阻止它快速生长。店里的服务员是不是经常浇水也未可知，它毕竟在茶楼正门外的转角墙那边，不在店家视线范围内。我不知道茶楼的一楼房间内能否看到它的美丽。为了防盗，窗户关得很严实。在这样的地方突然看到这丛花，心里惊了一下，像是突然邂逅了一个久不曾见却又想

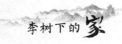

见的那个人，猛然一见，倒不知说什么好了。我在它旁边驻足良久，等缓过神来，用手机拍了几张照片，才恋恋不舍地离去。我喜欢这种花，在逼仄的地方，在喧哗的街道，执着而坚定，专心于自己的生长，送给路人一片明媚。由此，想到一个老大哥总语重心长地对年轻人说，你就在自己的岗位上，深挖一口井，一定能获得一汪清澈的活水。

刀豆是紫色的，是我在秋天里最喜欢的蔬菜。你看它们是多么努力，一丛一丛顺着墙边的枯木棒往上爬。或许是为了回报主人搭的架子，或许是回报秋天的阳光，一串一串，可爱而让人食欲大增。当然，此时，菜虫也来大肆咬食，算了吧，不要打农药，也让菜虫分享一点吧。这样被虫吃的刀豆才是真正的绿色蔬菜哩。——什么时候，我们人类的食品安全让虫子来检验了？

野树丛生，荆棘密布里的八月瓜也成熟了吧。那果子的香味早吸引了小孩和鸟儿的嗅觉。小孩没有翅膀，飞不过鸟儿，摘不到高高挂在刺丛里的果子，所以大多数时候，八月瓜不属于人类。

秋天的藤蔓，多么富有生机和活力。它们却不会贪恋更多，待瓜熟豆老后，便慢慢枯去，让曾经被攀附的树放下重负，缓过劲来，蕴藏能量，到第二年的春天再开花结果。

我喜爱这样的植物，该到自己收场时，绝不再吸取土地的营养，占据土地的面积，也绝不让人们对它露出厌弃的目光。像人类，生死更替，新老交接，生命的密码在每一个人手里，就看你有没有勇气和智慧去揭开或关闭。

可是此时，我还想告诉你，我就是那棵花开正好的凌霄，攀缘在墙头，深感安宁和踏实，像靠着你坚实的臂膀，一生一世……

十四岁那年的雪

"二月二日，星期六，阴。今天是我生日，我满十四岁。我想我已经经历了十四个春夏秋冬，也该懂事了。今天没有煮什么好吃的。不过，我不怪他们，也许他们事多，忘记了。"——整理旧物，发现了四十多年前即1980年的一本日记本，里面夹了几张小笔记本纸，散页，发黄，字迹清晰。幼稚的字，含着隐忍、体贴的心情，那时，真的懂事了吧，不会怪罪父母兄长在生日那天对自己的忽略，毕竟忙于生计才是根本。也许，只是用几行文字掩盖那颗敏感脆弱而渴望关爱的心。十四岁，翅膀稚嫩，无法独立承担生命成长的孤寂，开始用文字温暖和鼓励自己。

日记记载，那年元月21日的寒假典礼上，学校奖给我一个日记本、一支钢笔、一瓶墨水，那是因为写"达·芬奇画鸡蛋"有感作文得了年级一等奖。十四岁生日便有了痕迹，青春岁月有了成长的印证。

岁月的书，一页一页翻了过去，无法记清当时写日记时的种种情形，为什么放假那么晚？春节在2月17日，大概也是如2015年的春节一样，农历闰月吧！那年，有大雪，一定很冷的。是不是穿了新棉袄，穿了母亲做的新棉鞋？一切都无法记起。元月29日的日记中，我写道："吃了早饭，下起雪来，我可高兴哩。说句心理（里）话，我最喜欢下雪。下雪既好玩，也能给庄稼披上一层银白色的大衣。庄稼就不会被冻坏。呀！你看，雪花在空中飘飘荡荡，是（似）落非落，不过还是落下来了。大人们边走边高兴地说：'这下，庄稼有收头了。'"30日那天继续写道："今天的雪越下越大，早上一开门，（雪的光芒）刺得眼睛发痛，北风呼呼地吹着。但是我家门前的那棵柏相（香）树还摇摇摆摆的，无所畏惧。我真羡慕它的挺拔。"下雪的那天晚上，树上、瓦房上一定有簌簌的响声，那是雪粒落下的声音，变成雪花后便悄无声息了。可据有人测试，雪花的声音如救护车般尖锐，只是那样的音

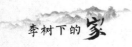

频我们听不到，无法通晓雪之声、雪之语吧。

　　雪是受人欢迎的，是大地的福音。"瑞雪兆丰年"不仅是说说而已，乡人们不会念这句诗，便说，庄稼有收头了。年少的我读书不多，如果当时读到那首被人笑话的"江山一笼统，井口一窟窿，黄狗身上白，白狗身上肿"顺口溜，一定觉得好极了。只是我家的白狗，从来不会笨得让雪落在身上不抖掉的。还是那首"忽如一夜春风来，千树万树梨花开"，既雅致又有美感。

　　天亮了，我住的楼上黑魆魆的，因为房顶上的几块用来透亮的玻璃瓦被雪覆盖，反而让屋子变黑了。哥哥们在楼下院坝铲雪、喧闹，屋后的竹子不时响起被雪压折的声音。我起来后，看过雪，便按照假期计划开始做作业、做家务，还做过广播体操，开始在火炉边埋头读小说《第二次握手》——下雪真好，不用外出打猪草、放牛，可以在家温暖地读小说。那是在医学院念书的三哥带回来的，还有一本科普读物《林海行》、一部长篇小说《红旗谱》。那段时间，我对阅读着了迷，好几天的日记都作了记录。2月7日那天写道："我第二次看《第二次握手》后，心里非常激动，我向往书上的人们考上大学，并到国外去留学，努力攀登科学高峰，为人类做出贡献。我要像书上的人们一样勤奋好学，一丝不苟，博览群书。马克思说得好：'在科学上没有平坦的大道，只有不畏劳苦沿着陡峭山路攀登的人，才有希望达到光辉的顶点。'只有这样遵守格言，那才有希望。"

　　不要讪笑日记里这些口号式的语言，我还真服了当时的自己，竟有如此豪言壮志。改革开放刚刚起步，百废待兴，科学的春天正在来临，少年的心，受到书本的激励，是很正常的事情。后来，虽然没有成为科学家，也没有为人类作出贡献，但人格毋庸置疑得到了熏陶，对工作绝对尽心尽力。

　　其实，日记里没有告诉未来的一件事是，苏冠兰与丁洁琼的爱情让我的心痛了又痛，泪流了又流，多么高尚美好而浪漫的爱情呀！终究是有情人难成眷属。——少女的心，宛如雪花一样洁白无瑕，漫天飞舞，而且极易伤感。写到这里，仿佛那股情绪又涌上了心头，隐隐作痛。

　　在日记里，貌似小大人的严肃态度终究抵不过孩童贪玩的天性，临到3月1日开学报名时，我还没有完成数学作业，不断反省，不断责备自己，却对院子里雪中盛开的梅花情有独钟，写了首极其幼稚的诗歌：

独自站在院边

朵朵黄花竟（竞）相开

不怕严寒不怕冻

白雪好像是棉絮

花儿讨人爱

带来了春天

那年的晚些时候，父亲从小学教师岗位上退休，征求我的意见，是否愿意顶替他参加工作。一个稚气未脱的女孩，想到初中未毕业，参加工作不过是做做炊事员、敲敲钟之类的杂事，与自己的理想大相径庭，便拒绝了。不然，人生恐怕又是另一番模样吧！

十四岁的雪，青春的花，希望在雪，梦想在花。一年又一年，雪在下，花在开，四十多年眨眼间过去了，似乎是电影里的年代字幕或者春夏秋冬的镜头，一闪而过，也像是坐公交车，话没说几句，便到站了。昨日青涩少女，今日逐渐老去。文字的好，好就好在记录下了岁月飞速流逝的曾经，记住成长的那些往事，不断激励自己，更好地走向未来。

你曾经来过我的世界

对你悄无声息的到来，母性的温柔与渴盼也没有阻挡住那份惶恐。

我太懵懂无知，没有做好当母亲前那些美好而神圣的准备工作，更傻的是吃了一些不该吃的药，因为我不知道你想来到这个世界。

从我感觉到你的那一刻起，体内的各个脏器便像新组装的机器零件，总磨合不到一块，声音微微作响，呕吐、头晕、吃不下东西持续了好长时间。当你能伸胳膊踢腿做体操时，我为了能从乡镇调到县机关工作，毅然带着你，一起到省城学习四通打字机操作方法。

面对陌生的机器和五笔输入法，对于我来说，真难呀！身上逐渐增多的湿疹痘痘，一到晚上就奇痒难忍。我不由自主流泪时你肯定也在哭泣，因为你动得越发地厉害了。你在跟我提意见：我们回去吧，那里有爸爸，还有安宁而温暖的家。我何尝不想呀！但我怎么能放弃这样一次难得的机会呢？咬着牙坚持吧！

艰难的半个月过去了，把你带回了家。我却开始无缘由地出鼻血，有时要费很大的劲才止得住。你似乎更烦躁，常常把我的肋骨蹬得生痛。有一天，你赖以生存的海水被九个太阳蒸干，吓得我急忙赶到医院，医生听了胎心音后说，回去吧，有什么问题随时去！

那晚我躺在床上，怀着焦虑的心，睁着疲惫的双眼看着黑夜里冒着的点点亮光。我在清醒而痛苦地体会着你生命中的一段历程。数字数不到100便是一个疼痛的周期，每一次的痛都是你用最大的力气在抗争。我想哭，但一次次密集的疼痛让我没有精力去哭，只感觉夜色和空气到处都弥漫着痛。我极力地感受着你，想弄清你究竟是怎么了？你想干什么？阵阵的恐怖袭击着我。清晨四点，冒着寒冷刺骨的风，我摇摇晃晃，跌跌撞撞挣扎着到了医院。那个清晨真冷呀！那冷的感觉在时隔近二十年后想起，背心还透着寒气。那路真长呀！二十分钟的路程走了将近一个小时。当医生说听不到胎心音时，一个想法占据了我整个心：快把那痛的盔甲从身上剥去！宝贝，不是我自私，我在黑暗中挣扎得太久了，似乎看不到充满生机的阳光。心已经游离了身体，我要一个结果——无论是好是坏。

上午十时许，你终于来到了这个世界，可是你已经不属于这个世界，虽然医生做了人工呼吸，注射了强心针，你还是没能发出一声声响，便已悄然离去，宛如你悄无声息地来。

那一刻，所有的痛剥离我而去，心里反而轻松了许多，歪着头微睁着眼，远远地看见了那黑茸茸的软发，在迷糊中听到来自遥远的声音"有脑积水"，人影晃动，飘飘然然。等我醒来，已经躺在病房中了。

生命是如此之轻吗？轻得只有那软软着陆于心、并刺得我心尖疼痛的茸茸的黑发。

相似的梦境反复出现：我在河坎边割猪草，背篓里装满了蠕动的蛇，吓得我惊恐地喊叫。每次都是你爸爸把我摇醒，一身冷汗早已湿透全身。他无不忧虑地说："你这么下去怎么行呀！"

无论行与不行，本来四十五天的假期，我只休息了三十天便上班了。键盘的敲击让心跳得有力起来，渐渐地，你只是我大脑中一个模糊的印象。我知道生活中注定要失去很多东西，也会得到很多东西，你那稍纵即逝的生命，注定我们没有缘，无法拥有你娇柔的身体，你曾依附了我七个多月，那晚的痛，是你迅速完成了本该花一个多月时间才能完成的入盆过程，我们没能听你叫一声爸爸妈妈，但无论你在哪里，我们都是你最亲的亲人。灾难，在你来时的路上便已被我种下；结局，是你给我今生今世最痛的惩罚。

我从不肯轻易向人提起，你悄悄地住在我身体最深处。因为：

那年冬天，你曾经来过我的世界。

红叶，是一场思念

秋雨滴答，打破了夜的寂静。书房内，几枝折桂悠悠送香，白炽灯明亮柔和，我舒服地蜷缩在藤椅上，手捧亦舒小说《我的前半生》，故事正接近尾声。

轻轻合上书，为子君的再生祝福。意味悠长，不忍释卷，拉开抽屉，找到一本笔记本，准备把读到的经典句子摘抄。突然，一张红叶书签从本子里飘然而下。落地时，居然碰碎了一只叶角——干枯易碎的叶子年代多么久远。拾起大半张叶子，看到了上面的字：见叶如面。瞬间，心跳加快，脸庞涨红。即便没有签名，我也想起是谁写的。这是一生中收到的唯一一张红叶书签啊！

"见叶如面"！仿佛你就在我面前，眼里充满了怜爱，用手指拂了拂我额角被风吹乱的头发，把一个笔记本送给我，里面夹了一张红叶书签，那红，如血耀目。你说了一句"加油！"便微笑着转身离去。

我凝视着这片已经褪色的叶子，怔怔地——那已经逝去的青春啊！

三十多年过去，叶子已经枯萎，而你，又在哪里呢？

一片红叶的偶然出现，让记忆复活，让心海起了波涛。

少女多愁善感而且孤独，将成熟博学的他当成心中的偶像。初恋的情怀，在作文里若隐若现，那双睿智的眼睛，理解这种少女情怀，无非是多说了几句鼓励努力学习之类的话，便安慰了那颗敏感的心。高考时，考得并不理想，征求他的意见，想复读重考，其实也是依恋他的关怀。他坚决反对，说高考仅是人生的一件事，未来的天空更广阔。去大学的头天，去见了他，便有了送红叶书签的事。

此去经年，"见叶如面"成了一种淡淡的情愫，温润了岁月。这枚书签，便尤显珍贵，笔记本早不知去向，叶子却保存了下来。

"我生君未生，君生我已老"，时空里，该错过的，必然错过。

我把残缺的红叶书签轻轻地放回笔记本，让它继续在那里安静度日。所有过往，珍藏在文字里最好。

珍惜当下，即使不见面，也是对他最好的思念吧。

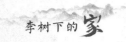

玉想，想玉

一向不曾买玉饰，最近却在淘宝上悄悄买了一只玉手镯，质属黄龙玉。

之所以说"悄悄"，是怕说出来让人笑话。一是我不懂玉，不知真假，二是买得廉价，三是黄龙玉是新兴品种，在玉家族，排名靠后。加上对网络不信任，不敢买贵的——算是为自己有限的经济实力找个托辞吧。

其实，我也喜欢那些标价上万的玉饰，晶莹剔透，完美无瑕，多么讨人喜欢！不过，我仍然喜欢我买的这款。因为喜欢，它便是最美的。就像张晓风的散文《玉想》中所说，论玉论到最后，"喜欢"便是无价，因为它出自珍重的心情。因为她这句话，便想起喜欢的那碗素瓜汤，胜过山珍海味。

买来的这个玉饰，一段呈浓茶色，一段呈浅茶色，深与浅之间逐渐过渡。茶色中漂浮着点点白色，像是咖啡里刚刚放了一勺白糖，还未来得及搅拌，整枚手镯又像极了一罐老蜂蜜，温馨甜香。选这种深浅不一的茶色，是喜欢它不同于惯常的绿、白玉色。深茶色稳重明丽，是一种让人心安的颜色，符合我向往的性情；浅茶色似一杯刚泡上的红茶汤，透明温暖。这样的茶忍受过了揉搓和高温，有着生命的幽沉芬芳，更像一段深沉的爱情，即使风吹雨打，一样坚定不移，深沉稳妥。

对玉的初步认识，还是离不开张晓风的《玉想》。她在结尾处写道："如果你想知道玉，就安安静静地做你自己，并且从肤发的温润、关节的玲珑、眼目的清澈、意志的凝聚、言笑的清朗中去认识玉吧！"——好几年前读到这篇文章时，在书的空白处写下这样的感想：一篇《玉想》，把玉和人的品质还有人的精神、情感融化在一起，我们读玉，其实是在读人读己。当然，我买的这只玉手镯，是普通得不能再普通的玉饰，谈不上什么品质，更无法与人的精神结合在一起。只是喜欢而已。

手镯在腕上，感觉涩涩的不太滑溜。人们说，玉，头三年你养它，以后的日子它养你，和玉的关系是靠时间来融合的。这大概意思是："一块美丽的石头，经过采掘、凿坯以及多种程序的加工，它已经忘记了自己的前生后世。只有到了某人的手腕上，用这个人的脉动、气息和脂液，才能唤醒它的记忆，便用幽幽的矿物质元素回报这个与它肌肤相亲、牢牢相牵的人。"它心性如此浅显，回报却是如此悠长，懂得忠诚和感恩。

哦，一只玉手镯，来自网络，我赋予你无限信任，牵手走在相属相连的岁月……

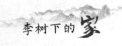

做一尾幸福的小鱼

我是一只蚂蚁，每到傍晚，便收拾两手袋书，搬回乡下新房子的书柜里。两周后，书柜渐渐摆满了书。

书房，在客厅后的一个小隔间里，不足十平方米。两个书柜，一张写字台。书柜和写字台都是板栗色。坐在板栗色的氛围里，显得有点严肃。我知道，自己性格中的那份严肃被夸大，不懂得生活的情致、活泼和幽默，所以总把一些事弄得紧张，处于被动的状态。可是我能改变什么呢? 不如顺着心意去做吧，反正不碍着什么。

学着图书馆的分类方式，把书分成诗歌、散文、杂志、传记等，将积攒多年的书如此归类，是第一次。它们曾经散落在县城家里的各个角落，像某个阶段的心事，杂乱无章。此时，终于归于有序。

每一次整理，心里都非常安静，似乎只有这样，才对得起对书的爱戴。其实，也不能完全安静，有不少书还被薄膜纸包裹着，没有打开过，或厚或薄的书里肯定都有独特的故事，而且都是我精挑细选的，等着我去探寻。而我，总把时间虚掷在一些无谓的事情上，没有光顾其中。面对它们，有些羞愧。

书房，不是用来装点门面的，而是用来做学问的地方。而为生活奔波的人，哪有时间做学问，不过是寻一点安心罢。

从书房往外看，枇杷树上的果子正由青转黄。哦! 春天已接近尾声，初夏来临，时光、枇杷、书静默不语，却已经走过了两个季节。

坐到书桌前，抄一段盛慧《时光练习本》里的句子: "夜深人静时，手背上落满了星光，放一首古筝曲《高山流水》，恬静的声音流淌出来。房间似乎变成了一条蓝色的湖，那些音符则是湖面上闪动的微小粼光，我在房间走动，像一尾幸福的小鱼……"

向往上海

那天收到朋友从上海发来的几张图片，有高楼大厦，有世博会里的几个场馆，我不由得发出"啊！啊！"的惊叹声。世博会正在上海开得如火如荼，精彩纷呈，引八方来客，聚九州宾朋，每天前去参观的人数不下四五十万。也曾想去凑凑热闹，但终究惧怕那份炎热和拥挤，所以一直稳稳地坐在电脑前，关注着网络好友们有关世博会的文章，与作者共享那份辉煌与自豪、快乐与劳累。

偶然，发现孩子的桌上有一本余秋雨的散文集，如饥似渴地看了起来，一气读完了那篇长达十六页的《上海人》。徐家汇是明代科学家徐光启的出生地和安葬地，他是中西文化奇异的组合体，他的第十代孙是个军人，军人的一个外孙女叫倪桂珍，便是名震中外的宋氏三姐妹的母亲。这已经足以让上海自豪了。

从我记事那天起，对上海便有了一个印象，更有一份向往。它代表着有知识、有文化，代表着好看的电影、电视，代表着高楼大厦，代表着干净整洁的生活方式，代表着日常用品的经久耐用，代表着扎头发的红红绿绿的蝴蝶绸带、夹发针，代表着甜甜的奶糖；一句"关侬啥事体？"，把你推得远远的，其实那是一种独立，一句"小赤佬"，听起来怪怪的，骂得我小伙伴开不了口……对于我来说，那是一个神秘的地方，也许一辈子也去不了的地方。而这种向往，林林总总，并不是无水之源。

二十世纪七十年代的上海知青在贵州人眼里不算陌生。

她叫小孟，比我兄长大了一两岁，性格活泼开朗，经常出入我家。年轻人爱闹，她和哥哥们开玩笑，想当长辈，就拿我开刀，非叫家里排位最小的我叫她干爹。念在她平时常带我去厂里（在二十世纪六十年代，有从上海迁来的工厂）食堂吃红烧肉、澡堂洗澡、看电影时给我好位置、给我看从上海带来的画册等的份上，我同意了，大大拂了哥哥们的面子。她对我非常好，并不像一个长辈，更像一个大姐姐。她妈妈是厂里的医生，和我们亲如一家。每年小孟母女回上海探亲回来，肯定是我收到的小礼物最多，琳琅满目，令邻家女孩子们羡慕极了。而我在她面前，很多时候因为害羞，少言寡语的，说不出感谢她们的话来。

后来她走了——上海知青基本都走了，没了音信。即便如此，我相信她跟我一样，时不时地会想起在贵州山区的某一个地方，有那么一家人，有那么一个小姑娘，在她插队期曾经和她家融洽相处过，只是她可能没有想到，她带给这个小姑娘心灵上的影响是什么样的，如果没有这样的影响，也许她今天就不会在这里写着这样的文字了。

今生还有机会与她重逢吗？看来机会不大，如果有，我一定不再害羞，不再吝啬我的语言。

我很感谢当年的小孟，让我开阔了眼界，把上海那个遥不可及的大城市在我心里打下了深深的烙印。

上海，上海！给我的印象是那么的深刻，那么的美妙，我的向往是如此的强烈！仅仅是对那份繁华的向往吗？我想不是的，其实在我成长过程中，一种基本的文化元素早已在心底沉淀。对上海的向往，是一种对文化底蕴的向往；对上海的向往，是对文明传承的向往；对上海的向往，是对一种兼收并蓄、包罗万象的精神的向往！

上海，我似乎已经触摸到你跳动的脉搏，也许不久后，就会与你近距离接触，不让那份向往成为此生的遗憾。

对于大自然的一些断章取义

千里光，打开世间的另一双眼睛

野菜总是长在春天，摘野菜的心情也在春天。如同赏花，春天桃李谢罢梨飞雪，赏完这些，心满意足，就放下了心中的挂念。

春天的野菜品种真是繁多啊！什么千里光、折耳根、清明草、白刺尖、鱼秋蒜、野葱、雀雀菜、香椿等，数不胜数。只要你走进春天的原野，一定是空手去，满载归。

有这么多野菜，我一直奇怪了，在生活困难时期，我们却很少吃野菜。除了打猪草顺手摘一把折耳根，母亲从来没有教我认过野菜，这些野菜名都是听别人说或者从书上学来的。后来才想到，或许是那时很少吃油，如果再吃野菜，那不把肠子刮得更厉害，更觉得饿吗？而现在不同了，鸡鸭鱼肉，多得吃不下，吃得人麻木了，舌尖才想起品味那最朴素最本色的味道来。

下午下班后步行回家，那时太阳离下山还有一段距离，便有闲情边走边摘摘野菜。长在路边最多的是千里光。主枝上的嫩尖已经被掐过一遍，等我掐时，是掐的分叉处长出来的嫩尖。它们随意地长着，也不在意被随时掐走的危险。你不掐，它长；你掐，它仍然长。季节赋予它的使命，就是春天长枝，秋天开出小黄花。不在意路人是否多看它一眼，不在意风吹雨打。它们实在普通得不能再普通，以至于那天掐时，都忘记了它的名字，用手机拍一张照片，用一款名叫"形色"的软件识别，才知道它叫千里光，并有一个故事说明它叫千里光的由来。

传说有一户住在深山里的人家，他们有两个可爱的女儿，但是两个女儿刚出生的时候，眼睛看不到远处的东西，求了很多名医都没效果，直到后来

一位老人用了一种黄色的不起眼的小花儿煮水后，用冒起来的热气来熏孩子的眼睛，从此两个孩子就有了一双明亮的大眼睛，可以看到千里之外。于是人们就称这种植物为千里光了。

植物本无心，给它加一个善良美丽的故事，千里光突然有了灵性。或者它本来就有灵性，只不过我们不能相通罢了。"吃过千里光，一生不生疮"，虽然有些夸张，却也更说明了它自身的药用价值。

摘好一大把千里光，回来后洗净在清水里焯一下就得了一盘，一盘清清绿绿的，像是满桌都有了春天。再用海椒水蘸一下入口，那味真不是家种蔬菜可比拟的。

我们是不是该感谢一下这种叫千里光的植物，低到尘埃里却依旧生机盎然。是它们，让我们意识到生命的本真。

香椿，熏醉了谁的神经末梢

小时候，我们叫香椿为春巅，甚至叫春天。长大后才知道，应该叫香椿或春尖。另外叫"尖"的还有豌豆尖、菜尖什么的。其实叫"巅"也可以，指植物在春天时长出的嫩芽，它在最顶部。

小时候，几个伙伴打猪草时，去坡上摘香椿是常有的事。当然，男孩子上树摘下往下丢，女孩子就在树下捡，然后每人分一点回家。

所以当男孩子们在树上找香椿时，下面的女孩子就指着在树梢上的嫩芽喊：春巅，春巅！真是把春天喊得非得答应一番。摘得最多的肯定是长生。他个子瘦小，很轻巧。他用綦江口音说他喜欢妈妈用春巅煎鸡蛋。看他说得流口水的样子，让人向往。

他和他的两个妹妹，是他母亲带着从四川嫁到我们这里的。然后又添了弟弟妹妹，在生活困难时期，他作为家中老大，我怀疑他是否真的吃到春巅煎蛋。

香椿树有的在长大，有的因过度摘尖便夭折了。而他，今年春节因酒精中毒，神经错乱，被送进了精神病院，像香椿树一样，命运被打了一个结，或者说绕了一个弯。

在网络上看到有一个说法：农村家庭如果沾上这三样——一赌博二喝酒三游戏，要发家致富就不容易了。这个少年时的友人不赌博不游戏，但他特别喜欢喝酒，而且一喝就醉。

那时，他妻子外出打工，他一个人在家附近做水电工，边带孩子读书。工作之余喜欢喝两杯。自然，高档酒是不能喝的，那太贵，就喝一些低廉的酒。再后来，孩子们都大了，成家了，他便和妻子一同外出打工，每天下午仍然喜欢喝两杯，不是自己喝，就是约工友一起喝，仍然喝的低价酒。喝了便睡下了，日子的苦乐都不去感知了。这不，已经五十五六岁的人了，今年春节回家过年时，又喝了几杯后，突然与以往不同，竟打人骂人摔起东西来，几个人费很大力气也拉不住。送到精神病院一检查，原来是长期喝酒造成的。

我听说后，心里跳着痛了几下。虽然是邻居，但因各有各的生活轨道，他的日常生活并不是很了解。清明时，仍不见他的人影。那天，我遇到了他妻子，也是我小学同学，问长生回来没有。她有些伤感地说，没有回来，医生说还要医治一段时间。

现在的香椿很多，因为有人在栽种，每年都早早把尖掐掉送到市场上卖，所以香椿树总是长不高，就无须再爬上树去摘了。

"春天！春天！……"每次吃香椿时，我都仿佛看到了他年少时的模样，精精瘦瘦的，上树后摘下一大把春尖丢给了我。而现在，我要还他一个心愿：回来过一个安宁健康的生活，如香椿一样，被掐了尖也能正常地存活。

蒲公英，带着梦想飞翔

山上荆棘密布吧？现在的蒲公英并不太好寻找，得走很远的地方，得在草丛中、刺丛里寻找。可你无所畏惧。你吃过太多苦，这点辛苦实在不算

什么，甚至你心里有一种欢喜，有一种愉悦。因为这是给一个诗姐挖的。你对她很感激，在你妻子生病住院昏迷不醒时，平时并未见特别交好的诗姐突然光临，让你惊恐惶惑的心得了安定。诗姐也是经历过生死磨难的人，她的鼓励，如一盆冬寒的炭火，特别暖和。你是一个实诚人，没有什么可回报诗姐那份情意，所以想到春天来了，蒲公英小花开了，有的已经开始随风飞翔，将生命的种子撒播。

你常常想，自己就是那蒲公英，长期受肝病折磨，但自己跨过一道又一道鬼门关。你想到了生命的短暂和脆弱，所以要有质量地活着。在偏远的乡村学校，每一个孩子都是你的宝贝，他们的父母大都外出打工，他们需要你的爱；你想要完成自己的梦想，那就是出诗集；你要让妻子站起来，和你一起出游，给她快乐。你想要做的事都一一做到，你的学生有了出息，你拖着消瘦的身体不断奔波，妻子日见好转，你的诗集在诗友中流传。他们都为你这个坚强的诗友而竖起大拇指，为你艰难生活中仍有一颗诗意之心而佩服。

是啊，你不就是一株蒲公英吗？虽然低到尘埃，却开出好看的小黄花来，然后在春天母亲般的怀抱里温暖地成长。为了回报大地的爱，你轻轻张开翅膀，随风飘落，自然而然长出了更多更美的蒲公英来。你不仅给大地增色，还有清热解毒、消肿散结、利尿通淋的功效。

蒲公英有自己的生存法则，有自己的幸福快乐，有自己的贡献，如一群极普通的人。

"幸福都是奋斗出来的"，这句话于他和家庭来说，再恰当不过了。

多年前，他还是一个年轻人，结婚不久，有一个年幼的儿子。接下来，他和他爱人所在的企业都解体，一时半会儿找不到别的工作。妻子在别人的商店里打工，维持全家人的基本生活，他在家当奶爸。犹豫彷徨一段时间后，他开始自学法律知识，参加司法考试，想自主择业。第一年，对于完全陌生的法律系统工程，分差了老远；第二年，差五分；第三年，终于冲关成功。一家人为他庆祝，我们当时是邻居，也为他高兴。那些视他为神经病的人也为他高兴。

他在律师事务所待了三年后，自己申请开了一人所，妻子负责内务，他负责代理案件。因为待人实诚，做良心法律人，面对的是广大农民，代理的也是一些邻里家庭纠纷的小案子，虽然没有迅速暴富，却一家人生活终于不愁。最近，听说他儿子大学毕业后也到所里实习，正在准备司法考试。爱人学会了开车，如果要到乡镇法庭办事，都是爱人开车接送。

每次看到他们，脸上汗涔涔的，却总是面带笑容，给人以愉悦。我总是想，如果我们家遭遇这样的困境，不知道是不是也能如此奋斗？所以我向他们投去真诚敬重的目光。

诗姐说了一句什么话我没有听清，却把我从沉思中拉了回来，原来她说要分一些蒲公英给我。我婉拒了她的好意。普通的自然界造就了不普通的人和物，灵魂均得以栖宿，我为他们飞翔的欢愉而鼓掌，也尊重每一个生命个体的选择和馈赠。

泡桐，谁家凤凰来栖息

朋友文章，写周庄朴素的泡桐花。认为虽很少有人在春天欣赏它，但它却拥有自己诗意的一生一世。

他所说的周庄泡桐花，我也是在前年四月周庄行见过的。它长在双桥一家墙体旁边，树木高大，枝繁花茂，大半个身子都伸在了水上。人从桥上过，与花枝仿佛要擦肩而过。斑驳的墙体，古朴的桥，绿盈盈的水，紫色典雅的花朵，那景、那意、那心中的柔情不是几句诗、几张照片或者几幅画可以表达得出来的。所以当朋友说起此景，我便又想起了周庄来，想起这朴素的泡桐来。似乎非要写下些文字，才对得起此时的心境。

与梧桐相比，同有"桐"字，人们却很少赞颂泡桐。能让凤凰停栖的梧桐，从枝到干，一片葱郁，清净雅洁。它像一个美男子，温文尔雅，精通音律，弹得一手好琴，因为梧桐树木为木匣和乐器的良材。李白有诗曰：宁知鸾凤意，远托椅桐前。其实，谁也没有真正见过凤凰，这是人们对美好生活的一种希望啊。

其实，梧桐花没有泡桐花有韵致。

清明过后，灼人眼眸的桃花、李花、樱花凋零，该泡桐花登场了。它们开在天空，需仰首才能得以观之，还因离眼睛太远，看不清楚其具体的花色花形，只知道紫色一片。这大概也是人们不是特别热心观赏它的原因。唯有一场春雨过后，三朵五朵，十朵或更多朵掉在山径上、荆棘丛里和水泥地上，才引起我们的关注：哦！泡桐开花了。那些喇叭一样的花朵，似乎在地上时才吹响了集结号，向你报告它的壮观。

有一年到帮扶村去走访贫困户，走了很远的山路，爬过了几座大山，大家都气喘吁吁的，突然，头上几声乌鸦的叫声打破了山梁的寂静，惊了我们一下。仰起头来看，原来，泡桐树梢上站了好几只乌鸦，大概是没见过我们这些陌生人，就警觉地叫了起来，还飞起来在树梢上盘旋。那扇动的翅膀有风，将好几朵泡桐花扇掉了下来，紫嫩紫嫩的，很好看。乌鸦向来令人讨厌，比起凤凰，绝对是一个是神仙，一个是鬼怪。可乌鸦原来仅是一种鸟而已，生活在这个地球上，和其他鸟儿一样，并无贵贱之分。如我们那些贫困户，为什么他们就只能生活在大山里，只能在贫困线上徘徊？

其实，泡桐木导音性也很好，不翘不裂，不被虫蛀，纹理美观，便于雕刻，叶子还可以入药，花可作猪、羊饲料，全身是宝哩。

看来，能够入古人诗的树木是幸运的。如果真有凤凰，也请它到高高的泡桐树上栖一栖吧，被今人赋予诗意、良善的树木，配得上凤凰美好的身份。

春游，游春

现在的孩子不叫春游，叫拓展，或者叫社会实践活动。

早上路过城关中学时，少年们背着书包，穿着统一的校服，排着队朝几辆大巴车走去，依次上车。穿着拓展公司蓝色背心的人说，别挤，都有位置。

孩子们脸上有欢欣的笑容，能走出校门，不管看到什么景色，哪怕呼吸几口清新的空气，都是高兴的事。看到他们，我的心便回到我们小时候的春游来。

记得第一次春游，是在洋川小学读五年级时。老师一宣布要出去春游，大家都欢呼雀跃，三五个同学相约，你拿锅，我拿碗，你带油，我带菜，其实就是出去野炊哩。还必得找一个有水有柴的地方。杨柳水库岸边最合适了。水库里的水煮饭，附近还有小山林，捡干柴比较容易。那时，没有面包馒头等干粮卖，只有做饭吃。

即便有老师指导，锅仍被熏得黑黑的，饭还夹生，菜是胡乱炒的，吃起来倒是香得不得了，三下两下吃得干干净净。特别是大家脸上、手上全是花的，互相逗得笑得不行。

那时，感觉走路走了好远才到目的地，小小身躯，居然还背得动食材，而且兴趣盎然，没人掉队。现在的孩子都背了干粮，不用像我们那样费劲。可是那时似乎并没有觉得费劲，反而兴奋得很。所有背东西和走路的劳累都被春游的兴奋所掩盖。走在田埂上，阳光暖暖的，油菜花特别香，蜜蜂嗡嗡地飞，摘一把斑鸠花串成花环，紫艳艳地戴在头上，引来男生调皮的哄笑，仍觉得惬意得很。在走路过程中，还会摘一把野菜折耳根，拌点辣椒就可以吃。

我不知道现在的孩子还认不认识这些野菜，也不知道能否给他们做一顿野餐出来吃。他们去看的是博物馆，是陶艺车间，或者去湿地公园转一趟，做一些游戏就回家了。听说，有的孩子到农村猪圈里解不出手，有的孩子从来没有见过鸡是怎么下蛋的，更别说知晓麦子和韭菜的区别了。

大自然离我们越来越远，很多以前是常见的事物现在成了稀罕物。孩子在春天出游，无论它叫拓展或社会实践活动还是叫春游，都是放下课本，到户外去，都是在大自然中放松身心，这总是好的。不像过去的一些年，似乎有的学校带学生春游，出了一些安全事故，绝大部分学校以安全为由，不再组织学生出游，让人感觉矫枉过正。还好，现在有专业开展拓展的公司做这件事，让孩子们有了在春天出游的机会。

那些生机盎然的花草树木，终于有了一双双天真单纯的眼睛凝望，有了稚嫩声音的欢呼，长得更加茂盛起来。

现在，一到了四五月，心便蠢蠢欲动起来，总想着要去旅游一番，这大概也是小时候埋下了春游的种子吧。

殷殷土地心

清晨，抖落夜的沉寂，趁天清云朗，树木滴翠，去一个常去的地方散步，顺带掐一把野菜。

桂树茂盛，紫薇新发芽，小叶檀的嫩叶像极了它的花朵，红艳艳一串，紫叶李的紫叶成一块土地的天空，樱花接近尾声，花瓣在渐茂的绿叶里不时飘落。主角成配角，倒也不让人伤感。

就这样步入一个清净的境地，与那片树木独对。

如果再仔细看，有的树木似乎已经很久没有打理，有的甚至在枯萎，还有的被锯成树桩，取而代之的是野草，尤其以茅草和千里光居多。有一匹马在里面吃草，肚子和背上的毛很粗糙，脱落了一块又一块。面对如此茂密的草，如此明朗的春天，这匹马竟然精神不太佳。马，还是在草原上英俊和彪悍。林地里有几个人在割草。一个妇女把草装在三轮车上，熟人似地跟我打招呼，去哪里呀？我笑笑回答，逛一逛。

木栈道破损，有的土地被村民复耕。随便栽几个土豆、几根葱蒜，都特别青郁。

老者看到我们，也打起招呼。估计他实在想说话，就叹了口气，自言自语：可惜了，这片土地，用来栽树栽花，每年的承包费给不起，人也不知踪影。

我想起此地的几个场景：念初中时坐在二哥的自行车后座上，从这片金黄的油菜花中穿过，他在这里的小学教书，我去看望他和他的学校；一群白鹤从青绿的稻田中腾空而起，白鹤飞翔与绿毯的对比涌起众多诗意。这片田地刚刚栽树栽花时，游人如织，都说城里人有了好去处；一条白蛇似的新修柏油路穿过随小河而上，两旁行道树，枫叶如火，也让路过的人心情愉悦，但无法忘记去年秋天，那个在树下挖红苕的老农不断骂承包人愤怒的模样……虽然有人泼冷水，这么一坝田土，只栽花栽树，又没有产生经常价值，要饿肚皮了。但有了好去处，也没见人饿肚子，那些话成了与时尚相悖的风，早不知吹到何方。

先生也在唠唠叨叨，"可惜了，可惜了这片沃土"。我烦透了他的啰唆，却知道他说的是对的。

闲步于有些凌乱的树中步道，掐着永远掐不完的千里光，突然有些不敢欢喜，怕麻木而没心没肺的愉悦激怒了土地神，它会反手给我一巴掌。

正沉吟时，两个妇女从身边经过。问我是否买鸡蛋，土的。家里还有鸭蛋，也是土的。家就在前面，可随她去。

一个小院子，一幢小洋楼，后有敞开的大门在马路边，前有一个镂空小隔门，做得比较独特，上书"五世同堂"。庭院干净整洁，鸡在屋后关着，鸭在猪圈栏里吵嚷，十点多了，对主人不放它们去门前小河游水大提意见。

我大赞她家院子，这种典型的有工有农的农家，才显出富裕。果然，她说，儿子媳妇姑娘都在上班。意思是如果都在农村务农就没有这么漂亮的楼房了。买好鸡蛋，她又去屋前菜园子割了一大把韭菜和葱要送给我们。自然，不好意思白要，意思了一下。

看到这样的人家，我心安了许多。土地，不再是养活农民的唯一来源。即便如此，荒芜、闲置、毫无价值的浪费，也是对土地的亵渎。

只是当在土地上耕种被变成一种时尚，它的命运开始多舛。

突然想，其实，庄稼才是最美的风景。

当再次路过空无一人的大型花棚和樱花树林时，仿佛行经红尘，悲喜交集，对与错太过匆匆。有谁，能静下心来，从土地的最根本再出发呢？

两元小菜

　　不知是忘记了日常生活，还是从心底拒绝有"腐败味"的菜场，总之已经很久很久没有在周末特意光顾过菜场了。平时，要么在外面吃，要么在路边摊随便带点菜，要么去超市采购一大包硬邦邦的蔬菜对付一阵子。

　　上周，心血来潮，去菜市逛了一逛。看到花椰菜爱人，又便宜，买了两元钱的。卖菜妇女不断感叹"这菜卖得好笑人哦，两块钱一大包"；"老板，魔芋、豆腐、酸菜、四季豆（煮熟的）各两元钱的"。胖乎乎的女老板热情地一一称好，还不忘说一句"谢谢哈！"；青辣椒两元，菜贩子卖的；新鲜笋子，农民卖的，两元钱全部给他买光，一大包；还有一把韭菜、一小捆葱……一趟逛下来，两个人像是占了好大便宜，疯狂采购，毫无计划，都快提不动了。结果，一周接近尾声时，花椰菜、酸菜没来得及吃，全坏了。

　　本周末再去菜市时，吸取上周教训，节制了许多。花椰菜上周没吃上，重新买，黄瓜、四季豆、小白瓜、牛心包菜，新鲜可人，一定要买，结果一上称，每样基本都在两元左右。再买了两条鲫鱼，卖鱼人说是他钓的。临回家时，花钱不多，也不重，但样数不少。我们似乎对菜市场没有了免疫力，尤其喜欢那些挑菜担子、手推车的菜农的小菜，一到了这里，就迷失了自己，以为自己是大象，有一个惊人的胃。唉——看来连买菜这件小事，也得重新学习。想起刚刚步入家庭之轨时，有小孩子、小保姆、小姑子和我们共同生活，那时，菜市场购菜会讲价，会计划，井井有条，不会造成浪费。

　　生活像魔法，在时间的手掌上转了一圈，回到原点，只不过，家里只有两个留守的人。

　　曾经笑话那些只买半斤饺皮的老人，如今，即将成为我的现实。

　　两元，平凡生活，足矣。

朴素的菜

那天下午稍有空，终于做了一道馋了许久的菜——油炸荒瓜花。

这是小时候最喜欢的菜。入秋后，经常缠着母亲做。

其实，做法很简单。摘下无瓜头的南瓜花，在水里泡一下，因为花蕊有甜味，蚂蚁很喜欢。然后按纹路撕下来放在盘子里。用清水调一点面粉，放一个鸡蛋。再将荒瓜花放进面糊里，拌上面糊放在油里炸。香、脆，色彩喜庆，看着就特别有胃口。

只是那时候家里并没有多余的油用来炸食物，并不常吃，所以觉得更香。

我一直在寻思，为什么我们叫它荒瓜，至于它的另一个名字"南瓜"，是后来上学后从书上知晓的。大概是因为它入夏后便开始结瓜，能让人们在收获稻谷前填饱肚子吧，或者收成不好时，能帮助人度过荒年的缘故吧，所以叫它荒瓜。

它不过是一道朴素的、毫不起眼的菜，经常以各种样子现身于饭桌，而且伴随着我们长大、成年、老去。

"春栽玉籽近柴门，夏结金瓜似小盆。"小小的一粒籽，种在院边土角，随着春天和煦的风，夏天的温热，攀上篱笆、树枝，甚至就在地上爬行，不用打理，无须关注，开出无数黄花，在一丛一丛绿色阔叶间，仿佛后羿射落的太阳，触地成花，很是耀眼。有的有小瓜头，有的无瓜头。现在才知道，南瓜花是分雌雄的，无瓜头的便是雄花，我们摘下来油炸的便是此花。有瓜头的早早把花摘了，瓜长不大的。就像失去母亲庇佑的孩子，无鲜活的生命。母亲一再告诫，不能摘结了瓜的花。

入暑了，到园子里转一下，便可找到大小合适吃一顿的瓜来，煮汤、素炒皆可。不知怎么的，我不喜欢吃炒南瓜。好像它天生就该素吃，清清绿绿的一碗瓜汤，像是一个人的内心，干干净净，让人喜欢。即使秋天收获"大金盆"后，有人煮汤嫌不够甜放些白糖进去，我也不喜欢，什么也不用放，本味，清爽。

先生老家的人们坡上土多，便在土边种了不少南瓜。一背篓一背篓地背回来，码在堂屋，层层叠叠，像一座座小山。人是吃不了那么多的，每天煮一个放在猪食里，猪宝们吧嗒吧嗒地吃得欢。喂了很长时间，接力棒交给长大的萝卜，南瓜才退场。

秋天回去，亲人们都非送几个南瓜。有时，一个南瓜切开后，需要几家分食，不然很容易坏掉，感觉对不起它的辛苦长大。

过年时，在市场上买一截长型南瓜，在满桌的肉菜中间，金灿灿的一钵，能解油腻，添了又添，特别受欢迎。

查百度，才知道南瓜品种繁多，不只是可口、入味，还含了很多人体需要的营养，从根，到花、叶、茎，均可入药。

南瓜真是宝哩，可一直视它为平常。原来，真正的宝，是以朴素的模样出现的。比如，阳光，终年照拂着你；比如，有的人，与你相伴，从不相弃。

我们只说日常事

朋友说，你女儿是《荆棘鸟》里的朱丝婷，有自己的诗和远方，不会回到你身边，你要做好思想准备。

或许是吧，因为小时候我就对她说，她能走多远走多远，老妈不拦她。

那时，我还年轻，有着自己的向往和野心，只是困囿于自己的职业和生活境况，哪儿也去不了，连最开始实行五一和国庆七天长假，也常常是待在家中度过。现在，有时我也为自己当初的鼓励教育方式有一丝后悔，我们从女儿高中时起，便成了留守家长。

其实，她就在北京，我们之间隔着五百到一千九百元左右机票的距离，隔着两个半小时航程的距离。但是遥远的北方啊，始终遥远。

她父亲生日，笑称要回来刷存在感，出去太久，怕大家忘记了她。那天，在农庄吃饭的饭钱她付的。我说我付吧，她说，让她体现一下自己的价值。这样说，我当然不反对，我知道，她长大了（虽然成长速度比我们慢），有责任感了。

今年，她的工作性质发生了变化，由原来的天天到岗，变成每周两次到公司开会，所以她突然有了大把的时间。我却担心，她没有自律性，生活没了规律，也鲜与人接触，会变得懒散，于身心健康不利。她也警惕着，买了跳舞毯，为公众号写文章之余，跳跳舞。

她回来那两天，我正心情郁闷。起由是一个年轻女子严重伤害了我的热心。其实我不过是牵线人。他们见面时结婚，再见面时离婚，四十三天的婚姻，立断立决，虽然与我无关，却严重伤害了我好朋友一家满怀热忱和希望的心。她们一家相继病倒，更让我心痛万分。我是一个可以为朋友两肋插刀的人。按我的行事风格，我会行正义之举，狠狠打击一下她。女儿听我详述后，对我说，她能理解那个女孩的做法，要我也尽量去理解她。现在的年轻

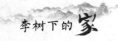

人与我们年长一辈的早已不同，会为自己考虑得更多，会做出出人意料的事情来。只是批评这个女孩确实做事不地道，太粗暴。还给我讲了现在年轻人的许多生活方式，比如同性恋，比如为什么不愿意结婚，比如网约解寂寞等现象。我缓缓地听她讲，心情平复了许多。只是我还是坚信一点，不管时代如何不同，不管长辈晚辈，不管现在年轻人生活方式如何多样化，善良和责任还是要坚守的——在我这里，是底线。

"我们不谈时事，只谈些日常事"，这句话成了她的口头禅，也成了我们的约定。就像有人告诫的那样，在饭桌上永远不要谈时事，因为不可能达成一致。再谈，那桌就没人了。年轻人的世界糖分居多，焦虑也多。她告诉我，反正在北京买不起房子，反而放松，不去为此事担心。"我们为什么不为此努力一下呢？"她惊讶："我以为我们家一直很穷，没有能力拿出首付的钱。再说，要在北京居住五年才有购房资格，现在才两年。"我笑了："如果你确实看好北京，我们加把油吧。"她说："好，目前有了差不多十万元存款。再过三年，就有二十多万了，加上你们的补助，买房之事也不是不可能实现。只是有一个条件，不要降低大家的生活水平。"我点头赞成。

我想到一件事，那就是，其实可以跟孩子公开家庭财务，和孩子一起规划未来，这样，大家心往一处想，劲往一处使，既民主开放，又能融洽和谐。

她九月二日晚上的飞机回北京。上午，我开车带她去采访了我正在着笔写的一个英雄故事。她帮我录了音，照了相，奇怪老英雄在讲战斗过程时口吻竟那么平淡，没有激动和激昂。我说，或许，他当时根本没有认为自己是战斗英雄，只是听从命令，服从指挥上战场。下午，我们在客厅有一搭没一搭地聊天。突然，她惊呼她的一个有才华有个性的女同事合同期满后未能续签。她问了部门主管，才得知，这个同事是在写一个广告软文时，与商务主管争吵过，与客户争吵过。而这个女孩直到被炒，也不明白是什么原因。女儿哭了，她说这个女孩写东西很不错的，她的个性可以被包容。而且员工哪些地方做得不对，主管可以批评指正。而谁也不告诉这个女孩真相，如此一来，一个人连改正错误、修正自己处事方法的机会都没有，便失去了一个工作机会。

她终于体会到了在私营企业打工的残酷性和危机感。

她开始醒悟，很多时候自己的命运不全由自己把握。

她说，得计划怎么开创自己的事业。

而我，这样的经历从来没有过。端着"铁饭碗"过了三十多年，稍加用心，就能得到各种奖励。退休后，能每月领到固定工资。

如此，我心下惶惶，仿佛对不起这份工作，对不起女儿。

去机场的路上，我们说些健身、饮食营养等琐事，渐渐忘记了她同事失业的苦恼……

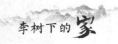

杏落一地

　　一株杏树，太庞大，主人迁走时，搬不动，也不忍砍掉。开发这片土地的人，将它圈在围墙里边，不妨碍修高楼，但是资金链断裂，征用了六年的土地，竟高楼未见，荒草萋萋，乐得这株杏树多活了这些年。它才不管新旧主人的遗弃，自顾自地春天开花，夏天结果。阳光灿烂时，喜气洋洋，风雨来时，低垂着头。

　　那天路过，竟在地上发现了许多杏的青果，抬头望见，树叶微卷、干瘪。心里有些担忧：这是生病了吗？与它背后的颓败环境颇为相似。记得初春从树下过时，花开满枝，轻盈盈的，粉粉的，让人爱得不行，那时并没有病状。突然想起，我们家李子树、梨树也是这个样子，病恹恹的，结的果子掉得满地都是。心下有些迷信，这是怎么了？人类在生病，难道果树也痛着人的痛，愿与人类同呼吸共命运吗？我知道是我自作多情了。人与树同属地球上的生命，却是不同物种。人，可以破坏树，树却不会害人。即便你不要它了，离开了你曾经爱的树，它仍然不计前嫌，为你固守家园。在乡下帮扶走村串寨时，尤其能见到这样的树：三两株橙子树，在寂寥的冬天，竟挂着一树金黄的硕果，仿佛点亮了寂静的家园，等着主人回家团圆。

　　想得远了，再回到这株杏树下。虽然卷了叶，但我知道它自愈功能强大，地上的果实也会化尘消失。不然会怎么样呢？顽强，本就是一切生命的本能。有时，过于受到保护，温室里的花，受不得一点意外，反而会害了它。这样想时，我对北漂的女儿反而有了信心。生活是她的，我，只不过远远看着。即使鸡毛一地，她终会一一拾起，让地面干净有序。

追 荷

以为世间上的好花好景都是永恒的，一直在某处等着自己。凭着这样的心愿，驱车一个多小时，七弯八拐到了深溪莲池湿地公园。

世事多变，早先的那一片连着一片的荷塘已经被填平，种上了玉米或蔬菜。原来，"接天莲叶无穷碧"只在江南，不在黔地山间坝子。

失望之余，心有不甘，即使在村委会前只有一小畦，也是要拍些照片来作留念。而且仍坚持去看一看当年荷开盛况的地方，观荷台还在，农家乐延伸到荷塘的木栈道还在。几台挖掘机在往水塘里填土，人们围起了栅栏，几朵不屈服于命运的荷花零星地开着。我们像是凭吊故人，远远地感叹了一番。

突然，对追荷的心境有了一些负罪感。土地，到底其根本用途是种庄稼，特别是在贵州山区地方，能耕种的为数不多，用来开发成湿地公园，似乎不合时宜。当初改种荷时，一定有人心痛，现在复耕，毁掉荷塘，也一定有人心痛，比如，我们仨。

幸好，有我们仨，风景在与不在，我们都还在。

似乎已经好久不见，各自忙着琐事。可一旦相约，便不会相负。没有荷花，有了荷园的盆景也是好的。或者即使什么也没有，能见个面也是好的。

我们讨论着哪里的荷好，七月，正是荷盛开的时候。还忆起 2016 年我们去金鼎山下的莲池。那天赶到时，正好是中午，太阳当头，有些强烈，但与荷相遇，一切相契。看荷给人印象深刻，不只是荷的婀娜多姿，更是有对的人在一起。

据说，今年金鼎山莲池的荷也不甚好。为看尽荷开，我们约了等一段时间去宽阔镇红河村，那里全是白荷，花并不多，主要是产藕。但是呀，哪怕看一片油绿的莲叶也会满足。红河村温度较低，莲还未到极茂盛的时候。好，去住一晚吧，凉爽的风从来丰盈，能看到荷在清晨和傍晚的风

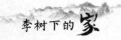

姿，该是多么惬意。

　　回来看到为我们辛苦拍照的陈老师发在群里的照片，哪怕只有几朵荷花和一些小景，也是极干净清爽的，一如我们追荷的心境。虽然我们都不再年轻，面色不可能再若芙蓉，但对美的追求却永远年轻。

　　此刻，突然明白，追荷永无尽意，一如我们相遇岁月，永无尽意。

病房小读

入中国医学科学院肿瘤医院时，带了两本书去。一本是关于结直肠癌患者护理与家庭照顾的，属工具书，不时翻阅一下，对手术前后应注意的事项和营养补充有帮助，编者是中国医学科学院结直肠外科医生郑朝阳所编，因我的主治医生不是他，似乎没有见到过他，倒是在病房门口的墙上见过他的大名。

另一本是美籍华人林耀华先生于 1948 年出版的人类学小说《金翼》——一个中国家庭的史记。这本书从 1910 年写到 1941 年，叙述了在福建福州古田的山村中的生活，即便在时局动荡中，也坚持了下来。

这本书之所以叫人类学小说，是因为它主要对当时民间的定亲、成婚、葬礼、过节及其他仪式进行了详细描写，让我们了解了许多民俗传统，也让我们对当时社会有了更详细的了解。它娓娓道来，比纪实性的叙述有趣得多。

如今，书中所描写的一些传统已经大大简化，或者荡然无存。只有通过这样的书才知晓一些。这不能不说是一种遗憾。通过阅读，了解过去，这也是一种幸运。

那天在手术台上等待手术时，护士、医生助理在做准备，他们偶尔会交流，我成了一个局外人，紧张的心无处安放。担心麻醉医生来后血压升高，赶忙调整自己的心思。一是将《金翼》书中写的结婚细节进行回忆，非常隆重、烦琐的程序。我还没有温习完，麻醉医生就来了。血压不算高，可以顺利手术。后来的事情什么也不知道了。

三嫂对我说，住院是件很无聊的事。不只是无聊，还无奈。因是腹腔镜手术，加上有止痛棒，点滴里还有止痛药，所以，即使最初三天，那痛，没有影响到睡眠。只是漫漫白天，有点难熬。《金翼》成了枕边物，不时翻看。作者所写的百年前的家事，与我们现在的家庭生活大相径庭，让人饶有

兴趣。不知不觉，在医院术后九天，加术前四天，近半月时光就这样过去了。书，也已经读掉大半。

"政治的、社会的和经济的动荡，都同样搅动了人们的生活，但最终均无法彻底改变它。"这句话，也同样适用于我：病魔搅动了我的生活，但无法彻底摧毁它。

比起《金翼》书中主人公东林及其家庭的遭遇，我们不知好上几千倍。他们化解了一个又一个危机，而如今的我们，生活在和平年代，生活医疗有保障，只是遇上一个病魔，有什么好怕的呢？

回到家里休养时，忆起在医院的阅读，有意义。

至少忘却了自己是一个病人，连焦虑也暂时隐遁了。

初冬絮事二则

威　风

菜市买菜，进粉馆吃早餐。

粉馆收拾得不算特别清洁，几个老头在门口站着或坐着聊天。老板娘胖胖的，六十多岁，穿着朴素，待人不卑不亢，也不将堵在门口的人赶开，老街坊似的，熟络得很。我进去时侧了下身子。

正慢慢吃时，门口桌边来了一位老太，面朝外，不像吃早点的，倒像是特意来聊天的，大声地和老板娘有一句没一句地说话。

"大喇叭又在通知，不要打麻将了，疫情严重。河边的麻将馆被罚款了。"老太说。

"是啊。"老板娘边干活边简单回答。

"哟，某某终于不威风了。刚刚从这里过去，得了糖尿病，歪歪倒倒的。"老太非常肯定地判断。

"以前他是很威风。"老板娘和老太议论的那个某局长我认识。

"他当局长时，有一次我和王大娘他们几个在观景亭耍，某某和一帮人也去了，说是要清场。我问什么叫清场。王大娘说，就是叫我们都离开。哦哟，我第一次知道清场。我就问，这个地方是你家的？他说，不是。那不是为什么叫我们走？看到我们态度不好，就没有赶我们了。他们在卡拉OK厅唱歌，我也不信旋（不惧怕），抢过话筒乱唱乱跳。"老太说得有板有眼，还有些自豪，我相信是真的。那时特别盛行卡拉OK，那地方我和朋友们也去玩过。二十多年前的事了吧。那个风景点现在除了剩一座亭子，可俯瞰县城外，其他早已荡然无存了。

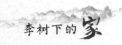

老太佝偻着背，低低地坐着。我出店门时，看到她颤巍巍地，往粉碗里抖鸡精。

印　子

县城里取消了定期赶场，成了百日场。

取不取消的对大家生活没有影响。买的照买，卖的照卖。

东门菜市即现在的蓝天市场一带，从来就是赶场集散地，卖农产品的居多。菜市中心的广场是应有尽有的蔬菜水果等，广场周边是什么肥料种子，什么箩筐甑子扫把，什么菜秧果苗等，种类繁多。每天上午，这里都是人挤人的。我抽空去逛了一下。

突然眼前一亮，几个方形没有封口的木盒摆在几根漆成酱红色的小板凳上，特别醒目。我知道那叫"印子"，小时候家里有的——基本上家家都有。那时用得最多的计量单位"升"，装满一印子便是一升。现在很少见了。我拿出手机拍照，怕引起误会，便讪讪地跟卖印子的老板说，好多年没见过了。他哈哈一笑："拍吧，就当是给我打广告。"

好呀，好呀。

我们家的印子到哪里去了呢？木料的本色已经褪去，有了些油渍的痕迹。

冬天，用来当着茶盘用，装炒米、苞谷泡、花生、瓜子，客人来了，放在火炉边角，温暖里吃着美味，似乎人生不过如此。

用来印米，印苞谷，舀取后用手掌抹平，一升大约为四斤，十升为一斗。斗，比印子更大的木盒，一般家里没有，放在生产队的保管室内，分粮时才用得上。

用来向邻居借粮。春天来了，万物生长，哥哥们也要说亲了，姑娘家来看人看家，可家里没有一粒米，得跟邻居家借。一般情况下，都是大人打好招呼后，派我这个小人去端回来。邻居家也不富裕，但对于年轻人说亲事这样的大事还是很支持的。勉强从深深见底的木柜里掏出一升米，抹了又抹，生怕高过印子边缘。小心翼翼端回家，煮一甑大米饭，博得相亲人的欢喜，期盼亲事能成。可惜的是，借了几回米，没有一桩相亲成功的。只是乐得我饱吃了几顿大米饭。

等到秋收还米时，那米一定是高高冒过印子的，算是感谢邻居家的慷慨吧，也是一点点微薄的利息。

印子，其实是母亲经常使用的物品，和生活息息相关，却不知量出了多少生活的艰辛。

等候千年，只为一睹你的风采

轮廓分明的脸颊，宽阔光洁的额头，健康的肤色，剑一般的眉毛，平视的眼睛不大，单眼皮，眼里透出不怕困难，不畏权力，不亢不卑的神采摄人心魄；下颌饱满，抿着的嘴唇性感而执着——这就是秦始皇兵马俑博物馆中的彩陶人形象。放眼望去，一号兵马俑坑里，一队队，一排排，似有千军万马奔驰而来。从衣饰、头式和面部表情可以看出哪些是领头的，哪些是士兵，而且神态各异。车、马、人，刻画出了各自内在的风骨和个性。

秦始皇生前是霸主，统一中国的铁腕人物，死后也不甘当躺在土坑的沉默者，寂寞着自己的寂寞。

秦国在战争中崛起，在战争中消亡，征服来自残暴的打压。喜好战争的秦始皇即使生命消亡了，也还要用战鼓擂、战马嘶、刀光剑影等战争场面来陪伴自己。他虽梦寐以求千年不朽，万年不腐，却也懂得肉身终究会消失的那一天，所以命人用烧制的彩陶来陪伴自己。历经千年，当初的愿望果然实现。他用宏大的场地来摆布这些陶人，栩栩如生的场面让人仿佛置于大军恢宏有序的布阵中。军部指挥坑里的指挥车上，将军位置是空着的，那是他的位置，正如现在依然找不到他的真迹一样。空，即成了永恒。

俑坑留下了真实，再现了历史。

走完四个兵马俑坑，脚趾头已经在提意见，偌大的秦始皇博物馆，除了坐一段电瓶车，走路参观就占去了半天的时间，还是匆匆忙忙。

在这里，处处感觉有一种权力的霸气。战争的惨烈还在继续，战场上的硝烟味也似乎飘到鼻翼里来。虽然那些残头断臂、破损不堪的彩陶横七竖八地放在一边等着专家们的修复，然而，他们一旦站起来，一种不朽的气势随之而来。帅气俊朗的脸庞，是曾经秦国统一天下后来自各地年轻士兵的真实面孔吗？他们坚毅执着的表情真是对自己国家热爱而甘愿奔赴战场吗？

许是彩陶艺术家对生活原型的美好进行了提升？我不得而知。在汉中这块神奇而古老的土地上，战争从来不是稀罕事。距此不远处的华清宫，不正以大型舞剧的形式回放那场"安史之乱"的战争带来的生灵涂炭吗？三尺白绫让有沉鱼落雁、闭月羞花之美的杨玉环香消玉殒；战争让身居清朝末年幕后第一把交椅的慈禧太后从繁华的紫禁城逃到了西安华清宫避难。其实，时过境迁，这个人类社会又有多少改变呢？为了各自的利益，让多少国家的人民陷入了战争的泥淖！难道人类非要在互相的拼杀搏斗中不断进步吗？走向现代文明的阶梯必须用斑斑血迹来残酷书写吗？可见，人性一旦有了弱肉强食的兽性，比兽还凶狠残暴。

我久久凝视着兵马俑彩陶头像照片，时空已经不复存在，感觉他们就在我的面前，是如此的鲜活和逼真，一种大男人视死如归的英雄气概震撼了我的内心。心突然有些疼痛起来，千年后，与英俊的你得以相见，你却要上战场拼杀了，走得如此从容镇静。难道战场才是实现你英雄本色的场所？才是成就你梦想的地方？温柔乡会扼杀了你的雄心壮志？围观你的男男女女都有着羡慕的眼神，而这些人的面貌多是白嫩的脸庞和发福的身体。我到哪里去找寻这种有着独特体型外貌并有个性的男子？哦！原来在这里！

能目睹你的风采，此生无憾了，虽然在战场上，虽然你仅仅是陶人。

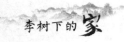

长不大的少年

认识他时，十六岁，头发黑油油的，长相秀气，脸色苍白，时常微笑着。如果你不仔细看他略显浮肿的脸、呆滞的目光，你不知道他有病。

这次见到他时，二十六岁，依然有一头茂密的头发，秀秀气气的脸庞，没有浮肿，笑嘻嘻的，只有嘴唇上有几根小胡须提醒你，他已经不是当年的那个少年了。

在其父母的介绍下，他热情地与我们拉手，拍肩膀，喊"二舅""四舅""嬢嬢"（本来他应该叫我二舅娘的，因与我同姓，便叫嬢嬢），感觉到做他的亲戚，得到了发自内心而不是客气的欢迎。他在拉我手时，我却有点害怕他，因为你定睛一看，他的眼睛是晃动的，不是年轻人滴溜溜转的那种灵活，而是朝上的漫无目标的晃动。只是他手里柔软的温度、洁白的牙齿、红润的嘴唇、眼里不时聚集的喜气感染了我，让我安下心来。我想，我是他哪门子亲戚，他并不完全明白，但他由衷地欢迎我。不由赞了他一句："你待人真热情。"

邻居从屋前路过时，他会招呼别人好几遍进屋来坐。"还好，这里没有外来的陌生人，也没有坏人，只有熟识的乡邻，不然，盗贼就进屋了。"他母亲，我先生的堂妹告诉我们。

先生老家在偏远山区，堂妹嫁得更偏远。我们的车在稀泥和石头之间滑来滑去，找不到稳当处，摇摇摆摆到达堂妹家。其实目的地不是她家，是到她的邻居王老表家吊丧。王老表是先生二嬢的儿子，早年资助过先生就读。先生心底感激，中秋节前看过父母，便转道这里。

先生的堂妹便是多年前二嬢当媒人介绍嫁到这里的，堂妹一家与王老表家既是亲戚又是邻居，所以才得以见到了这个十年前便患病的少年。那时，他患病不久，正在到处求治，在我家住宿过。少年叫志强。虽然叫志

46

强，而且已经二十六岁，却不像意志坚强的男子汉，满脸的童真。

志强和他父母一起把我们让进屋里沙发上坐下。屋里的家具虽然陈旧，却干净整洁，在农村尤其是在偏远的农村能如此，是不多见的。

志强一直在离我不远的地方坐着，有些兴奋，不时对我嘿嘿笑着，还时不时拍拍我的肩头。他母亲叫他别挨我那么近，热得很。他便朝沙发的另一头退后一步，笑着说："这下不热了。"

"帮妈妈做事没有？会做饭不？看电视看得懂吗？"我问志强，又问他父母，心里隐隐担心，父母不可能永远陪着他，等剩他一个人时怎么办。

志强乐观地笑着，然而有些含混不清地回答我："嘿嘿，我做事的，扫地抹桌子。要做饭，妈不让做。"

"你经常昏倒，不问时间地点地昏倒，敢让你做饭？摔到火里、锅里怎么办？连赶场天也不好让你去赶场，怕在街上晕了。"堂妹把慈爱的眼睛转向我，接着说，"家里的地由他打扫，他一天会打扫好几次。"

"哦！怪不得屋里屋外挺干净的，原来是志强的功劳啊！"志强听到我表扬他，又高兴地嘿嘿地笑了起来。

说话间，堂妹夫从里屋拿出一本书来，说是北京华盛医院寄来的，电话也来了几次，希望他带志强去医治，十年了，到不少地方花了不少钱仍没有医治得好。前段也去成都的一家中医院抓了不少中药，可吃了两个月后，一点也不好转，就停了药。

我翻弄着手里的治疗癫痫病的彩页书，心里有些沉重。志强见我翻书，边告诉我："嬢嬢，我吃过好多药，这病总不见好。"

"哦！你知道你有病呀？"本来不好说的话，被他自己说开后，反倒心里轻松起来，说话也可随便些。他见我问他，便点了点头，算是回答。

我又说："要昏倒时，你就不能克制一下？"——这话一点水平都没有，要能克制就不叫癫痫病了，但还是忍不住问。

"不能呀，嬢嬢！我自己不知道就倒了，一会醒了就爬起来。"说这话时，他满脸纯真安静的样子，他不觉得这病的痛苦，更不知道这病给他一生带来的伤害有多大。他接着说："妈说我是吃母猪肉得的病。"

我不置可否，因为我不知道吃母猪肉是不是真的会患病。

堂妹夫告诉我们，等烤烟全部烤好卖了钱，就带他去北京治治。他的声音显得很平静，没有焦虑，没有叹气。十年，时间太长，足以让叹息变老变累，心理承受力强大起来；十年，太短，一个少年在十年间仿佛停止了生长，那个纯真的少年还在。

患病那年，他读小学六年级，别奇怪，偏远山区孩子读书晚，因为到学校要走两个小时的山路，年龄太小走不动。那年，他突然发烧，怎么也降不下来，等降下来时，落下了病根。

堂妹端来洗净的梨子和苹果。我拿起两个红红的苹果，一个递给志强，他高兴地吃了起来。吃完苹果，他站起身来，摊开手里的苹果皮和蒂给我看，并说："嬢嬢，你陪妈多说会儿话，我出去。"意思是他要出去扔果皮。我笑了起来，这个讲卫生的孩子，不只是长得干净，屋里屋外打扫得干净，还挺讲环境卫生的。

该回县城了。离开时，没有看到志强的身影。堂妹说，他可能到别家玩去了。——看不到也好，免得看到他脸上的纯真与极不协调的眼睛搭配在一起。

中秋的山区，树和草依旧绿着，公共烤烟房的烘干机轰鸣着，那是烟叶从青绿走向金黄的脚步声；各种花蝴蝶在小径的野花丛中来回穿梭，金银花的花朵们早已变成人民币，而叶子依然绿油油的，据说叶子也是宝，有人来收购；玉米一码一码堆放在屋檐坎下，狗狗用灵敏的鼻子这嗅嗅那嗅嗅，以期发现意外食物；王老表家不时传来吊丧的鞭炮声，鼓乐队奏响《一路平安》的乐曲，送逝者上路……在这里，生活一应俱全，我心里五味杂陈，不知道在志强单纯而有病的大脑里会想些什么。看他幸福快乐的模样，似乎什么也没想。我在被他单纯快乐感染的同时，一丝焦虑掠过幽暗的心湖，把心底的苦味翻了出来，长不大的少年，是祸是福？过着不被尘埃污染的单纯生活是不是很好呢？身在不为人知的山区，没有人知道他的未来。

我恐怕看不到他的未来。

春 雪

"下雪啦！下雪啦！"人们在清晨拉开窗帘，忽见白雪皑皑，大地一片纯净，都欢欣起来。

随即，朋友圈铺满了南方下雪的图片。

二月下旬之始，气温陡降，春雪不期而至。

春雪，来自唐朝韩愈笔下：白雪却嫌春色晚，故穿庭树作飞花。的确，植物们还在酝酿春色时，雪花似乎仍难舍冬天，给人间添了飞花。春雪，仿佛是要特意延长春节的喜气，让已经开始忙碌的家人再次围炉而坐，温暖团聚；春雪，更像春天的画家，浓墨重彩画红梅，红的更红，白的更白；春雪，化作春雨，浇灌绿茵。

父亲的病房里，空调嗡嗡地响着，一股又一股热风送进房间的每一个角落，温暖如春。药水从细长的输液管一滴一滴地进入他的身体，已经是第九天了，可咳嗽和衰弱症状并没有减轻太多。他一会儿清醒，一会儿糊涂，时轻时重。真怕他熬不过这乍暖还寒的正月。总是想起他以前带我到老亲戚家拜年的事（可能是家里的老幺，年龄小，有空跟着他拜访亲戚）。那些好吃的香肠、甜酒汤圆，一直美好，留在记忆里。他从来不强壮，弱弱的样子，性格平和，遇事看得开，活到如今九十二岁，病情从没这么严重过。他熟睡时，面色红润，可被气息不畅憋醒过来时，嘴唇和脸都成了青紫色。要缓很长时间，气息才顺畅起来。

他时常感叹，年龄大了，活着费力。

我说，院子里他栽的那棵柏香树，满身是雪，很好看。

我到北京复查病情，上飞机时大雪飘飘。记得正月初八给女儿送机，那天也是白雪飘飘。瑞雪兆丰年，愿一切顺利——先生的心愿，定能实现。

第二天，家里人在微信群里晒出家乡春雪景致，心下愉悦。春雪化

雨，滋养大地，万物萌动，蓄势待发。感觉自己像雪下面的小草，所有的忧虑和沮丧都会消失，迎接又一轮崭新的春天。

我从你的童年路过

因为邻居大姐冬碧去世，祭祀时，远亲近邻们纷纷前来吃丧酒，于是，几个童年时的女伴相遇了。

我们都是嫁出去的姑娘，而且都老了。

书会、秋会、文群、老五、正群，平时极少见到，更别说坐下聊一聊。最大的五十九岁，最小的五十三岁。

尽管在这样的特殊场合，大家对逝者满是哀伤和怜惜，人间生死让人凝重，我们内心仍充满了温暖。

书会、文群是亲姐妹。当年，虽然她们家兄弟姐妹多，但父亲是拉马车的，生活相对富裕一些，而且长辈和善，家里比较宽敞，是伙伴们时常玩耍的地方。秋会的父亲曾是生产队队长，那年头比较威风。老五还有一个同胞姐姐老四，也是我的儿时玩伴，现在远嫁江苏，已经几十年未见过了。她们来自四川綦江，继父是大队队长，奶奶是大队妇女主任。正群的爸爸是生产队会计，我是地主娃儿。小孩子没有阶级之分，也没有歧视心理。所以，很多时间，大家在劳动中也会玩到一处，打猪草、放牛、摘果子吃，形影不离。

逝者是书会、文群的嫂子，所以此次相逢也在她们家。

书会家院坝曾挖过鱼塘，半人高，没见过鱼，却成了我们学游泳的好地方。小孩子天性好水，不怕大人呵斥，偷偷下水，不亦乐乎。直到有一次我滑倒，仰面躺在水中，看到了水面上的枯枝，才真的意识到危险，从此再不到鱼塘里玩了。

她家屋前有一棵梨树，长得特别高大。春天满树白花，从我家院坝看过去，漂亮极了，也羡慕极了。梨子成熟了，我们喜欢在下面溜达，期望着天上掉果子，但那样的机会几乎没有。那就等到下梨（采摘）的隆重时刻到

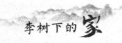

来吧。

　　大人们搭着梯子爬上树，用长长的竹竿绑了布网兜，一个一个地摘，地上放了箩筐和背篼，下面的人等着接到后一个一个小心地放进去。这种梨皮薄水多且甜，摔坏就没法卖。我们一群小孩子，就眼巴巴等网兜里的梨或者碰着的梨掉下来。这样掉下来的梨子真不少，包吃个够。虽然梨子摔破了，甚至有的半边摔得稀烂，一点儿也不影响喜悦的心情。反正屋旁边有一条溪沟，清水长流，稍洗一下便进了口。吃啊吃啊，还能捧几个回家。这种糖梨，糖分丰富，会拉肚子，但那是小事。

　　这样让人兴奋而幸福的日子，其实还不少。比如生产队有一片梨树林和李子林，每年集体采摘时，哪里会少了我们小孩的影子。比如集体分稻谷、小麦、菜籽、玉米、黄豆和红薯时，帮忙搬和抬，每个人都积极得不得了。

　　上大坡打猪草和砍柴时，大约也是这几个年龄相仿的人一起的。彼此帮助，没有扯过皮闹过矛盾。

　　文群说，那时吃地萝卜（红薯）饭，米没几粒，全是地萝卜，吃得烦死了；老五说，她家尽吃糯米，黏糊糊的，吃得烦死了。我们哈哈大笑，早已谅解了那些过去不公平的事情。

　　记得和书会都在洋川中学读初中时，每天早上去喊她出发，她都在眼泪汪汪地烧火煮猪草，一等不走，二等还是不能走。那时她父亲已经去世，同母异父的哥哥又结婚分家，她成了家中老大，家务特别多。等不到她，我只好独自带着狗狗先走了。现在讲起这事，她因为没有能读到多少书仍然有些戚然。

　　几个伙伴中，大部分都当了奶奶或外婆，这是让人欣慰的事。下一代比我们强，在人生路上知道奋斗，平安地生活，我们便知足了。

　　我从你的童年路过，过去的岁月质朴而纯粹，暖在心头，激活文字蹿出指端，渴望问候未来。

说 "粉"

　　苏州文友江老师问我："你们遵义什么东西最好吃？"我说："粉呀！"他说："怎么个好吃法？"我无法形容怎么个好吃法，只告诉他，我们早餐以它为主，很多人靠它为生，粉馆满大街都是，花溪牛肉粉和虾子羊肉粉，还有刘二妈米皮要吃需排长队。他说他想象我们一定会吃得满脸的白粉，挺狼狈的。逗得我哈哈大笑。我说等我有空去录一段微信小视频发给他看，就什么都清楚了。因事忙，还没来得及录，他已经在贵州随团旅游，怀着极大的好奇心吃了两次粉，一次是在三都吃的牛肉粉，一次是在镇远吃的辣鸡粉，并把照片发给我看。

　　从老师发的照片来看，我告诉他，他所吃的这个粉，其实只是"粉"家族中的一种，具体名称叫米皮——是用米浆磨成后用手工蒸熟后晾干切的半指宽的条。粉从品种上说还有筒筒粉、粗粉、细粉，从质量上说有干粉、湿粉，从放的哨子来说，除了江老师说的牛肉粉、辣鸡粉，还有羊肉粉、肠旺粉、鹅肉粉、香菇粉、脆哨粉、肉沫粉、大肉粉、烘肉粉、素粉（无肉，只用榨菜）等，应有尽有，从吃法上来说，有热烫，有凉拌，还有现蒸现吃的。其实，粉不只有米粉做的，还有豌豆粉、红苕粉等。老师呀，粉不光好吃，还有着许多与粉有关的故事哩。

　　在乡镇的赶场天，两个老朋友见面，怎么也得进粉馆吃碗粉，再向老板娘要两杯小酒，吃得汗水直流，吃得嘴巴直咂，那才尽兴；有相亲的，媒人和双方亲戚也大多在粉馆见面，大家边吃边说话，即融洽又得体；在外工作生活的人无论过了多少年后回乡，一下车就直奔粉馆，要先品一碗家乡的味道；红白喜事、早餐夜宵也是吃粉；吃牛羊肉火锅时，放点米皮进去，像亲情友情爱情般滋味绵长哩。

　　"哦！哦！你们的'粉'，无处不在，这些'粉'的故事既生动又有趣，和你们的生活息息相关。"他说，"来贵州旅游，一半是看山清水秀，一半就是为了看你们怎么吃粉。在吃粉时，连汤也喝得不剩一滴，脸上并没有白白的粉末。"他为自己的胡乱想象好笑。后来他在朋友圈写道：现在知道了，原来遵义文友说的"粉"是面条，只是用米粉而不是用麦粉做的，可惜没机会吃到花溪牛肉粉和虾子羊肉粉。

可是，老师，你知道吗？在小时候，这样的粉要过年才得吃。腊月，天晴时，母亲泡好米，磨好米浆，蒸熟后晾晒在竹竿上，略干后切好放在竹簸箕里摊开除湿，以便至少保存到正月初十。有拜年的客人来了，烫一碗出来，就着炖肉汤，真是美味啊！

其实，你别看有那么多的臊子种类，那还是次要的哩，那一锅骨头汤（羊骨、牛骨、猪大骨）才是"粉"味道鲜美的奥秘哦！

老师说："那么好的东西，怎么没有流传到其他地方呢？"

"这么好吃的东西，干吗要传到别的地方去？"我笑着狡辩了一下。其实，有很多人尝试，将粉馆开到其他大城市去，或许是米的原因，或许是水的原因，或许是人的原因，总之，从外面回来的人都说，在哪儿吃的味道都不如在家乡吃的味道正宗。

"是不是可以把粉和臊子加在一起用真空包装在网上卖？"江老师提议。

"也许可以吧！不过，真空包装的说明书上，是不是还应该告诉顾客，在烫粉之前熬一锅骨头汤呢？"老师听了这话，又笑了起来。

老师，咱们的粉不在网上卖，就放在家门口，等你，等你们，再来。来看青山依旧在，江水永长流，来美美地品味"粉"，来听我说说关于"粉"的那些美妙故事。

叶落了，我不再寂寞

十月下旬的一个傍晚，去河边散步——白日里躁动的心需要用夜晚的安静来抚慰。

秋意渐深，行道树上的叶子站立不住，不时掉下一片来。我捡起一枚，在手里转着圈，默默地对它说："你是来向我告别的吗？你完成了从春到秋的绿色使命，完美谢幕，我好喜欢你这样的谢幕。"

是的，我很喜欢这样的谢幕，无论你是一棵小草、一朵花或一片叶，努力做好自己，完成使命，最后诗意地消失，至于是化成泥，化成水，还是化成灰，不问去路。

清晨，太阳刚刚苏醒，你便催促我："起来！懒猪，快起来读书！"是呀，人生在现实之外，总要有点属于自己的心灵寄托，一段梦，一句诗，一本书，灵魂便不会在浑浑噩噩中酣睡。

在《散文》期刊里读到一篇与母亲、与童年和与野草密切相关的文章，仿佛回到小时候，倍感温暖。黄花菜是母亲菜肴里的清香，普通得不能再普通，却有着神秘而美丽的别名——忘忧草、萱草。紫花地丁、看麦娘、豚草、猪秧秧等，与春麦相伴相生，小时候经常看到，却从来叫不出它们的名字，如今从书中获知，并在百度上搜索图片一一对照，内心泛起阵阵涟漪，原来，再卑微的植物，都有一个属于它自己的芳名。看到这些，仿佛与儿时的伙伴相遇，把野花野草切碎，装在用树叶做成的盘子上过家家，用牛筋草交缠着比谁的力气大。

因了读书，因了有诗意的写作，我心中充盈着草木的柔软，幻化成朝露，成彩霞，与你共沐浴。

多年来沉溺于本分、无为，与你相遇后，尽量让心保持年轻单纯，将心灵契合于精神之上，向其他美好事物靠拢，绽放生命之花，不辜负命运女神

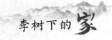

的眷顾。

如果说这些年来能有文字见诸纸上，都是因为你这个严厉而"刻薄"的"医生"，一刀一刀剜去我文字中的瘤子，经过多年手术台上的文字治疗，才有所收获。这些收获，与爱情无关，与心灵寄托有关。

你是我的导师，更是那林中清泉，从树下流过，树便茂了，淌过草地，草便绿了，能在你身边安静地修为，努力做一棵有灵性的草，是何等幸运的事。

……

一阵秋风吹来，更多的叶子纷纷告别树干掉落。月色朦胧，树影绰绰，思念轻轻蒙上一层抑或是寂寞或别的什么东西，我不能让它扩散，我需要另一阵清风，驱散杂念，拂去孤单，便赶紧收回思绪，还是向简简单单的树叶学习吧！明天的一切不可预期，只愿今天在澄清的心灵里，谱写几段浅白的诗句，伴随浅浅笑意，与你共勉，便是人间好时节。

叶落了，我不再寂寞。

我的梦

夜幕深沉，人进入了灵魂的家园。看起来，一切都那么静谧，那么安详。其实不然，在睡眠中并不安宁：回归过去，爬坡下坎，上天入地，飞翔驾车，或惊，或怕，或怒，或哭，或笑，或羞，疲惫与挣扎，遗憾与圆满，喜怒哀乐，样样齐全，那就是做梦。

据说，一个人的精神负荷过重，梦也就越多；也说，梦是魂的漂流或梦神的赐予，那是灵验的；又说，心不能清乱梦多；还说，梦是人们在另一个世界的虚幻旅行。总之，云云总总，众说纷纭。最高境界是《庄子·大宗师》上所说，"古之真人，其寝不梦"，这是神定了，物我两忘。这，我是无法做到的。

我是常人，便常常有梦。

最常做的梦是老家屋后的小山坡。坡上有几个坟头，那坟在梦里总是被挖开的，隐隐的黑洞，让人恐惧又怀有一种强烈的好奇心。整个环境没有一丝阳光，朦胧不清，不见一个人影。我独自在山坡上游荡，本身就像是孤魂野鬼。甚至有一次，从黑洞里走进了坟墓。类似的梦境反反复复做了无数年。仔细思量，这个梦也许来自童年的记忆。

小山坡上的坟，有我奶奶和母亲的，也有别人家的。其中一座坟最让人害怕，它埋着邻居黄婆婆。黄婆婆生前做过大队（现在为村）妇女主任，性格暴躁，尤其对我们成分不好的人家总是恶汹汹的。父母屈尊讨好也无济于事，我打小心里特别惧怕她，背地里骂她"恶鸡婆"。一个伸手不见五指的冬夜，她去另一个生产队吃庖锅汤回来，因高血压昏倒在小麦田边。不几天断气后，仗着有势，她家人把她埋在离我家屋子很近的荒地里，害得我夜晚怕上厕所，傍晚不敢去邻居家玩，白天不敢去屋后的菜地摘菜，连清晨上学，也不敢回头看一眼房子后的山坡，所有的不敢却都必须硬着头皮去做。那些花花绿绿的花圈纸，像一根根绳索勒紧我的大脑和心脏，阵阵发蒙发痛。后来的某个夏天，二哥在那些坟头旁边种了西瓜。傍晚时分，我去西瓜地割猪草，刚爬上土坎，就看见一条黑灰色的大蛇拖着长长的身子，在黄婆婆的坟前绕了一圈，轻轻蠕动着，吓得我丢下背篼和猪草刀，拔腿跑回了屋子里，抱紧身子，瑟瑟发抖，哭了起来。至今，我也是不会轻易去后山坡一次的。虽然现在生活在城里，而那些情景却牢牢盘踞在心灵深处，在夜深人静之时，不时出来搅扰一下。幼时的恐惧和压抑似乎造成一定的心理疾病。有了女儿后，我尽量不让她接触恐惧的东西，不想让她跟我一样，一辈子受噩梦侵扰。

我相信梦是对过去的陈述，不是对未来的预测。所以即便我爱做梦，但我从不去测吉凶。吉凶自有天注定，何必把命运和心情寄托在虚无上。我除了做噩梦，也有许多美梦，甜蜜的梦，一如现实中的生活。

怀上女儿那个月，我梦见由先生和二哥陪着，走过一条平坦大道，朝着一个山上的庙宇走去，去拜谒观世音菩萨，那庙在云蒸霞蔚之中，内心极其祥和，盈满幸福，我喜欢这样的感觉，那是新生命赋予我的安宁。

学写诗歌后，如大观园中的香菱，对诗歌痴迷，时常梦中念念有词，那些美句如蝌蚪游动，律感宛如花瓣翩翩起舞，唾手可得，醒来，虽然早已忘记大半，心里却美滋滋的。

有时会梦见想见之人或已亡的人：与想见的人或一起浸淫在兰花的清香四溢里，或共赏一轮明月，浅笑盈盈，恋恋不舍地从梦中醒来，却不必告诉对方，各自安好，便足矣；与已亡之人在阴阳两隔的世界里见一见，了却一些思念，多好。

当然，我还会做一些自己厌恶的事和人的梦。梦里，我会骂人，会愤怒，甚至会开枪，少了白日里的优柔寡断。想想自己原是嫉恶如仇之人，只因被生活磨去了棱角，再无抗争的心气，戚然中有坦然，世界之大，鱼龙混杂，这才叫世界。我生活其中，难免会有郁闷，在梦中发泄一下，也好。

写到这里，回头看了看我右边矮茶几上的"小花园"，杜鹃展笑颜，孔雀叶翩跹，水仙苞待发，铜钱草渐圆，好一派勃勃生机！我仿佛如庄周梦蝶，幻化成两只蝴蝶在"小花园"翩翩追逐，思维模糊，分不清是人间还是梦了——我是如此喜欢美梦。

　　梦如人生，人生如梦。白昼与黑夜交替出现，闪闪烁烁，我在现实与虚幻中游走。白日里尚不知觉的压力，在夜晚缓缓地释放，童年时的孤寂和压抑，在成年后慢慢消解。心中喜欢的人和事，不便说与人听，在梦里得以相遇。梦，自由地来，自由地去。"浮生暂寄梦中梦"，梦中不能没有你，如此，我的心灵便丰富润泽了。

　　清晨，太阳出来，天地逐渐清明，我从酣梦中醒来，开始新一天的旅程。

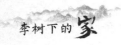

山风掠起树的涟漪

"树欲静，而风不止。"风止了，这树就没了动感和灵活，呆板的东西哪能入眼？——她躺在老家柏树下的竹板椅上，懒懒地看着对面的山坡，默默地沉思。夏日的太阳在柏树顶上热热旺旺地燃烧着。天很蓝，偶尔有几朵白云飘过地面，为地面上的植物和人遮遮阴。

市里的街道纵横交错，花花绿绿的衣香丽影挡不住穿街而过的阵阵热浪。树呢？城市里是有树的，一棵接一棵，成排成行，整齐好看，洒水车不时喷出水雾，哄哄树木，让它们误认为下雨了，误以为还长在云山雾海里。终究是瞒哄不住的，水分被高楼和街道吸干，树们便蔫蔫地害起相思病来，想念那些森林里与同伴们相亲相爱相依相伴的快乐时光。她每当看到这些树，似乎明白了树的心思。也许是出生在冬天的缘故，一到了夏天，她总是不能与季节相融，没精打采，像即将凋谢的花朵，勉强应付了许多事后，常常疲惫不堪，苦不堪言。红尘中人，哪有让你歇一个夏天的奢侈？她想逃，逃得远远的，逃到无爱无恨、无牵无挂的地方去。

她记得周国平的文章里引有一句大哲学家话："上帝创造了乡村，人类创造了城市。"所以她笃信，上帝创造的地方能消除她的疲惫，能安抚她躁动不安的心。于是，周末，她便会迫不及待地跑到乡下，随便找个地方歇上一歇，或老家旧屋，或有潺潺流水的小溪边，或农家屋后草地上、树林里、石头旁。她常常嫉妒农村的宁静，宁静中有一种自由和空旷；嫉妒农村人可以与千年古树相守，与万载巨石同眠；嫉妒乡村的热闹，呼儿唤女，鸡鸣狗吠，还有鸟儿昆虫的和鸣。更惬意的是，一阵轻柔的风儿掠过，竹林发出沙沙声，在轻轻拍打中得到慰藉，柏树一年四季都在簌簌往下掉着枯叶，不知不觉中完成新陈代谢的光荣使命。乡村所有的动植物，像是交响乐团的演员，演奏着不同的乐器，奏响了和谐悦耳的乐章。而人呢？

"人是心思复杂的动物，浮躁难安，欲海难填，偶尔的对望里却是一片空洞。女人的心思更是迂回曲折，生气是为一件说不清、道不明的事，似乎谁也无法理解。"她仍然躺在竹椅上似睡非睡，自顾自地想着。上午收到的一条短信让她的心有点微微发酸，一直迟疑着没有回复。其实那信息很简单，问她在哪，致安。其实她知道那简单的问候里有一种深深的牵挂。跟他已经好几天不曾见面，不发信息，不聊天了。有时，人们需要静待，需要思考，需要权衡利弊——商品经济社会里，总会想到如何保护好自己，不要让自己太吃亏，爱情也是如此吧。她守着的那份情感让她感觉有些飘浮，有些无奈，却又无法一刀两断。

又是一阵阵风吹了过来，她突然睁大了眼睛，一脸的愕然：

一棵年轻茂盛的柏树在风的吹拂下，弯低了身子，去拥抱爱抚另一棵同样年轻茂盛的柏树，一高一矮，两两相对。矮树长在高树的背风处，有了高树对风的阻力，矮树轻微摇晃，正好迎接高树低下的身子。风停了，两棵树就那么一高一矮直直地站立着。她似乎看到两棵树的彼此凝视里的爱意，无声地传达着浪漫而忠贞的语言。她突然好奇起来，爬上土坎石岩，去观察这两棵树究竟是以怎样的姿态在相爱？其实，两棵树并没有近距离生长，而是相隔了十来米远的距离，一棵长在石缝里，一棵长在荆棘丛中，脚下土层极薄——其实已经不薄了吧！它们的根已经艰难穿越表层，扎到更深更深的土壤里去了。她站在两棵树之间，想做它们信息的传递者，不要等风来时才相亲相爱，却是枉然。没有风时，它们就生长着自己的生长，做着自己该做的事。风来了，两棵树不忘记自己的爱人，演绎着同样的喜剧，高的树极力弯腰，矮的尽力伸长枝丫，这之间的吸引力，不是人力所能为的。她有些明白了，它们之所以茂盛，之所以无怨无悔地坚持在贫瘠的土地上扎根，原来是因为有爱的信念在内心坚守，两棵树便有救了。她庆幸，它们没有长在一处，被挤对得变形，才得以风姿绰约，俊俏葱郁。树与树之间也是讲究距离美的呀！它们站在同一条经纬线上，是彼此的光，彼此的神……

她心胸开阔坦荡起来，眼角还有一滴泪。她拿起手机按下：

我在听风的温柔、树的情话，在思念……

他懂的。因为她懂了。

大房子

在外转了二十多年的圈，终于又转回了原地，回到了出发的地方。

在乡下老家修房子的心思，源于新农村建设的风起云涌。家家户户二楼一底的独门小院，绿荫环绕，鸟语花香，令人羡慕不已。而我家老屋，因是二十世纪七十年代初的土坯房，经五十余年的风剥雨蚀，早已破败不堪，即便老父几次修葺，仍不能居住。在农村，那屋便成了一幅春光图的点滴墨汁，煞了风景。父亲几经催促，兄妹几个才集资修建起来。

当一幢带有露台的房子修建完毕后，横看竖看，虽然才一百三十平方米，但它够大，因为它连接着天，连接着地，连接着山，与花草树木鸟禽昆虫毗邻。有了人气，花儿仿佛得令，竞相开放。牵牛花兴奋地向墙上攀爬，好奇地探究大房子里的秘密；玫瑰花鲜红的色彩，高唱着清香，醉得狗儿和鸡群沉沉睡去。后山坡草木茂盛，娃娃鸡（野鸡）不停地呼朋唤友，让乡村充满无限生机。小鸟们食源充足，樱桃过后，枇杷已在泛黄，当然随后还有杨梅和李子，都是它们的美食。

夜晚来临，站在露台上，大房子成了黑色海洋上的大船，孤独地向前行驶，似乎有些摇晃。船顶上的那盏灯，让人温暖，让人心安——大海上，我拥有了可以遮风挡雨的船，还有能给予人安慰的灯。

人渐老，安静下来的心思越发迫切，回到生长的地方，便能如愿了吧。

能装我一生的房子，的确够大。

我的邻居李百顺儿

聪明，是指头脑好，有较强的记忆力，有良好的人际关系。我的邻居李百顺儿，算不上聪明，干活老实，被老婆骂，有时会还嘴，或在没有人的地方嘀咕几句，可你说他是老实中的聪明还是老实里的愚笨呢？

李百顺儿这个名字，也许是他公公婆婆取的，大约是特别希望他一顺百顺吧。他打小没有父母。据说，他的母亲是城里某军官的女儿，因有疯傻病嫁到乡下。傻到什么程度呢？把背篓倒背着去打猪草，在坡上转了一天，几根茅草与她一起，被风吹得摇摇欲坠。后来，在生下李百顺儿不久时，他的父亲不知用什么方法，让她溺死在茅厕。等他父亲从劳改队回来，已经是三个孙子的爷爷。

李百顺儿家屋后的林子里有两棵柿子树，到了秋天，那些晶莹透亮的果实从青绿到成熟，常常吸引着我们的心，胆子猫大，总会偷偷爬上树去采摘。小孩子的食欲在饥饿年代，总是不能满足。李百顺儿的婆婆踮着小脚追赶我们时，从不见他出来帮忙，其实，他大我们许多，完全震得住我们。

李百顺儿不爱说话，不开玩笑，却爱背着他婆娘咒骂：万人都死了，就那死婆娘不死。其实她为他传宗接代，让李家单薄的血脉有了兴旺的迹象，茅草屋摇身变成大瓦房，只是他婆娘像地主婆李百顺儿像长工，一天到晚不停地做活路。

他是生产队队长出工时最爱喊的名字，他是远近乡邻红白喜事烧火传柴的好手，他是邻居最喜欢请的帮工。后来村里的男劳力都南下广州打工挣钱去了，可李百顺儿喜欢田野，喜欢桃李缤纷，油菜花香。冬天时，他种的蒜苗嫩绿迷人，总能卖好价钱。李百顺儿，一锄一锄掘着全家人的梦，三个儿子两个大学毕业，各自就业，一个儿子在家干农活，农闲时在县城做些砖工。

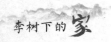

　　每次回老家，都能看到李百顺儿瘦弱的身影忙进忙出。六十多岁的人，更沉默，也更拒绝空闲。偶尔仍会听到他诅咒：万人都死了，就那死婆娘不死！他家土墙屋前那幢重新修建的崭新的二楼一底砖结构的楼房，似乎很安静很惬意地听他咒骂，还在笑嘻嘻地回答：托你的福，大家都会长命百岁！

　　站在我家的阳台上，可以远远看到李百顺家屋后的林子，如今由他家承包后，更加茂密，已经好久没有进去过了，也不知那几棵柿子树在不在，物是人非，也许早就不在了吧。不过，那里的风景却是一年一年依旧，春天有嫩黄的树叶冬天全是萧瑟，夏天有一片翁郁的深绿秋天变成红叶，煞是好年。其实，这所有变化从不与季节对抗，一如李百顺儿老实本分的人生。

盼

　　临近春节那几天，盼盼常到村口的马路边玩。零零星星的鞭炮声不时在空中回响，心急的孩子们对过年已经等不及了。

　　马路上有三轮车开过，车上坐满了人。旅行箱、背包，或者大包小包的年货堆满了车厢。偶尔驶过一辆摩托车，男人开车，女人坐后面，小孩在两个大人之间或在男人前面，手里不是拿了氢气球就是风车、棉花糖之类的好吃又好玩的东西。过往的都是别人的爸爸妈妈，盼盼感觉与自己无关。她偶尔偷偷瞄一下过往的车辆行人，便装着玩石子和草叶的样子，不去看他们，只听得突突突的声音远去。

　　盼盼知道爸爸妈妈今年过年又不回来了，但她还是常常来路边玩，希望奇迹出现。就像电视上演的，本来好人要被打败了，突然出现一个奇迹，好人把坏人打败。"奇迹"两个字是上学期老师才教的，所以她记得这个词。

　　盼盼不知道爸爸妈妈为什么给她取这个名字。她已经盼了三年，三年没有见过他们了。电话倒是经常打的。每次公公接完电话都叫她去接。她不知道说什么才好，对父母的印象有些模糊，只轻轻地叫了一下，那头说什么，她都"嗯——嗯——"地答应着。无非是要听公公婆婆的话啦，好好学习啦，给她买好东西回来啦，等等。其实她心里有很多话要说，只是对着冰冷空洞的话筒，她说不出来。跟公公婆婆说的话可多了，老师呀，同学呀，隔壁秀秀家的事呀，祖孙三人在一起时又热闹又乐呵。

　　盼盼很乖巧，从不乱跑，更不敢跑到那口鱼塘边玩。说起这事，盼盼心里一直害怕着。

　　去年夏天，同村夏家的七八岁的姐弟俩双双落水淹死。都说是中了邪，不然怎么会一起淹死呢？姐弟俩的父母在外打工，夏公公夏婆婆在山上薅苞谷，来回一个多小时的路程，得到消息回到家，姐弟俩的尸体齐齐摆在草地上。老人哭得死去活来。后来姐弟俩的父母急急从广东赶回，又哭得死去活来，一家人的哭声在村庄的上空久久不散，凄凄惨惨的。那时，盼盼一直在婆婆怀里瑟瑟发抖，像是害病打摆子。婆婆没让她去看现场，只是从大人们脸上读到透入骨髓的伤心和恐惧。事后，听公公说，姐弟俩的父母对夏公公夏婆婆发了狠话，从此再也不回来了，连个孙子都照看不了！夏公公夏婆婆不再上坡做活路，沉默寡言，目光呆滞，在家摸摸索索的，不知在干些啥。公公说，怕是要疯了。

盼盼怕，怕看见鱼塘，怕中邪，怕见不到爸爸妈妈，怕爸爸妈妈对公公婆婆说狠话。在她心里，公公婆婆比爸爸妈妈还亲，可她还是盼着爸爸妈妈过年时回来，给她买来好东西。好东西是什么，其实她并不清楚，盼盼有楼房住，有漂亮衣服穿，常有好吃的，还有一个毛茸茸的玩具狗熊陪着她睡觉，在她八岁的脑袋瓜子里，实在想不出什么好东西来。她倒是羡慕秀秀。

前段时间，秀秀爸从浙江开回了一辆轿车，黑亮黑亮的，漂亮极了，听说还要在村里建一个竹编厂。秀秀爸去学校大门口接秀秀，和老师有说有笑，老师把秀秀的手牵着递给了他。盼盼躲在教室里，使劲揩眼睛，不让人看见她的眼泪。秀秀兴奋地笑着，回头来找人，盼盼知道是在找她，平时俩小姑娘就是约着上学放学的。没有找到盼盼，车开走了。盼盼知道老师也是喜欢自己的，常常摸摸她的头，问她学懂没有，爸爸妈妈回来没有，鼓励她好好学习。老师对全班同学说，我们要多关心留守儿童。盼盼不懂啥叫留守儿童，她只是盼望爸爸也来接接自己，不用开轿车，开开摩托车、走走路都行，和老师聊聊自己的学习情况。可是，她已经上小学三年级了，老师还不认识自己的父母哩。

几天前，爸爸打电话，说今年不回来了。来回花费大不说，回来后，亲戚们总要叫上赌一回，自己没有那么多钱去输，会很没面子的，再说盼盼妈身体不太好，趁过年厂子放假，好好休养一下。寄了三千元钱给家里过年，多给盼盼买点好吃的。

那晚，盼盼在被窝里抱着狗熊偷偷地哭了。公公在她被子上拍了两拍，叹了一声气走开。盼盼越发伤心啦！她不信，不信爸爸妈妈不想看见她，不信他们不会回来。再不回来，她就长高长大了，都认不出来了呀！从小到大，跟父母在一起的时间就过年那么几天啊！再说，再说可以到秀秀爸

散
sanwen
文

的竹编厂打工呀！

　　所以临近过年，盼盼常常到村口的马路边玩，盼着奇迹出现……

67

乡村腊八

年，像女儿家嫁人那天那个牵着她的手，将她送上婚轿的隔壁婶婶——家庭殷实，多子多福。

年，更像爷爷拱身上香的香案，那里供着"天地君亲师位"，一切崇仰和怀念的祭祀，都有着浓重的仪式感。

抽象的"年"字，一进入腊月，就具体到每一件为过年而准备的事务上，且有了浓郁的味道，尤其在乡村。

小万给我打电话，邀请我们几个诗友腊月初八那天去他家吃庖锅汤。几番推辞，难却盛情，便答应下来。倒不是看不起他年纪小，也不是因为他家住在乡下，主要最近血压高，如果吃太多肉，于身体有万种害处。末了，调皮的诗弟对我说，李老师要去给小万写春联，毕竟要喝两杯小酒的，我去好开车载大家。哦，哦，好吧，愿意效劳。

腊八这天，细雨绵绵，有些寒冷，我们驱车到达清源村黄家坝小万家时，一头大肥猪已经被剖好腹放在倒扣的挞斗（西南山区用手工脱稻谷粒的木质大方斗）上，肥白瘦红，很是新鲜。杀猪匠正挥刀切肉，有好几个妇女在进进出出地帮忙，拿肉、切肉、洗肠，忙得不亦乐乎。院坝中间支着铁灶，柴火燃得正旺，一大锅火热气腾腾，屋檐下已经挂上了新灌好的香肠。院坝边还放了一个音箱，正播着广场舞曲，那几个帮忙的妇女忙碌之余不时比画一下舞姿，真正是劳动中有快乐。小万说，这是今天杀的第二头猪，是几个唱友舞友跟母亲购买的，在这里做好后再拿回县城，就不麻烦了。

小万是个喜欢唱歌且喜欢音乐制作的小伙子，他以自己的方式，为在乡村的家添一份过年的氛围。

看到小万和他邻居房屋，仍是那种比较原始的黔北木板房，盖着青

68

瓦，院坝外用宽大的竹片围了篱笆，富有乡村古朴味和烟火气。而小万却一再谦虚地说，农村落后，担心我们不习惯。其实，他哪里知道，我们都是农村出生的，小时候的家没有他家殷实和干净哩。当他父亲去邻居家借大方桌用来作摆饭用时，从我们停车的地方经过，我抢拍了几张照片，后来看，颇有现代时尚里乡村永远存在的朴素意味。

在院坝，将两张方桌连上，李长远老师开始他的春联书写。他为小万量身定做了一副对联，内容是：

乐吐五音高唱城乡变化

弦调十美喜抒家国情怀

横批：新年伊始

当李老师在红纸上落下最后一个字，我们热烈鼓掌。这副对联，真是贴切，既有希望又喜庆。小万喜滋滋又小心翼翼地贴到堂屋门上，拉着李老师合影。一老一少天真单纯的样子，加上杀猪灌肠洗肉的前景，过年的气氛一下子被烘托得浓郁起来，让人喜乐。

而我沾光，得到了李老师赠联：

酒煮全月醉梅醉云醉痴兴

诗种三春祖仙祖圣祖东坡

横批：春光无限

他也是根据我喜爱诗歌这个特点来写的，内心感动，只怕辜负了他的心意。

说到吃"庖锅汤"，这只是一个指代吧。其实常见的菜有：泡酸萝卜炒肥肉，糯糯的肥肉与酸酸的萝卜相搭配，肥而不腻，深得人们喜爱；另外的菜有精瘦肉炒白菜杆、芹菜炒猪肝，再加一碗白豆腐、一碗老酸菜。真正的庖锅汤是那钵新鲜猪血旺白菜汤。摆席前，女主人端了几碗菜到堂屋前敬了祖先。

杀猪这件事从来就是一个农村家庭的大事。要先告诉先人，我们丰衣足食，我们后继有人，我们家道兴旺。最让我感动的是，在祭祀时，男主人低沉地念了一句：对面山上的英烈们，也来享用吧。我们才想起，一年前那场空难，正在此地训练的某空军官兵，惨烈坠机。"生活哪有那么安宁，如果没有他们！"大家默哀了一会儿，然后才摆席，邻居加朋友，满满四桌，吃

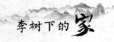

得大家喜气洋洋的。我想，百姓安居乐业，生活幸福，他们的牺牲才有意义。当地群众朴实的祭奠情感，愿他们在天之灵得以安慰。

回来时，一路行来，马路边时常见有轿车停在路边，小万说，外出打工的年轻人们已经陆续回家过年了，乡下也要热闹起来了。

人们说，过了腊八就是年。是啊！年味，从乡村瓦楞上滴落下来，浸润到每家每户，走向了城里，走向这片大地，走进了每个人心里。

大山里的那些事儿

　　贵州山，贵州山，贵州的山像是上苍磨墨画画时，随意留下的墨汁，点点滴滴、浓浓淡淡、凹凸不平。岭坡的高高低低连着山，坝子的宽宽窄窄连着山，稻谷的金黄连着山，烤烟的青绿连着山，金银花的清香连着山，人们的心更连着山。

　　山脊是这片土地的横梁，担当大任，永不倒下；溪水是血管，让山更有活力；树木是头发，山显得更峥嵘；山谷是鼻子旁边的槽沟，让山看起来更俊秀；飞来飞去的鸟儿是山的客人；而那些冒着袅袅炊烟的山窝人家，则是这片山地的眼睛，眼睛被山风吹成眯缝，想透过云遮雾掩，看到山外的世界。

　　不经意间，我与山窝人家结了缘。

　　国庆假期间，应先生儿时朋友之邀，我们回到了山里的老家——小关乡辅乐村。朋友父亲过生日，大家来山里图个热闹。

　　越野车沿着一条清澈溪水带，在鹅卵石的灰白与茅草的枯黄间穿行，溪水两边是仰着脖子才能望到顶的山，连绵不断。曾经因为一件赡养纠纷案件，在六七年前我来过这里。有两位六十多岁的兄弟，为其九十岁高龄母亲的棺木和老人名下的森林、土地发生纠纷，为了解决他们之间的矛盾来过。如今，老人去了，归寂于这片山地，她家两儿子的纠纷也平息了。

　　山区湿度大，常年云来雾往，像画家的精妙笔法；浓雾在山村里穿行，真是"万松岭上一间屋，老僧半间云半间"，像古诗里的诗情。但山民不懂诗，也不考究画意，他们只知道山路是通往外界的希望，苞谷洋芋是养大他们的食粮，父老乡亲是在外奔波人的深深牵挂。无论有钱无钱，某些时候必定要回去看看的，比如过年，比如父母的生日，比如家里有重大事情发生。父母佝偻着背，苍老了容颜，固执地种下一些烟叶、辣椒、金银花，还有一亩高山冷水田的稻谷，喂养着一二头猪，付出所有的劳力，维持着简单的生活。父母们在城里是住过的，终究还是回到了故土，不是不让儿女尽孝，是那里的空气让人憋闷得头晕，是那方块水泥楼房少了乡下木板房的温度、乡亲们的你呼我唤的热度。他们清晨起来听不到鸡鸣狗吠，想动动身子骨却没土掘、没菜摘，所以逐渐老去的父母还是回到了山里，守着老屋，守着那些挑一担肥料需要一天时间的坡土，等儿孙有空时回家，等时间将自己湮没，那样的生活少了在城里的烦躁——心安啊！

其实在朋友父母家吃的饭菜很简单，杀了一头猪—— 一头用苞谷洋芋喂肥的猪。用糟辣椒掺点水煮一大锅"洗澡肉"，红红的是辣椒和汤，白白的是坐墩（猪屁股）肉，绿绿的是蒜叶子，外加一锅自己烧制的豆腐，一碗凉拌酸菜。山里人吃肉不放蔬菜，天然纯香，大快朵颐。我们吃得开心，朋友的父母看着满意——岂止是满意，简直就是骄傲啊！我知道老人的骄傲还不止在这些，因为屋前溪边那个篮球场是他儿子修的，过年时远近的亲戚邻居相约着会来一场球赛，哪怕费些力做几桌饭菜招待也是乐颠颠的；从山外回家的那条路是用儿子争取的资金修的，虽然还只是毛糙糙的路面，但乡亲们的拖拉机、摩托车进出方便了，儿子和儿子的朋友可以开着车进屋了。所以老人不惜在秋天就开杀一头价值三千元左右的年猪来招待大家，你说，这样的猪肉宴席吃起来会不会很香呢？

山里人喜欢认亲，可能是过去人们很少出去，女人不外嫁的缘故吧！互称"老表"的特别多。朋友和我们一般大小，依着辈分，他父母是我们的老表、老表嫂，朋友就总是人前人后地叫着我们"老辈子"。开始我很不好意思，也很不习惯，提了几次意见，毫不奏效。朋友现在是堂堂一方父母官，还这样谦逊和保持着本色，着实让人佩服。

先生与这几个老乡小时候在县城读初中时，每月回家一次，总是相伴着走那长长的山路——没有车，只好走路。有一次，几个人走到途中，又累又饿，在一家人的挞斗里睡着了，主人天黑后回来看到，着其女儿煮了一锅萝卜苞谷饭给这几个饥肠辘辘的少年吃，吃完后还安排他们在床上美美地睡了一觉。这顿饭在他们记忆里刻下了一道深深的印迹，一辈子都无法忘记。等他们都工作成家后，带着家人，载着几百斤大米、菜油，还有带着上千元钱去看望这家人家。可人家一点都记不起这档子早已融化在岁月长河中的芝麻事。不过，他们感恩的心感动了那个已经老去的主人和我们随行的几个女人，还有我们的孩子。

那些大山，不会说话的大山，以一种特殊的方式养育着一代又一代朴实、善良、执着的山民，并以山的姿势默默地担当着。

山，还是那些山，人，也许不再是原来的人。山里清新的空气，美妙的风景不能带给人们富裕的生活，山里人走出去打拼的人很多很多，也许还会回来，也许不会回来了。父母在，是他们往回赶的莫大动力；父母不在，那坡山地，那片轻风，那声鸟叫，那条山路，那山窝里的房屋，便成他们心底的记忆了。

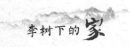

火炉的温度

冬急急地来了，一会儿冷风，一会儿冻雨，阴冷而潮湿；一会儿又露出太阳调皮的笑脸，暖洋洋的，变化之快像个老顽童。其实他更喜欢玩弄自己身上的云被，扯下一缕缕、一片片，随意地向空中抛撒，雪花便飘飘落下，禾苗尽享着雪花的亲吻，低喃着春的美梦。人却需要一些外来的热量，才能抵御住冬的顽皮。

掀开罩在沉寂了三季火炉上的桌布，抖抖烟管的锈迹，漆漆斑驳的外壳，裱裱火炉凹凸不平的内层，架上木炭，引燃金沙煤块的蓝色火苗，屋子里渐渐有了温热的味道。火炉便有了它特有的魔力，冬季里围绕着它暖意融融且富有诗意的生活开始了。

小时候在乡下，雪很大，白茫茫一片，冷天会持续很长时间。当你兴冲冲从学校赶回，或者冒着寒冷打猪草、放牛回家时，冻僵的手脚因为母亲烧得旺旺的火炉的热气，很快便能活动自如；炉盘上的红薯片、土豆片，被烤得黄黄的，冒着汁液，浓郁的香味萦绕一屋，引诱着人的食欲强烈起来；砂锅里的红烧肉是母亲的拿手菜，在火炉上吱吱着响，肉香味逗来狗儿、猫儿不愿离开房间半步；菜园子里割下一棵被雪盖着的大白菜，洗洗便放入炉上的锅中，再加一碗刚杀的年猪瘦肉，蘸点辣椒水，吃得额头上直冒汗，那份痛快，想想都过瘾；临近年关，全家人围坐着火炉，边炒瓜子花生边嗑着，聊着乡里乡亲及家里的大小事务，唠唠过年的准备，偶尔还会有邻家叔叔过来侃一侃，亲切自然。一方火炉，暖了情谊。

在 2008 年初南方遭遇百年不遇的雪凝灾害期间，停水停电，一个多月不能出远门，彻骨阴冷的气候，肆虐着自己的坏脾气，让人郁闷无奈。你把家里的火炉烧得旺旺的，因为你知道，越是在这样困难和沉郁的时刻，越是要让家里温暖如春。两个孩子坐在火炉边，做着作业或读着课外书籍。你做完家务后也坐了下来，轻轻地叹了一口气，四方形的火炉，有一方是空着的，因生活所需，你的他外出打工，天天在电话那头的念叨，让家里的火炉燃得更旺了。要是他在家，火炉四方会各坐一人，捧着书报，有人读到激动处，会念出声来，引起一阵讨论，或者争吃在火炉上烤熟的拌了麻辣味的猪牛肉，这是不是一幅生动和谐的图画呢？火炉边的三个人就这样坚守着，克服了雪凝天气带来的种种困扰，等到了那个缺席的人在春节里回到家，共同涂抹那幅团圆画面。

"妈，炉子生起没有啊？"今年入冬不久，女儿在电话里急切地问。

"烧的呀！很暖和的。"

"好安逸哟！我要回来烤火！"你知道她在跟你撒娇，要上学回不来的，不过你知道烧着火炉的家，她是眷恋的。

侄儿的信息飞过千山万水："二伯娘，新年快乐！家里生火没有？"

"生起的呀！等着你哩。"你知道他已经成了家里的一分子，同样怀念着围着火炉读书及和妹妹争吃烤肉的温馨。

同事朋友中很多人都把陈旧的火炉卖给收废铁的人，换成了方便、干净、漂亮的电炉，但进屋时的那股冷气，让人感觉不到家的暖意，而且电一关，热气全无；而火炉，二十四小时都可以散发着自己的热量，让劳累一天的你，回到家时感觉非常惬意。所以你对在冬天里用火炉取暖情有独钟，那份暖暖的依恋深深地烙在心底，执拗着要把落后的火炉继续烧下去，把火打理得旺旺的，红红的，让家里人尽情享受围着火炉过冬的美妙生活，让归心似箭回家过年的人更加快了脚步。

冬天的家，因为火炉变得温暖，令人向往，让人留恋！

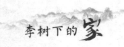

接　机

　　腊月二十九晚上九点三十三分，终于听到机场广播里通知：从北京飞来本站的客机已经到站。妹妹（女儿）上机时说，估计要晚二十分钟。还好，只晚了十三分钟。

　　到达遵义机场候机大厅时，突然感觉人很多：候机的、排队安检的、接机的。向来不喜欢出门的先生突然说，明年春节叫爽儿不要回来，我们去北京。我奇怪地看了他一眼，原来死守老营的人也心动了。但是，我明白，这是不可能的，家乡老父母也在望儿归哩。

　　在接机口，甚至感觉到有些拥挤。大家翘首以待，都希望让那个走出来的人第一眼看到自己。我有些奇怪，这趟飞机有那么多人乘坐吗？可妹妹说，她一个人坐了一排，还煞有介事地将大衣放上位置，拴上安全带。一下子释然：哦！接机人比乘机人多。乘机人一个，接机人为一个亲友团。要知道，这是腊月二十九啊！远方归来的人，赶回来过年的人，你是否感受到家人的热切盼望？

　　来了，来了。玻璃大门打开，乘客们渐渐走了出来。

　　"欢迎！欢迎！"接机人热情伸出手与来人相握，并抱起那个一脸惶惑的小姑娘——远方亲戚到遵义过年！

　　"终于来啦，宝贝！"男士大大地拥抱了那个戴着紫红呢帽、披着大围巾的女子——爱情得以团聚，是多么令人羡慕的事！

　　"幺儿——"中年女子迅速跑过来拉住了一个少年的手，并接过他手中的提包。那一声大大的"幺儿"，让少年不好意思起来。我们对此却喜形于色，万分理解一个母亲见到久未见面的孩子时显露出来的兴奋。

　　乘客们一一从接机亲友团面前走过，像归来的贵宾，接受着大家的注目礼。接机无数趟，唯独今天的接机显得庄重热切。想是临近春节的缘故，人们对团圆向往之。这样的情结，根深蒂固，无法改变。

妹妹拖着一个大箱子，终于出来了，她向我们招了招手，还是那般瘦，不过，精神尚好。

走，回家。——为了这趟回家，筹划了好久。在外打拼的人，既要回家过节，又要想到如何节约。原定腊月三十才回，机票便宜嘛。为了这提前一天团圆，我们也是出了力的。看过一个视频：孩子为了梦想独自在外打拼，春节期间不能回家，爸妈去看他，看到他住所条件很差，心里凉了一大截。不过，一家人能在一起，比什么都重要。对此，颇有感触。生活条件好坏没有关系，钱多钱少也没有关系，关键是有一颗奋斗的心！一家人能团圆，能彼此鼓励，彼此关爱就特别好。

"好久没说绥阳话了，舌头有点转不过来。"我们都笑了起来，继续用绥阳话聊天。乖，好久不说不要紧，没忘记便好。

妹妹在绥时间并不多，不要去想离别，离别交给未来，珍惜好在一起的时光就是了。

订　婚

　　腊月三十在先生老家辅乐村过年，接受了侄女丹子邀请，正月初四到金坪村参加她的订婚仪式。

　　有人说，订婚就是从前的"取同意"。也对也不对。从前女方到男方家里"取同意"，是经媒人介绍认识后，双方经初步了解，认为可以进入下一个流程，暂时把亲定下来。后面还要送三次礼，或许一年，或许两年，这个过程，就是双方可以进一步了解，最后才结婚。这订婚，是双方已经确定了恋爱关系，为结婚做准备的一个重要程序。

　　当然，现在恋爱越来越自由，婚姻缔结程序越来越简单，体现了男女双方越来越平等。

　　金坪村，是大路槽乡与小关乡交界处。从县城过去，差不多要花一个半小时。水泥路，很窄，错车时得非常小心或者有一方退让到宽处才行。看来，这乡村公路虽然是通到了村、通了组，有的通到了户，但在实用上还需要进一步改善才行。

　　丹子男朋友小周家背靠大山，一小片平地托住了房子。开门见山，山壁如削，沟壑深陷，几块水田成梯状，在院坝前顺势而下。电话、网络信号时有时无，怪不得丹子父母之前一直不赞成他们恋爱。从地势来看，确实不是富饶之地，在这里生活只有受穷的份。还好两个年轻人发愤图强，外出辛勤务工，在县城买了商品房，为未来生活做了许多准备，也博得了双方父母的赞同。

　　路难行，山陡峭，空气却清新，风景也别致，水潭里的水绿盈盈的，清澈纯洁，见着就想捧起来饮一口。

　　订婚时，女方来人自然极为受到尊重，有专门的屋子就座，生了暖暖的炭火，有茶果招待。下午三点开始摆席，菜满满一桌，一人一碗汤圆当饭前点心。听说，菜都是小周的弟弟在外学厨师的手艺。席间，由媒人带着男方父母一一敬烟，共计有四桌人。随后才是男方家亲戚坐席。饭毕，再由媒人带着两个年轻人先向女方亲戚认亲、敬烟、改口，并向前辈磕头。随后才是向男方家亲戚行同样的礼节。自然，双方亲戚是要给两个准新人红包的。

即便如此简单，也很有仪式感。我们能做的，就是祝福：祝福未来！祝福爱情！

爱情，如这山中行路，跋涉了几弯几坡，才有了今天这场订婚。

赶 秋

　　窗外，几阵风过，梧桐叶飘落。晴好的夜晚，月亮渐渐变得圆润。

　　走过白露，秋分在望，中秋节也即将到来。

　　丰子恺说，秋天适合懒懒地行，慢慢地过。可不知怎么的，这几天总是慌乱，感觉内心无处可放。我知道，该去赶秋了。生怕秋风秋雨过后，你便失了踪影。

　　我期望，秋潮退却时，能拾到几粒晶莹的贝壳。

　　最喜欢的是那一片一片金黄的稻浪。深深吸吮稻香与泥土香，肺腑得到滋润，喜悦上了眉梢，久违的新米香气似乎已经在舌尖缠绵。和农人一样，我们都爱极了这片丰饶的土地。

　　如今，要找到成片的稻田并不容易。许多耕地上，要么修了房，要么种了果树，或者大棚蔬菜，加上年轻人大多外出务工，农田荒芜也是常见的景象。但是，即便市场上粮油充足，随时可以买到，发展经济作物收入更高，劳动力不足，也总有一些人在坚持，坚持种植稻子，所以我们才如此眷顾乡愁。"喜看稻菽千重浪，遍地英雄下夕烟"，伟人将夕阳下耕种的农民喻为英雄。的确如此，能一辈子执着地爱土地、护土地、与土地融入的人，是英雄。

　　车过了枧坝镇，爬到半山公路，遥望对面青山，郁郁葱葱，连绵不断。山腰上围了一条灰白色缎带，一下子让沉寂的大山生动起来，那是新修的一条高速公路，将偏远的山区与外界紧紧相连。

　　居住在岩坪梯田上的村民是幸运的。有清新的空气，洗肺养眼，日出而作，日落而息；有大集体时开垦出来的层层梯田，耕种稻谷、玉米、辣椒，养活自己；有一处木楼，前面是篮球场，木楼后面有一幢砖混结构的二层楼房，楼房前面有一水泥板做成的台球桌，这是岩坪村小学原先的教学楼，已经全部荒废，孩子们都去了镇上上学；几个老人悠闲地在屋檐下歇着，摆摆家常，见我们提着相机过来，便热情地指点在哪里照相最好。

很想遇见高高垒起来的南瓜，可惜一直未能如愿。

两个中年男子，同样的境况：妻子在外打工，孩子在县城上中学，自己留守在家种庄稼、养猪。不同的是，一个种植了许多辣椒，一个种植了许多玉米。两种农作物都是红红火火、金灿灿的，甚是热烈，也愿他们未来的日子也是如此。

再次去了红河村莲藕基地，荷叶渐枯，浅水清亮，看不见的莲藕在冷水田里生长，每一节都继续着叶子的生命，倔强而执着。

淌过一波一波的秋景，我们赶秋时，身体是疲惫的，内心却欢愉。

对于丰老先生的话，细细地去体味吧。

赶上金秋盛会，赶上丰收的希望。

我知道，今年的秋，我没有遗憾了。

秋，一次次轮回，它们在原地。我们只是匆匆过客，但内心充满感激。

我坚信，秋天，会善待每一个辛勤劳作的人，大家都会有所收获。

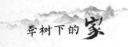

听 雨

夏至过后，雨多了起来，渴望滋养的大地，一下子添了许多茂绿。

"即使在雨中，我们也要有听雨的心"，记不起在哪里听来这句话，在心里盘旋了许久，终于得到恰当的时机对你说了。这是对你说的，当然，也是对我说的。如果有花草树木听见，大概也是极赞成。或者，它们只是微微一笑，将听雨一事视为平常。因为它们从来没有放弃听雨的心境。想来，那株和吊兰长在一起的野百合，将长长的手臂穿过铁栏杆，伸出阳台，是去迎接雨的洗礼吧。我担心它会因扎根不牢翻了身子，那种吊兰的土实在太薄了。大概是去年吧，不知它从哪里飞来一颗种子，便在此安营扎寨。去年只有弱弱的一根枝干，今年长出了一个花苞。我知道，它是极喜欢听雨的。

"听雨"，是我古筝的名字，莫高系列里的一款。我喜欢它的名字，也喜欢它的模样，更喜欢它的音色。

对于乐器，其实我从来没有真正拥有过。记得少年时拥有过一个口琴，学会吹《兰花草》《蜗牛与黄鹂鸟》，感觉很美。可是，口琴早已不知去向。上中专时请同学从石阡买了笛和箫，虽然不会吹，但好像很珍惜的样子，保管得比较好。搬了几次家，终究和口琴一样，缘分已尽，不知所终。去年初冬开始学古筝，感觉很喜欢，便买下了这款"听雨"。本来放在书房，偶尔复习一下老师所教课程。那天傍晚下雨，想起对你说过"听雨心情"的话来，便将古筝搬到阳台上，练习起了刚学的《云水禅心》。不想，二哥在楼下喊我，并告诉我，好听，像轻音乐。

我笑了：这不就是轻音乐吗？为了不污人耳朵，我弹得轻。不曾想，那声音穿过雨幕，穿过墙体，飘到喜欢的人耳中。受到鼓励，弹奏时便加了些力气。

雨，仍下着，没有停的意思。阳台上的双色茉莉开得正好，香味浓郁，那些肉肉植物正值盛期，几株牵牛花虽然弱弱的，但聪明的它们知道找依靠，石榴结了果……抬眼便是山峦茂林深绿，和几幢农舍，在朦胧烟雨中极有韵味。

此雨，此琴，此景，此情，恰好相遇，我便落入其中，像一滴清凉的雨。

六点出发

　　你沉默着，惦念着，期冀着：我什么时候才真正恢复健康。

　　我们都是羞于表达的人，但彼此懂得。

　　所以，我头晚告诉你，我明天清晨六点发动车辆，向新蒲的二附院肿瘤医院出发，进行第三次化疗。

　　打工人们比我早，骑摩托车上戴着安全帽；开三轮车的比我早，车里装着菜，那些头天傍晚从菜地摘下的菜，正新鲜好奇地在车里欢喜着随车跳动；偶尔看到一个学生，似乎仍在做梦，慢悠悠晃动脚步，不知是不是被习惯听鸡叫就起床的爷爷或奶奶叫醒，催促着早早上学去了。

　　明天入伏，今天晴朗，晨曦下，树浓郁，秧苗长势旺盛，荷田里有白花点点。对了，什么时候找块荷塘，追追那些清丽的花吧。这在以前，是轻而易举的事。放到现在，已经不太容易了。生着病的身体，影响了追花的心境。

　　突然，我的脚紧张了一下，迅速踩在刹车片上，方向盘向左打了一下，从一个横穿马路的老人前面冲了过去。有些气恼，有些吓坏了，从反光镜中向后看，那老人已经慢悠悠地走到了马路的对面。

　　唉，开车时不能再走心了。

　　到了机场高速，太阳出来了。它在我背后，照耀着我前行，反光镜中，一片云亮灿灿的。心情大好——有希望的一天又开始了。

　　每次从这里路过，都看到有一个高高的广告牌，上面写着"陌草香"三个大字。紫色背景，是我喜爱的颜色，感觉安宁且易产生联想。不知道是什么产品。或许是化妆的，或许是某一处农庄，或许是养身会所。下次路过时，一定要开慢点，仔细看看有无小字说明。

　　一个小时后，到达医院。进出的人们多了起来，大部分是住院病人或家属为早餐进进出出，为生存继续新的一天。

我，是其中之一。六点出发，为治病而来，为希望而奔忙。

无须怀疑我的意志。每天我都在与蝴蝶对话。再卑微弱小的生命，也会振动出美丽的翅膀。何况我是渴望新生的人。

对于一个六点就出发的人，你大可放心。

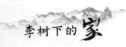

田野时光

趁先生上班顺道，将他送到马槽沟粮库后，我继续开车往前走，几分钟到金子坝去散步。

这里因是去鸣泉谷风景区，旅游马路将金子坝一分为二，顺小河而上。夏天水丰富，鹅鸭在水里快乐地欢叫。马路两边曾经是著名的红枫大道，进入秋天，便如两道焰火，艳艳的让人心花怒放，吸引不少人前往观光。终究，焰火也有熄灭的时候，如今，全被砍掉，低至地面的粗桩上，倔强地长出几根枝叶，绿红相间。我心中有些悲伤，这么好的树，为什么要砍掉呢？再往前走，那些被砍掉红枫的地方栽上了高大的银杏树，有几根木棒支撑着，挂着输液袋，叶子小小的，微卷着，精气神似乎没有恢复。原先的那片桂花树被挖走不少。看来，这片土地上的植物园易主了，有了重新规划。我只是期望，不管谁承包，都要善待这里的树木花草和土地。

变的是人为风景，因为那里包含太多利益最大化。

不变的是田野的那片夏季庄稼——稻谷。

千百年来，民以食为天，不管时代如何变化，总有人在坚定不移地耕种。

金子坝的人不会将房子筑到田坝中间，占用耕地，而是秉承先辈习俗依山而建，傍水而居。清晨，山峦薄雾缭绕，楼房簇新明亮，田野绿茵如毯。稻谷含浆、玉米挂饱满、海椒绛紫、南瓜花金灿灿的，它们各显特色，丰收在望。蜻蜓抖落翅上的露水，在空中飞行，叶子尖上的露水映着阳光，白鹤起落绿茵间，寻找心爱的食物，有农人在田间劳作，一起一伏在薅秧。其实稻田里很干净，并没有杂草，可总有那么几个庄稼老汉，眷恋着土地，把自己那一亩三分地打理得精致。我对他们充满了崇敬之心，正是他们的坚守，这片土地在年轻人外出打工浪潮下才不至于荒废。外面的世界再精彩，家乡，永远是避风港和最后的归宿地。

此时，朝霞满天，晨风清凉，行走其间，了无杂念。突然恍悟，这才是亘古不变且能让人忘忧的风景。

远行，寻找与家乡不同的风景，归来，原来身处之地，才是最美且让人安心的风景地。

对今年因特殊情况不能外出旅行的遗憾，开始释然。

亲爱的田野，生机盎然，我忐忑不定的心被慢慢融解。

贱　命

人们说，狗有九条命，能活的。

在我看来，小黑受了这么重的伤，仍然活了过来，真是庆幸。

其实小黑不黑，不过是小时候黑，现在成了灰色，但我们仍然习惯叫它小黑。

小黑被抱来时，只有一个月大小，熬了点米汤和稀粥把它养大。所以它很黏人。正好弥补了之前养过的花颈因过于冷漠造成的心灵缺憾。

然而，待它长大些，却把家里喂养的小鸡崽当成玩具一样摔来摔去，摔死好几只后，才被二哥用套狗的皮带拴着养，在柴房那里。

开始时，我一有空，就解开皮带绳索，放它出来跑跑。它高兴极了，常常在院子里疯跑，尽情挥发它的精力。

起初，还能听到它为自己被拴着挣扎的反抗之声。每次去柴房，它都欢跳着，极尽讨好，希望我放它出来玩。

然而，从来没有听它叫过一声看家护院时那种"汪汪汪"声，这还是狗吗？

它在慢慢长大，我们也慢慢不把它挂在心上，很少去看它，除了阿姨喂食。

腊月中旬，我在柴房附近的灶房里熏腊肉，它起来淡淡地看了我一眼，便拱着腰继续去睡。我以为它被关傻了，身体也变形了。

腊月二十八，家里有剩肉，我端过去给它吃，突然发现它的颈部、前胸部被皮带拴着的地方血迹斑斑，它都不愿意搭理我，也不愿吃一点儿东西。我一下子明白，原来，它伤得很厉害——可怜的不会说话的小黑哦，受了这么多苦！那句"狗不是病死的，是被冷漠死的"一直在心里萦绕，内疚得不得了，眼泪涌了出来：我们没有善待它。可是我害怕，又不敢解开它。一直等二哥回家，他才给它解了皮带绳索，放它出来。它稍微欢喜了一些，慢慢离开柴房到正房的露台上来睡。我又给先生打了电话，叫他去药店买云南白药给小黑敷一敷。

第二天早上，侄媳妇去医院上班，精神不济的小黑拦着她，不让她出门。她说，小黑颈部都见肉和骨头了。我说，你在医院给它弄点消炎的药水来吧，大家救它一命，也当是有缘了。至于它能不能恢复，活不活得过来，看它的命数了。

果然，给它敷药时，哪怕碘酒，它也很听话，任你摆布。它没有计较我们待它的狠心，出门，它送一送，回来，它像是如隔三秋，欢喜得很。慢慢地，小黑的伤口愈合，也渐渐活泼起来。正月初三那天晚上，我们上街接人，它一直跟着我们走，到博雅会馆过红绿灯时，第一次出远门的它不敢再走。以为，它找不到回家的路了。我们说，找不到家，就是笨死的。我们低估了它的能力。等我们回家，它已经在家，欢欢喜喜迎了上来。

正月初六那天，我去天台山公园散步，它又跟着我。我快，它快，我慢，它慢。它东闻闻西嗅嗅，好奇得很。我赏梅时，它等我，间或跑到树下要跟我玩。在路上遇到一只年轻的漂亮的白公狗，人家喜欢得很，而小黑并不买账，在追逐中时时趴下，不让小白狗嗅它的尾部，害得小白费了好多力。我们一起翻下天台山，准备从原物资局、老殡仪馆，再到新天地、红海、绥中那里回家。可是走到老物资局，它就离开了视线，不知去向。我找了两圈未找到。我知道，它害怕马路上车辆的喧嚣，所以不愿意跟着我。我继续按原定路线走回家，它又已经在家了。哈！这个家伙，真是聪明！我不知道它是靠什么记忆的，是不是从原路返回的？

如今，它的伤口处已经在长出灰色的毛，皮毛也在变得有光泽，可仍然不会叫"汪汪汪"，每天我上班时送我一段，回来时，它会在我的脚下极尽媚态，或者跳起来亲热。可是，不知是不是与鸡前世有仇，看到鸡，就开始追逐，吓得公鸡母鸡们躲在树上不下来。

哥哥说，等它养好伤，还要套起。

是啊！谁叫你是命贱的土母狗呢？

一只不会看家护院、总是与鸡过不去的小黑，趁过年之际，也享受了几天自由。

书法小爱

或许是天生对书法有一种特别的喜爱，即便自己不写，却始终与它有缘。

我总怀疑，我与书法是前世的恋人，我们隔着时光的橱窗默默地深情相望。那些来自远古的字在橱窗里头，我在橱窗外头。双方都很安静，安静到用无声的语言交流：用眼、用心。

我看见，几行草书在向我招手，如一群幻化成仙的美女蛇，舞动柔软的身段，尽显痴狂；也如一个舞剑的侠女，在月光下，不见舞者身形，但闻风中花香，缥缈悠远。

楷书，如做人的根本，保持本真；隶书于质朴中有些活泼，如原野上行走的小姑娘，眼波流转，带着清新的香草味。

还是你送我那幅扇形字画上面的小行书最有意思："最是那一低头的温柔／像一朵水莲花不胜凉风的娇羞／道一声珍重，道一声珍重／那一声珍重里有蜜甜的忧愁"——其实，我没有那么美好，也没有那么多蜜甜的忧愁，正因为你是用墨香的书法来表达，才让我爱极了这样的春花娇柔、秋叶静美的姿态。在浓郁的墨香里，回归那一点点明媚而羞怯的初心。

从我眼前缓缓而行的每一个字，哪一个不是你冬练三九、夏练三伏而得的呢？我伸出手与它们一一牵手，便如同握紧了你的双手，万般滋味在这初春的阳光下萦绕，仿佛有了春草破土而出的冲动，涌上你手中的笔尖，写尽苍翠，诉说深深的情意。

甜蜜的人

　　金秋十月，已经过半，西南的秋天总是如此，一到此时，天空便压得很低，阴沉沉的，雨也不时光临，寒气便重了些。太阳是珍贵的，蓝天是珍贵的。可是，即便在这样的有些沉郁的深秋里，人们的心还是热忱的。毕竟，人不能总如天空般生活。

　　采蜂蜜的时节到了，点上一把生涩的苦蒿，蜜蜂在烟雾里有些晕乎，尽管乱飞，却不会蜇人，也不会死去，采蜂人用长形的刀，一块块割下蜂巢。当然是得为蜜蜂留下足够过冬的粮食的，做事不能太绝，不然回馈你的是决绝而去。

　　经过过滤，那浓浓的茶色汁液往下漫溢，蜂糖味盈满了房间，采蜂人满心欢喜——不为别的，只为这浓烈的香味，再将这些甜蜜送给家里人及亲近的朋友，看到他们满心的欢喜，这个秋天便处处是阳光了。

　　这个采蜂人不是别人，是我先生—— 一个仓库保管员兼会计人，业余生活与蜜蜂为伴，秋天里，他是一个甜蜜的人。

打糍粑

今年夏天，雨水丰沛，气候宜人，田里的秧苗青幽幽的像少年，长势喜人。一片绿油油里眼看着就有稻穗抽出来，令人向往——秋收后，老家的亲戚又会送些新糯米糍粑过来。我知道，一个丰收年即将来临。其实在谷粒未成熟前，我分不清哪些是糯谷，哪些是粘谷。模模糊糊的印象里，黄灿灿的稻谷中那些短而圆的是糯谷，粘谷要长一点，瘦一点。

周末到农庄玩，庄主说："你们要不要来点糍粑？"我们当然乐意尝尝。夏末秋初里，能吃到去年糯米打的糍粑已经很不错了。在石臼里打糍粑的时候，庄主友好地叫我们去打打，体会一下用木棒打糍粑的乐趣。打着打着，好像回到了少年时代，热烙烙还有些烫手的糍粑在母亲手里翻来翻去，迅速变成了一个个圆圆的月亮，大大小小放在簸箕里，有不少小小的圆糍粑早就包着炒熟的黄豆粉的香进了杜（肚）家坝，糍粑吃完后，嘴角那些细小黄豆粉末也被舔到了舌头上。这样的美事一般在中秋节前后。

中秋临近，田里的谷子也收割得差不多了。如果是早稻的话，七月半就可以吃上新米。别的都不着急晒，唯有那一挑糯谷是要先晒好的。哥哥们把干谷子挑到打米机房脱去谷壳。剩下的就是母亲的活了。她中午便用温水泡糯米，约四五个小时后，用竹编的筲箕滤去水，放在木甑子上蒸，柴禾欢快地发出噼噼啪啪的声音，旺旺的火苗跳跃着，大有不把米蒸熟誓不罢休的气势。大概它们也想闻闻新糯米的香味吧！灶前有一张女孩红扑扑的脸，虽然流着汗水，在添柴的同时，却不时望着甑子是否冒出了热气——农村女孩早已经有了多年做饭的经验：不能着急，要让米熟透，必须要冒出大气才行。"打火米糍粑"的事干不得，无法糅合在一起，不好吃。

用土烧制的大缸钵早就洗好放院坝边李子树下，旁边有两根扁担，扁担头用刀刮削，洗得白白净净的，它们就要履行除了挑东西外的另一个责任——打糍粑。两根长板凳上放好了大簸箕，也抹得干干净净的。屋后的石磨在叽嘎叽嘎地响着，那是哥哥在推磨，父亲在往磨里添着已经炒熟的黄豆。那些被磨成粉末的黄豆粉从两扇石磨缝中香喷喷地吐出来，香味早吸引来了小猫、小狗、小鸡，它们也知道今天家里要吃新米糍粑了，跳来跑去地凑热闹。我嘛，烧了一会火，又跑到屋后的磨子旁抓几颗黄豆，放在嘴里美美地嚼着。可能就是那时养成了喜欢吃豆豆类的习惯。

糯米熟了，甑子被哥哥从灶房一口气抱到院坝倒进缸钵里。父亲和另一个哥哥用扁担趁热杵糯米，一根扁担顺靠着另一根扁担插下，你一下我一下交替着杵，反复地杵——其实我无法用恰当的书面语言来表达那个动作，我们就说成是打。但现在想来又不是打的动作，像是捣的动作，所以我用了这个杵字。米粒渐渐不见了，粘在一起变成了粑粑，用两根扁担头缠绞，全粘在扁担上时，就起钵了。母亲的手上沾了些冷水，用力从扁担上褪下那些粑粑放在大簸箕里，拧下的第一个粑粑在已经放了白糖的黄豆粉里滚两滚，早塞到了我手里。我享受我的去了。那是改革开放后，土地承包到户的第一个秋天打糍粑的场景。新米糍粑和着黄豆面的香味，一家人说说笑笑的欢喜一直延续到了现在。

那年腊月，我家还宰杀了一头近四百斤肥猪，创了家庭杀年猪重量的最高纪录，这是另话。

人在少年，繁芜辛劳的人生还未起步，留在记忆里的是那些单纯的美好——圆圆的簸箕，圆圆的糍粑，圆圆的月亮，圆圆的心，圆圆的亲人。如今，已是物是人非，该去的去了，该来的来了。在农庄里重温一下打糍粑也是好的——唤起了曾经的生活记忆碎片，清晰、温暖而幽香。

腊月初十，正逢县城赶集，我去热闹的东门农产品市场转了一圈。见到了一个非常有趣的场面：一群老人在糍粑批发点集中吃糍粑。哈，见过老人们集中喝茶、打牌的，没见过这样集中吃糍粑的。

老板娘或许是市场老住户，懂得如何做这些农村老人们的生意。店门前摆放木板，并排放着许多用塑料薄膜装好的圆圆的糍粑，还有部分其他的粑粑。店里坐了一圈老人，每人面前一个小盘，盘里有几个热乎乎的新出缸的小糍粑团，沾上放了白糖的黄豆面粉，吃得津津有味。三元两元就吃饱了。用这么少的钱能坐着慢慢吃，还可以聊天，看起来很满足的样子。我羡

　　慕地看了他们好几眼，只是不好意思拍照，生怕自己扰乱了他们的快乐。

　　在黔地，这种温热而软糯的糍粑，人人都喜爱的吧。

油菜花开

入春后，心里念叨的，是油菜花开。那盛开的金黄啊！像是水墨画家的画盘被打翻，偏偏将那黄色泼洒，顺带打翻了一些绿色间杂其中；又像是谁有意这样不吝惜颜料，将一桶桶的金黄恣意倒在大自然这张纸上，让人心里无端起了慌乱。

真是慌乱哩，油菜花开时，我要去哪里找到它们？小时候的一个场景忽然在脑子里浮现，同时多么希望：如果有一天，我离去，请把我埋在，油菜花田里。

那时不过十三四岁的年纪，正是叛逆而多愁善感的年龄，记不清为何事头晚被父亲责备，第二天下午放学后心里仍不得释然，干脆悄悄钻进家门前的一块油菜花田里，在田埂上躺了下来，能听到家里人说话的声音。夕阳西下，最后的阳光照耀在黄色的油菜花上，更加金灿灿了，花的清香也在原野里弥漫，醉了我，竟有些忘记了自己身在何处。当太阳完全消失时，忽然听到父亲母亲的对话，一个说怎么还不回家，另一个开始大声喊我的名字，语气急促。我从迷醉中渐渐醒来，抖抖身上的草屑和花粉，沿着田埂慢慢走了回去。父亲母亲看到我，没有再说什么，只说快吃饭吧。

光阴不动声色，家门前的那片油菜花田，开了一年又一年，我渐渐长大，成年，离开又回来。如今，那里都修了房子，再也没有油菜花田，似乎只能在朋友的图片中忆起油菜花的阵阵清香。

此时，窗外有了风，鸟儿在树间跳跃，母亲坟边一棵樱桃树，正尽情绽放，那白色的簇簇花朵，纯净得如天上飘过的云朵，淡香悠远，浸到心脾。虽然它们也用一份宁静的妥帖，馈赠了光阴的温暖，但这香味与油菜花的香味到底不同，我想，还是抽空去原野寻找一畦油菜花，慰藉那份久远的念想。

奢侈的周末

温泉度假，这本身就是一件奢侈的事。

对穷怕或向来节俭的我们这一代人来说，的确有些奢侈。

小时候看外国电影，那些到温泉、海边、别墅度假的生活，感觉与我们好遥远，只能是别人的。

那时，我们刚刚能填饱肚子。

如今，我们一家三口外加二哥，也能到温泉度周末了。而且这样的事变得一点儿也不新鲜。

周末泡温泉的人不少。在前台登记时，有些口音不是本地的。

夜幕下的温泉，我是第一次见到。昨天才立春，已有了初春气息，空气里有一丝水的温暖甜味。

这里设置有许多池子，大小不等，水温也不一样，有假山，有亭子，有植物，是一个静谧所在。这里的水全部来自地下，甚至可以直接饮用。一直以来都觉得泡温泉的人很有福气，能拥有这大自然的馈赠。池子里的水在灯光下蓝盈盈地荡漾着，水面冒着热气。水及颈部，可惜我不会游泳，但脚下轻松，可以单脚轻踮行走。

人与水似乎天生能融，大概是胎儿时就在羊水里生存的缘故吧。

女儿问，这里最开始是什么样子。我回答，记得三十多年前来这里泡澡时，只有两个简易的房子，男女分开，池子很小，像煮饺子一样。

说完，我们都笑了起来。

我们在大小池子里穿梭了几回，肚子有些空空了。

去温泉镇上找点夜宵——好久以来，与夜宵绝缘，今天就彻底放松一回。

夜宵店在烧烤，老远就吸引了味蕾，屋里已经有了好几桌人。男主人是个帅哥，不停地翻在烤架上的鱼和其他烤串，女主人是美女，在炉火上翻炒土豆丝、洋葱、青椒，放在烤好的鱼上面，色香味俱全，看得我们流口水。另一个打杂帮忙的妇女，麻利地进进出出。他们穿着干净利索，待人热情朴实，手脚忙碌而有序，脸上带着喜气。

怪不得，他们家生意那么好！

要了两只卤鸡脚，烤几串蔬菜豆腐，再买了一瓶啤酒，回温泉酒店房间慢慢品尝。

烧烤的味道极好，不浓烈，也没有烟熏味。

真没想到，在这个小地方，居然有这么好吃却不贵的东西。

临睡前，越发觉得这个周末太"奢侈"了。

这个"奢侈"，不是指金钱物质上的，而是从内心感受到的满足和幸福。

谢谢温泉，谢谢这里的人们。

当然，也要感谢我们能感受一切的能力。

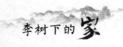

我家团圆饭在正月初二

我的小家庭是不摆年夜饭的。反正有老人在，腊月三十不在婆家就在娘家，我也乐得偷个清闲。但转转饭转来转去，连平时在遵义做生意不大在家的大哥家也摆了团圆饭，总不能尽吃闲饭，怎么也得自己承担一顿吧。所以正月初二便在我家吃，算是过年的又一次团圆饭了。

冰箱里的肉和蔬菜都囤积着，只想去买点魔芋豆腐来烧啤酒鸭。正要出门，嬢嬢说，她有大魔芋头，自己烧。

盘算着做哪几样菜，告诫自己，少做些，少做些。但炖点海带笋子腊猪脚是必须的。结果，嬢嬢给我带来了黄豆炖猪脚、煮好的排骨、一个糯米饭扣碗和炸好的酥肉，大嫂端来一大盘鸭溪凉粉，先生一高兴，去北大街羊肉粉店买了两斤羊肉火锅。我做了炒嫩玉米、西兰花木耳、炸洋芋片、香椿鸡蛋、素炒荠菜、炒墨鱼丸（该丸子来自广东茂名，一份他乡的心愿），加上现做的玉米饼，七碗八碟，凉、素、荤、汤、点心，满满一大桌。我还没把蒸好的腊香肠、腊猪肝切出来哩。

饭后，陪老人搓几圈麻将是少不了的。别看老爸年纪大了，头脑却清醒，动作不算慢，最可贵的是牌品好，心态好，不急不躁，顺其自然，输赢自如，大有老将军风度。他常说念，娱乐嘛，就不要在意得失了。在这方面，老爸永远是我们学习的榜样。其实，最终结果，他总不大输。

老人最喜欢这样的团圆，总是精神特别好。其实，我们又何尝不喜欢呢？彼此陪伴，其融亦暖。

想起大年初一晚去看的一场贺岁片《你好，李焕英》，喜剧中带着泪水。它传递着"子欲养而亲不待"的理念。导演兼主演贾玲有才华。我也有与她同样的心境，对母亲还未来得及尽孝，就失去了那个给予你生命和抚养你长大的人。

团圆饭不管在哪天，也不管吃什么，让亲人们高兴就好。

本来，计划带老人明天去平塘县的天眼基地看看的，但他觉得自己身体不适宜做那么大强度的事，只好作罢。他说，多发点照片在群里，也当是旅游过了。

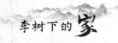

十月，我想谱一曲工作恋歌

慧萍电话告知我县委组织部的退休审批通知下来时，我眼含热泪，思潮涌动。因身体原因，本来可以干到六十岁的我，对繁重复杂的工作已经无法胜任。提前退休，心中难免伤感。

设想过无数次退休时的情景，是多么欢欣雀跃：终于可以休息了，却不曾料想以这种"提前"的方式结束了工作生涯。

毕竟，这是我热爱的工作，热爱的单位，热爱的群体，是养活我及家人三十余年的地方。从二十一岁起，我便把青春的汗水洒在了这里，每天，我把三分之一的时间和精力都放在了这里。这里有我默默奉献的前辈，有我共同努力的同辈，更有后来居上的后辈。都说，因利益等原因，在单位是交不到朋友的，其实，在我看来，不是这样的。我们在一个战壕里，互相支持，互相帮助，共同进步，克难攻坚，完成一年又一年的工作任务，这是缘分，更是一种让人能铭记一生的人。这叫同事，更叫战友。当然，一些情投意合的同事、姐妹，我们在生活中结下了深厚的友谊。

或许，我们有过认知上的误解，有过岗位上的竞争，有过工作上的争执，但与敌对情绪没有半毛钱的关系。当然，我对那些损毁单位和同事们荣誉的行为嗤之以鼻，打心眼里瞧不起。由此，几十年下来，也得罪了一些人。

我的工作座右铭是：从小事做起，从细节做起，努力完成每一项工作任务。

我曾经对自己和同事说，领了国家工资，就要尽到自己的职责。

不是豪言壮语，却是支撑自己几十年的信念。

我从书记员干起，做过助理审判员、审判员，担任过书记官室、研究室、办公室主任和立案庭庭长。工作中获得过荣誉证书无数。

院领导，换了一届又一届；同事，遇到一拨又一拨；办公地点，换了一个又一个；办公设备越来越先进，各方面都发生了很大的变化。有一点我始终坚信不会变：我对单位的关心和热爱——即使退休后。

忙碌，已经成为过去；荣誉，成了历史；岁月，渐渐老去。

三十四年，人生只能经历一次。

时间是张单程车票，我提前下车，纯属正常。

未来，以崭新的面貌正款款走来。

感谢领导和同志们多年来对我的培养、关爱和支持。

再见，亲爱的同事们！

再见，充满生机活力的绥阳县人民法院！

"雄关漫道真如铁"，法院工作任务繁重，通过大家的继续努力，祝愿明天会更加美好和辉煌！

那个喊我幺姐的人去了

我的诗文里很少写到邻居,不是他们没有特别的事情值得我写,而是我的眼睛一直向外看,对身边事常常忽略。

其实,每个人都有自己的人生故事,在普通平凡的日子里延续。之所以想起这个喊我"幺姐"的人,是因为他在前几天突然"走"了。四十四岁,实在年轻。在我的记忆里,他还是那个光光的头,善良的眼睛带了几分羞涩,声音弱弱的小子。偶尔遇见,他轻轻的一声"幺姐"略微口吃,我笑笑答应,便无多话。

难怪他羞涩而口吃,因为他三岁时,父亲便因高血压中风去世。没有父亲的孩子,便没了庇护,黑暗让人感到恐惧,生活让他犹疑。寡母为了生存,千辛万苦拉扯五个孩子,身为老幺,与母亲亲近时间少,中间隔了四个哥哥姐姐的距离,上面三个还是同母异父。

他母亲来自四川綦江,为了生计,经人介绍,拖着三个"小油瓶",远嫁贵州。我的老邻居当时是大队长,其母亲是大队妇女主任,母子风光,自然没让这个有些文化的四川媳妇受难,当了生产队的记分员。每天傍晚在田埂上公布社员工分,一口四川口音,带了一丝婉约,待人比丈夫婆婆温和,博得大家喜欢。后来,大队长和妇女主任相继因高血压中风而逝,留下母女五人艰难度日。这个孩子便一直是胆小的模样,读书大约勉强读到小学毕业。我在外求学、工作和生活,在自己的世界里琐碎得没有更多时间关注邻居的事。突然他就到了娶亲的年龄。听说后山上那个大他几岁的女子,不想远离娘家,勉强嫁给了他,平时对他不是骂就是吼的。其他邻居说,这个男子不像丈夫,倒像她的长工。他母亲心疼儿子,偶尔争论几句,便被媳妇怼了回去,从此,便不再多言,任儿子继续老实憨厚地干活。我听到这些事,一直想起《红楼梦》中那句话,女儿骨肉是水做的,一旦嫁了人,便污浊起来。每家有每家的情况，我本不该如此想，却忍不住这样想。但慢慢看到他家修了新房子，两个孩子长大成人，心里对这个女子渐渐有了好感。日子都自己过的，与他人无关。

秋分那晚，我还沉睡，邻居冬碧姐在院子里喊我二哥的名字，我迷糊听到又沉沉睡去。清晨，先生开门进屋，问他上哪去了。他说："你不知道呀？黄小平死了，脑溢血。"啊——我怔在那里，没反应过来。怎么会呢？那个害羞的小子，比我小了十多岁，怎么会呢？

下葬那天，我去时已经出殡，吃饭正好与他母亲同桌。八十多岁的人了，沧桑岁月在她脸上刻下道道痕迹，眼窝深陷，嘴因脱牙也瘪了，勉强喝了点汤。白发人送黑发人，心里尽是哀痛。不过，还能跟我们说，小平老实肯干，在工地上得到老板肯定。中风送到医学院，他老板也去看了他，去世后，老板又来悼念和送礼。看来，一个人的优点，唯有到了生命终结点，才能凸现出来。而小平的妻子三天水米未沾，一直哭诉，直后悔不该叫他天天干活。饭桌上大家这样聊着时，人人都含了真诚的泪，为一个平凡的生命不幸早逝而心疼。

晚上，我开车从县城回家，路上遗下许多爆竹纸屑。车灯照在上面，像血一样，有红色晕光。那是白天大伙送他上山时放的。那爆竹声音惊天动地，在山谷里回响，烟雾久久不愿散去，如同他对家人和人生的眷恋。

那个叫喊我幺姐的人，就这样永远走了。不久，我便会忘记了他，因为他实在太平凡了，如我一般。

芸芸众生，永远记着有什么用呢？我们还得朝前走。

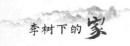

野棉花

　　每次从你家门前那条河经过时，我都忍不住多看几眼竹林里若隐若现的房屋，也会拍拍这里两山夹一条河的景致给你看。河水似乎就来自前面不远处的石缝中。

　　客观地说，这里空气清新，茂林修竹，陶渊明在世，恐怕他也是要选择这里为安居的地方。只是，人都是先求得基本生存，才谈得上修身养性。这里是你的胞衣之地，你爱着，却不得不离开，去他乡开创未来。穷乡僻壤，实在没有什么好眷恋的吧。如果不是这里深度贫困，开展帮扶工作，我也不会到这里来。在这里，我对这里的山、水、人和一些野花常怀一腔怜爱之情。

　　清澈的河水，潺潺而流。尤其到了秋天，水瘦，滩浅，河石裸露浑圆。岸边竹叶青青，野草依然繁盛，只是多了几枝野棉花，她们从杂乱中脱颖而出，艳艳的紫色小花朵，单瓣；临水照影，小巧可爱，像极了你的青春，微笑里偶尔有一丝忧郁和迷茫。河里游动的鸭子是你哥哥喂养的，从小不点儿长成肥嘟嘟的样子，我知道他是用心的。这条河，养育了他，也绊住了他的心，宁愿长期在这河边独自行走，也不愿像其他青年那样到大城市寻找斑斓生活。问他为什么，他只简单地笑笑说，家里好。有人想把他列为疑似精神病人，我坚决不同意这种看法。我们应该尊重那些固守家园的人，即使他沉默寡言，即使他迷恋在河边搭建简易草屋。

　　你说，那野棉花，和去年一样。我说，那是它在等你归乡。你沉默着半天没有回我的话，因为隔着手机屏幕，看不见你的表情，也不太明白你的心思。过了好一阵，你才回复，说等你想明白，再回来上学。其实，我想告诉你，那野棉花系草本植物，生生死死，每年都那个样子，但她年复一年，总是会开放。对于你毅然放下书本外出打工，我总是心情沉重。你十八岁的样子，坐在课堂里学习肯定比穿梭于机器轰鸣中要美。最关键的是，你的青春时光转瞬即逝，如野棉花短暂的花期，错过，便是一生。秋雨来临，野棉飞絮，会在秋风中飘零。或许也没有那么惨淡，但如果人总在低处，可能就看不见远处的风景。所以在我看来，你放弃学业，是万分可惜。我始终相信，知识能改变一些东西，尤其能让你不再像父辈那样生活：日出而作，日落而息，再辛劳，却一辈子住在低矮的房屋内生活，即便有一点存款，也舍不得把被子换成柔软暖和的，舍不得买几件新衣来穿。一个家庭，从脱贫到致富的路程，并不是一件简单的事，需要几辈人的努力。我特别不希望，你总像一只蜘蛛，不断织网，却只能在网上徘徊。

我想起去年国庆节前，你在河边等我，说弟弟钓了几条鱼，要送给我吃。我一个人顶着还有些灼热的阳光来找你。你将鱼放在一个水窝处游动，自己撑着伞坐在石头上看书。我感觉，读书氛围在大山里，在你手里，显得稀薄无力。在私立中学读书，于家于你，负担都过于沉重。其实，那时你对读书这件事已经动摇。

在给你看野棉花照片的那天晚上，你和我聊天，告诉我，只要有空，就会陪我读书。并问我读的什么书，我将简媜的《微晕的树林》封面照给你看。立即，你在网上搜到了该书，有免费阅读章节。于是，我们各自认真地读了起来。

其实，我不知道，我们这样相处，是不是让你喜欢？我总是叫你写读书的想法，对你是不是有用？就像河边的那丛野棉花，它单纯地为了一生而尽情绽放一次，在一般人看来并没有什么用。于我，却是赏心悦目。愿你，也如那几株野棉花，摇动生命之铃，活得令自己以及如我这样对你有殷殷之情的人赏心悦目，便好。

我的小学校

　　小时候待过的地方，虽然记忆有些苦涩，却总想回望一下，毕竟，那是我长大的地方。

　　那就是我的小学校，很小很小的天山小学。

　　路程不远，就在我家对面的山堡上，在院坝就能一眼望见。一排木板正房，另加两三间厢房。教室跑风漏气，泥地，打扫卫生时尘土飞扬。从家里走路过去十来分钟，可记忆里一直是跑着去的。半块生铁上响起预备钟，跑去上课也来得及。

　　天晴时，光脚踩在田埂上，草软软的，不扎脚，有清新的风从田野吹来，小麦、油菜、稻谷味闯入鼻翼。一年四季有不同的色彩，在这坝田上穿行、逗留、玩耍、打猪草、割牛草、摸鱼等，远比去学校吸引人，以至于上了五年的小学，学了些什么，大脑一片空白。到了高中似乎也没有弄清汉语拼音平舌翘舌的区别。下雨天，去学校比较辛苦，路泥泞，一溜一滑，一不小心就摔倒到水田里，浑身湿透。冬天更恼火，水田和路上都有厚厚的霜或薄薄的冰，白皑皑的一片。脚指头钻出了破旧的胶鞋，冻得麻木。脚后跟长了冻疮，又痒又痛。

　　因家庭成分不好，胆小老实怕事，我在小学阶段像一棵草一样卑微，在风雨里飘摇。

　　最深刻的记忆是，羡慕女同学有一双从商店买来的灯草绒花布鞋，方口，胶底，她的父亲在农机站工作。

　　最屈辱的事是，和一男同学打架，被他压倒在地，有同学把篮球放到我腿下，哄笑着，说生娃儿了。为什么打架，和谁打架，却是一点儿也记不得了。

　　最尴尬的事是，报名时，班主任老师非得当着一堆同学，叫我重三叠四报出自己的家庭成分——地主。

最恐惧的事是，数学老师冷冷的目光像剑一般刺向我。因为我的数学太糟糕了。

最伤心的事是，学校组织宣传队，选中了我。可我拒绝参加，因为我没有白衬衣。

最温暖的事是，冬天时，在有炭火的灰笼里，用小木棍炒豆子和玉米，那一声"嘣"，就意味着香喷喷的美味到小馋猫的嘴了。

此刻，我站在小学校操场，眼里突然有泪。

两楼一底的砖混结构教学楼，人去楼空，"飞利浦希望小学"的钢架牌赫然在目。梧桐树叶落了一地，垃圾到处都是，大门已经消失，教师宿舍的花布窗帘随风飘动，厨房灶台、水槽、水管仍在。一处荒园，满目苍凉。

突然，我眼前一亮，在教学楼前的沙堆上发现一枝紫色菊花，低垂枝干，却开得正好，只是在这样的环境里，显得孤独寂寞——这不正是当年的我吗？在心灵和生活皆贫瘠的年代，倔强地生长，绽放生命。

我轻轻扶起它的身姿，折下三两枝花朵，带回来插在花瓶，用水滋养，算是我对小学校的一点念想、一点感激，用美好事物驱除掉记忆中的阴霾吧。

多年来，小学校已经翻修过好几次。因为规模太小，被撤销。村里的孩子们就近上了条件更好的思源学校，接受更好的教育。我为他们感到由衷的庆幸。

我家与废弃的小学校，如今被新修的绥阳实验高中隔断，要去那里，需绕一大圈。它仿佛已经散落在另一个世界，可我，偶尔仍会去拜访一下，直到它或我消失。

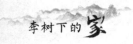

菊花女子

　　女人们追花逐蝶，或许不只欣赏它们的美丽，更是一种精神所在吧。

　　我们去她家欣赏菊花，长长的篱笆上爬满了各色菊花，让人惊讶，仿佛印证了我的想法。

　　她没有东篱翁的诗韵雅致，没有东篱翁的忧国忧民，更没有东篱翁对世事的失望而避于山水间。

　　这是她的家，十多年前从偏远山区嫁到这平坦地方，这里就是她的家。和丈夫育了三个儿女，分别上高中、初中、小学。她早年在外打工，七年前生了一场大病，回家养病。再没有出去打工，在家养娃、养老人、养花。

　　她其实就像一朵花。四十来岁，白皙的皮肤，红润的脸颊，眼里透着温和，烫过卷的头发扎成马尾，身材尚好。和她打招呼时，她正挑着一挑粪桶还给邻居家，说是刚给几棵黄桃浇粪回来。

　　我们说，特意从县城赶来看花。她热情地说，看吧，不要折断就行。

　　我们是花痴，也是花盲。这些红红黄黄白白绿绿的，统称为菊花，却分辨不出具体名称，只感觉惊艳。更多是好奇这个女子为什么有心栽这么多花——不只有初冬的菊花，还有春天的蔷薇、夏天的月季、常年的肉肉植物。另外，土里栽种了无花果、桃树、李树、梨树。树下有小青菜、葱蒜等。篱笆扎得很规整、结实。蔷薇在上，菊花在下。

　　要知道，在农村，把土用来栽花，仅是用来观赏，而不变现，在很多人看来，是浪费时间和土地。很多赏花人也说，怎么不拿去卖？她只是微笑说，不卖。

　　我问她："你整天打理这些花果，怎么生活？"她淡定地回答："老公在广东挣嘛。吃饭花不了多少钱，娃儿读书花得多些，房子是前些年修好的。栽花心情好嘛，病也好了嘛。"

对她的佩服之意脱口而出，她笑了笑。

她家前有林木苍翠的卧龙山，山上有一千二百年的卧龙古庙，香火经年不衰，右有卧龙湖，湖水从她家门前流过，通向卧龙湖的公路旁栽满了行道树银杏，立冬后，仍有几片金黄的叶子在枝上摇曳。她家屋子背靠大山，大山上有人栽了许多果树。这样的地方，要山得山，要水有水。不是东篱翁，胜似东篱女。

最为珍贵的是，她爱人尊重她的选择，春节回家，帮她修补篱笆。

她以自己的生活方式经营着家庭，经营着自己的爱好。

爱花人是善良的，无疑也是幸福的。坚信，她及她的家庭，未来会更美好。

我们称她为菊花女子。但愿她别把菊花养成精，成了菊花仙子，人间便少了一个护花使者。

洋芋粑粑里的记忆

粑粑，是我们西南地区常见的一种小吃，用油煎制而成，比如油炸粑、油煎粑，做法类似包子，清晨起来要发酵一下，只是不留褶，按成饼状，里面放一些调拌好的米豆、红薯粒等，放入热油的锅内炸起来。炸得焦酥，吃起来脆脆的。当然，材料可以用面粉，也可以用糯米做的糍粑。这里说的洋芋粑粑比直接在油锅里炸起就能吃的油炸粑稍微复杂些。

说起这个洋芋粑粑，便想起原先在县城里居住在附近摆摊的那对夫妇。

男的个子矮矮的，瘦瘦的，女的高高的，胖胖的，和电影上演的那种巷间夫妻一样。男的推车里，左边放着平底锅，上面烙着起锅巴的糍粑，右边是一缸钵糯糯的湿热糍粑，一个小小的不锈钢盆里装着舂好的黄豆粉，豆粉里放了白糖。谁要烙的或湿的糍粑，都抓一把黄豆粉放在里面，既甜糯又有浓浓的米香。他推着车走街串巷去了，而他的女人一直在博雅宾馆楼下旁边的一个小巷边卖洋芋粑粑，供上学的、上班的、住店的、路过的买来用作早点。当然，你如果想再来杯热豆浆，有的，再加一元钱。

每每驻足，喜欢看她娴熟地把粑粑炸起来，将木甑子里热气腾腾的糯米、炒得黄黄的洋芋、拌好的粉丝——夹在炸好的粑粑里，手一卷成半圆形，再放点炸得香喷喷的豆子、调味的葱花、辣椒水。哇，三元一个的洋芋粑粑就裹成了，保你吃饱，又有味。

女儿总是感慨，天下还有这么便宜的能管饱的早餐。这个粑粑，是女儿小学、中学时的早餐主要品种。

时间长了，大家总与这个卖粑粑的女子聊上几句。如此一来，谁是谁家孩子，谁在哪里上班，这个老板娘都清清楚楚。一晃十多年过去了，她雷打不动地仍在原处。并且我得知，他们夫妻靠这样的摊点，供了两个孩子上大学。

不管生意好不好，这个妇人都从容不迫地做着她的事。而且从来不用炸粑粑的手去拿钱。钱盒就放在摊子上，你放整钱了，自己找零，你放零钱了，拿着粑粑走人。这个女子比较健谈，但从不耽误手里的活，如果你要将粑粑带走，会给你包了一层又一层，并体贴地说："你带到单位也不会凉的。"

不知怎的，大街小巷卖洋芋粑粑的不少，却总是要买她家的。女儿外出读书了，回来第二天醒来的第一件事，就是去买这个女子的洋芋粑粑。有次外地的同学来，她一口气买了十多个供大家享用，都赞不绝口。老板娘见着我时，骄傲地说，我家姑娘爱吃她的洋芋粑粑！我说，那是，十多年了，吃惯了，在国外也念着她的洋芋粑粑哩。

最近搬了家，少有从那里经过，却不时想起这个妇女做的洋芋粑粑。

其实，这洋芋粑粑算不上精致的小吃，也并没有复杂的工序，就是一个农村进城妇女的家常手艺，怎么会让人想起便有口水要流下来的感觉呢？我想，这主要是做和吃的人都有一份心意和记忆在这粑粑里吧。

不知不觉间，你成了我抹不去的记忆，我成了你记忆里的过客。

与一粒种子不期而遇

几丝长絮，乳白，如昆虫的翼，与地面擦肩而过时，横向滑动。风，是你的船，载波而行。

正午的阳光，穿过冬季的薄雾，照耀你飞扬的心绪，你在寻找一处安身之地。

如果落在你的掌心，我能长成一棵参天大树吗，以欣欣向荣的喜悦？

眼睛是清新空气，嘴唇是温柔静谧的夜，心是阳光雨露，爱是土壤——我这样期盼着。

那些生锈的故事再次被擦得锃亮，谁也无法阻止一颗小小的种子嗅到蜡梅的清香。

雪花公主正从远方打马而来，追赶一粒杨树的种子，漫天飘逸。

希望的风，从东北到西南，打捞前世的记忆，打捞遗忘，赠予我小小的飞扬。山村的炊烟，在岭上漂白。我将折翼的你，安放于一棵梧桐树下，从此，岁月安好，种子安好。

凤凰来与不来，看你前世今生的造化。脚踏实地地努力，从来没有停止过。

你扬起我今天的欢欣，传达我对一粒小小种子的崇拜。

无数个风雨兼程的轮回后，我仍在原地等你，等你春暖花开。

你心存念想，便会有这样的不期而遇。

那粒种子已经在我们心中长成参天大树。

包裹上的独角辫

　　五月的雨，缠绵，清凉。街道两边的树被淋得绿葱似的，显得茂盛，所以，即使脚上浸了水，心里仍不会恼的。

　　撑着伞，七弯八拐，找到背街小巷里的一家快递店。女儿想吃绥阳空心面，便将春节时留下的五把（一斤一把）面条寄给她。

　　开始是一个女老板模样的人接待的我们，随后，因有人来取快递，便由另一个年轻小哥来接待。乍眼一看，这个小哥长得不怎么样，厚厚的嘴唇，眼睛里的瞳仁有点往一边斜视，甚至可以说长得有点丑。我心里有点担心他做事的能力，以貌取人，成了人的习惯。却见他，找来两个塑料泡沫，把面条塞进去，又找来一个废旧的纸箱，可纸箱有点小了，重新翻找一个大一点的。因为有塑料泡沫的虚胀，纸箱仍有一点小，他小心地切下箱盖上的纸壳，再找一块纸板加盖在上面，用胶带扎紧。那胶带就像是现代木工师傅的钉子、螺丝，缺少了，家具就会散架。我以为这样已经很好了，即使千里迢迢，也是很保险的，破损的几率很小。但是这不算完，他又找了一条编织袋，再包住纸箱，对编织袋那些多余的边边角角再次进行了胶带捆扎。有意思的是他将编织袋多余部分扎出一个提手，像小姑娘头上的独角辫一样。哈，我一下子开心起来。我知道，他是想收货人提起来更方便。这个小哥，想得真周到！而且这样的过程，足足有二十来分钟，我本来想抱怨他动作太慢，包装得太繁杂，心里有些不耐烦，但看到他这样认真，便平静下来。他对待要寄出去的货物，像自己的孩子，包裹得严严实实，提起来稳稳当当，生怕它会摔坏、摔痛。这中间，来寄件和取件的人不少，他认真地做着手里的这一件事，老板娘也不催促他。突然感觉，这个小哥很有福气，能按照自己的意愿做自己喜欢的工作。

　　没几天，女儿收到包裹，照了一张照片在微信上发过来，问我："妈，

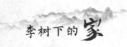

这包裹是谁做的提手？是老爸呀？包得好可爱。"我说："不是，是快递店的小哥。这个小哥长得……（偷笑）"她领会了我的意思，发来一串大笑的表情，并说："这个小哥做事踏实，想得周到，好有趣哦。"我说："不晓得他做事怎么那么用心。"

突然想起，女儿为什么对做事踏实的快递小哥如此赞赏。有一次在家庭群里，她说："我妈曾经对我说，做一件事就要好好做，那时年龄小，不屑一顾，现在想来是对的。"我都想不起什么时候对她说过此话。或许为娘的对儿女说过的话太多，巴不得把人生经验都教给她，倒记不起来了。

又想起一位老领导时常对年轻人说，一个人一定要深挖一口井，才能见到清澈的泉水。

记得疫情缓解时，女儿要回北京上班，可按规定要自行隔离十四天，同租房的房客也要受影响。他先回去，但同样要和女儿一起隔离。自然，这个房客不愿意。物业又叫他们同屋的人自行协商。问题难解之时，女儿向房屋出租公司求助，一名年轻的男管家非常热心，在女儿原租房的相邻小区找了一套房给她当隔离房。而且非常细心地将房屋的地点、房内设施、注意事项等一一告知，并且没有趁机涨价，还热心地到女儿原租房内去给她把床上用品、电脑等拿过来。让女儿非常焦心的一件事，被小管家一下子解决了，让她感动得不得了："他怎么那么好呀？"当时就要给小管家发红包。

正因为这些事情，让这个从来只顾自己感受的家伙变得越来越理解他人，也越来越用心做好工作。

是啊，他们怎么那么好呢？那晚，我们谈起这些平凡人的热心和用心的事情，心情非常愉快。我想，他们不经意的举动，也会影响到我们做事的习惯，还会改变对某些平凡从业者的偏见。

其实，小哥在包装快递，给包装箱编织小辫时，我偷拍了一张照片，现在看，他认真做事的样子还挺帅的。

城市之光

小姑子的儿子考上了上海第二工业大学，我们热烈祝贺。

那年她到市里开创未来时，我把仅有的几百元积蓄给她，从批发瓜子起步，并在那里生下了这个未来的大学生。

摇摇晃晃走过来，她靠吃苦耐劳的心劲，如今，贷款买了房子，虽然每月有不小的还贷压力，却总算是扎下了根，并将兄长们的孩子也陆续带了几个进城。

城市魅力无穷，小辈中有十余人像众多年轻人一样，全部离开偏远山区进了城，或考公务员，或就学，或打工，或经商。总之，农村老家再也不想回去了。

我总觉得，从乡下进城的人，像一盏移动的灯笼，与城市中的河水相互挨近、融合、扩散，在时间里分散，空间里飘浮。只是，无论在省城里的南明河，市里的湘江河，还是县城里的洋川河，一旦融入，就有了生命的滋养，便不会熄灭。

庆贺那天，大学生没有到现场，他觉得自己考得不好，无颜见亲戚们。有了这份好强的自尊心，作为新生代城市人，我不认为是坏事。少年意志，需要岁月磨砺。从熙熙攘攘的批发街走出来的孩子，从讨价还价声中走出来的孩子，从狭窄小店走出来的孩子，他们的人生与我们的人生发生了根本性的变化，我当然要衷心祝福。就像我的女儿走向了更大的城市，拽不住她的脚步，她在坚定地走。

她相信未来。

他们都相信未来。传统职业，新新职业，包容了他们所有的梦想和期待。

老家屋空，只有极少数祖辈和父辈，安静地固守着那些坡土、山林、几声鸡鸣狗吠。

　　新生城市人，老家，只是一个影子，偶尔在梦中出现。转身，便是灯火璀璨的城市之光。

朴实的人

朝芬的女儿结婚，我们几个诗姐妹头天就去祝贺。

婚礼上，她为女儿披上婚纱和受礼时，流下了激动的泪，我们也跟着打湿了纸巾。她代表双方家长作了语重心长、热情洋溢的讲话。从家国情怀到家庭情怀，无不流淌出她朴实而真挚的情感。

婚礼结束后，她来我们桌上，一再说着感谢的话。说我们的到来，让她感觉蓬荜生辉。

我们说，哪里哪里。她说，真的真的。

她其实是不善言辞的人。文章朴实无华，待人真诚厚道。

她这样的人有福气了。女儿女婿在广东省政府有了好工作，儿子在上海打拼。早年的代课生涯埋下了文学种子，现在已经开花结果，获得过省、市、县多种奖励。她用自己朴实的为人做事，影响着她的子女和身边的人。

我们和朝芬一起走在文学的路上，她的行文做事和为人风格，我一直佩服。

我侄女在市里的一所中学教书，由于生源大部分来自郊区和进城农民工子女，学习基础不太好，各种问题又比较多。然而，由于老师严重缺乏，学校让她担任了两个班的班主任。我们一方面佩服她的耐受力，另一方面为她抱不平。她听后，笑嘻嘻的，并不争辩，只说，平时不喜欢叫苦，校长仿佛又特别信任她。开班委会时她就把两个班放在阶梯教室一起开，效果不错。

教师节时，她收到许多学生自己做的小礼物。早出晚归，再辛苦，也觉得值了。

侄女长得很漂亮，但她朴实、善良，有耐心，对工作任劳任怨。所以，她的职称评得较快，同事也认可，还是区里的历史科名师之一。

随着自己退休时间临近，我想到了曾经写下的一句话："从我做起，从小事做起。"

我喜欢这句朴实而蕴涵丰富内容的话，陪伴了我三十多年光阴。

无论工作还是生活，朴实的人收获着平安的快乐、充实的幸福。

我想，这样一些朴实的人，我会喜欢一辈子，也会一辈子做这样的人。

素年锦时
——写给 2020 年的最后一天

  对于这一天的到来，心里有些慌乱，仿佛就要失去某一件心爱之物。然而，那无形却不可抗拒的时间，这样的自然之力，将我们有力地推向2021年。

  清晨四点醒来。不必吃惊我的早醒，昨晚不到十点便入梦乡。睡前看了一下天气预报，1 摄氏度，半夜后，会进入零摄氏度以下。

  醒来后，看到群里李敏妹子发了新逝谢院长外孙女在葬礼上的致辞文稿。打开读了读，致辞中对谢院长给予了高度评价。现在不兴开追悼会了，可惜，未能送他老人家最后一程。心安的是，我用文字进行了心祭。

  翻开安妮宝贝《素年锦时》继续读。散淡的文字，无须在书桌前正襟危坐。歪在床头，仿佛更惬意。这些写给自己的断章，不事张扬，这种状态下读最好。

  回首这一年，经历了太多惊吓人的事，庆幸，最后全部归于平安。再回首，那些事已经记不清太多细节。更多的日子里是一种平静，或许会为一件事思虑很久，或许某一刻会想起一个人若有所感。

  人到了一定的时刻，安宁、平静，才是生活常态。现在才有些明白，顺其自然，只有岁月进行了沉淀，才会明白其中寓意。

  手在被子外捧书阅读，间或在手机上摁几段文字，有些僵冷。瘦瘦的手背，让几根手指头显得稍粗，即便看起来并不适合抚琴，却在两月前破天荒学起了古筝，算是对年轻时缺失的音乐素养的一点儿补偿。不喜欢热闹，喜欢一个人在琴声里萌动春意。

  在这最后一天，会照常步行上班，会经历几个路口，红灯停，绿灯行。下班后会去参加一个文学沙龙聚会。家人和朋友有时批评我活动太多，但比起那些天天打麻将的人来说，又是如何呢？偶尔和志同道合的人一起虚度时

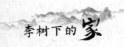

光，我乐意。

我希望今天下雪，让年末在诗意中结束。这个愿望一定会落空，除了阴冷，没有别的指望。

生活便是如此，希望归希望，现实归现实，它们并不矛盾，只是构成了生活的两个方面，看起来更加丰富。

来年，我仍希望如此过：

读几本书，写几篇文字，吃粗食杂粮，关心国家与个人，同好之友陌上缓缓行。素年锦时，顺心而为，岁月无欺。

对旧年逝新年到，有一丝慌张，是一种自省，无碍。

雅泉觅珠

人的快乐，有时是建立在花开之上的。

那天到了雅泉那一带，突遇一片又一片格桑花，心情豁然，一扫久居喧嚣之境的焦虑不安。

有人曾说，有一种人万里无一。他指的是在房前劈一块地栽种各种花的人。这个人不栽种蔬菜，不讲实用，只图花之美，很极端，像是审美洁癖不容混杂。此时，我也有这样的感受。

曾经的荒山、坡土，被开辟成了城市休闲地，有崭新步行柏油路、自行车道、木栈道，栽种了成排成排的银杏树，青春树龄，正值秋天，叶子泛黄，显出了勃勃生机。

似乎，我误入了还在建设中的雅泉湿地公园区域。

站在雅泉庄园的招牌旁，我有些疑惑，东南西北有些难以辨别。

那曾经的农场今何在？那曾经的桃园山庄搬迁到了哪里？灼灼桃花，暗含微微心痛的愉悦，在记忆里绽放。有谁还能怜惜那些随春风飘逸的温暖，着了彩裙，在树下旋转不已。

信马由缰，两旁的格桑花扑面而来，有的已经花枯结籽，有的正旺。我奇怪自己为什么没有早点发现这个地方，白白浪费了更多的赏花时机。独自一人，越发贪婪，在心里对所有人说，我发现的，不让你们来观赏。自己不由笑了，原来是欣喜之心无处发泄，便赌了气。其实是怪怎么没有人告诉我这个好去处。

偶有几棵杨梅树在花丛中独立，像王者居高临下。哦，对了，这里还曾经有一个杨梅山庄。那时高大的杨梅树伫立那家农庄，大约有四五十年的光景。风景树那么多，或许独有人仍怀念那些殷红的杨梅，便继续栽种下来。

我走到一岔路口时，问了一下路人："这前面的路是通向哪里呢？""通

向螺江湿地公园。"啊，那么远呀！便没有继续朝前，折返回来，想去找一找传说中的雅泉喷珠。

据《续遵义府志》和《绥阳县志》记载，绥阳外八景中有一处"雅泉喷珠"的景观就在这附近。"绥阳有一泉曰雅泉，泉源水窈，细密如筛，沸涌喷泡如串珠，游人至此喧笑，笑声越大，其珠越多，越缀不息，于是得名'雅泉喷珠'。"在绥阳生活几十年，却从未亲眼所见。那首清末岁贡梁嘉树先生所写的一首七绝《咏雅泉喷珠》倒是早入了心：

半亩无声一雅泉，明珠颗颗喷更番。

鲛人洒泪难相拟，疑是源从合浦还。

另一首晚清附生李焕榜《西江月·雅泉喷珠》，我在绥阳作家吕金华编写的一本《绥阳诗录》里也读到过："清波一泓如许，珠圆玉润源泉。问渠含蓄几何年，玲珑跃升水面。自是钟灵毓秀，分明仙露承盘。争夸合浦去而还，怎比眼前琰琬。"

两首诗中均提到了"合浦"这个名字。这合浦，难道是广西合浦？心中不解，遂微信请教吕老师。他立即回复，是的，就是广西合浦，那里盛产珍珠，故先人在诗里用合浦珍珠来寓意雅泉喷珠。

景观如此奇特，我又问了另一位喜欢寻奇的诗人朋友，他说其实从未得见。我臆想，大约那时人少，生态特别好，地下水丰富，泉水涌到地面时，水质晶莹，清晰可见，随着人口的增多，改田造屋，哪里还有那奇妙的喷珠呢？

走到雅泉庄园门口时，只见二十世纪九十年代修建的雅泉农庄依旧还在。那时，有卓越眼光、商业头脑的雅泉本地人陈氏兄弟，在绥阳率先开办农庄，生意兴隆。如今改成了雅泉庄园，占地面积比过去大了不下两倍。庄园大门古香古色，房屋掩映在绿林丛中。现在绥阳县城周围农庄多，游玩的去处多，一晃，十来年不曾到过这里了。隔壁院子有幼儿在奶声奶气唱歌，服务员说，这里办有一个幼儿园。心下为这些孩子庆幸，在这样生态极好的环境里唱歌、玩耍，真是一件幸福的事。

我又转到了一片又一片开满格桑花的地方，拍了几张照片发给朋友看，他说，我可召集女诗人们来赏花作诗了。我笑答：正有此意。

或许，花开无用，写诗无用，却是万事万物中，最愉悦的事。

仿佛有些明白，时过境迁，风景也会发生诸多变化，何必非要寻找过去的珍珠呢？当下，雅泉生态园建设，还土地一块珍珠，给市民开辟一片休闲之地，这就是最炫目的珠宝呀，无须从广西合浦运来，而是像梁嘉树、李焕榜前辈们那样用诗文将发展变化记录下来，染上格桑花五彩色，像种子那样一代一代传承下去。

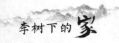

生豆芽

五月以来，接着生了两次豆芽，都成功，心中喜悦。

豆芽罐是前年在网上买的，三百多，不便宜，紫砂的。此前一直不得闲，或者不得法，生的豆芽不是烂掉就是坏根。今年心空闲些了，开始生豆芽。

原来这么简单！

黄豆是弟媳妇自己种的，去年秋收后送了好几斤给我。浇豆芽的水是自己抽的地下水，那口井是七八年前为解决天台山村民用水，由部队支援掘的。水用过滤器滤过的，每天二至三次水，四五天就可以吃了。上一次生出的豆芽，在给老爸"烧六七"时煮到了羊肉火锅里，鲜极了。心意里，让老爸也尝了一口鲜。

不是舍不得两元钱买豆芽，实在是想重温一下小时候的味道，也过一过自给自足的慢生活。

屋子旁边的溪流，被我们称为水井。水从屋后的天台山里流出来，能供我们四五家人饮用。谁家要生豆芽了，就把三块半边的破瓦罐放在井边，用包包菜叶子或南瓜叶盖上，这种叶子大一些，能遮光，每次去井边挑水或洗菜时浇一下，不几天那胖胖的黄黄的豆芽就可以吃了。在生活困难时期，豆芽用酸海椒炒、煮汤都是再好吃不过的美味了，滋养了我们的童年。母亲生病后，就很少生豆芽了。当然，菜市很多，又胖又长又新鲜，但看着它们长在塑料桶里，总有那么一点不舒服的感觉。豆芽要长在瓦罐里才正宗似的。那时，人们生活中，瓦罐、沙罐是必不可少的用具，塑料类的工具基本没有，所以破瓦罐比较多吧，平时闲置在屋后，生豆芽时，便派上了用场。

说起瓦罐，其实就是陶制的罐。现在也有人喜欢得很，栽肉肉植物是首选。朋友唐最喜欢收集这种瓦罐了，下乡时，看到别人丢弃的都要捡回来，不知不觉间，她的瓦罐植物成了别具一格的风景。有些传统的东西，的确让人珍爱。

豆芽慢慢长出来了，鲜鲜嫩嫩金灿灿的，像这个五月的清晨和黄昏。

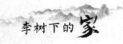

初夏的雨

雨，下了多少天，已经不太记得。反正时间不短了。

打开后窗，那山上的绿像一片厚实的云，完全遮蔽了土地。那些树叶不能承受雨水之重，地上定是湿得可以踩出水来。

由于连续下雨，气温在十五摄氏度上下徘徊，寒气重，薄衣服是不敢穿的。当看到自己仍旧难舍的春秋装，想想还有人穿着棉衣，心中便释然了几分。向来不怕冷，今年有些畏寒。不得不服年龄，生病后体弱得厉害。

那天兴起，去一座楼顶花园赏花，也是在雨中进行的。但因女主人月月妹子的热情，因雨带来的不便似乎减了好几分。她是种花女，十几平方米的楼顶（其实是一个露台。进了套房大门，穿过厨房就跨进花园）被她拾掇得非常规整。大大小小的近千盆，却摆放有序，而且长得非常茂盛，以多肉植物居多，那些胖胖的叶子可爱极了。第一次见到现实中的天堂鸟（鹤望兰）和铁线莲：天堂鸟展翅欲飞，为爱而舞；铁线莲花开正好，花形奇特，有一颗高洁的心（花蕊），颜色旖旎，叫人称奇。更让人称奇的是这个月月妹子。我要买多肉老桩，她专挑小芽送我，说从小开始养有感情，就像养宠物，看着这些小可爱一天天长胖长大，我得到的欢喜会更多。我强调说，我要用金钱来买植物生长时间。她仍旧坚持她的观点。我这个貌似"富翁"的人，只好作罢。同行的姚二姐说，哪天来花园找找写文章的灵感。月月妹子爽快答应，说自己反正没事，早上起来整理花园，中午遇到县城赶集时装几钵花到街上卖，其他时间看看书，睡睡觉，周末给从学校回来的儿子做做饭。我感觉她像她的花花一样，顺其自然地悠闲地生长着。她的小巧身躯，灵活地在花盆间转动，与花花们融为一体。

在雨中，我们在月月妹子的小花园流连了一个多小时，我和我的朋友们都收获了十多种小嫩芽，我们高兴，她也高兴。

　　"520"到了，网上很多人在晒玫瑰花、蛋糕或红包，而我，更爱这些经过风雨后的平凡日子。

　　小满时，仍旧在下雨，不大，淅淅沥沥，布谷鸟在高处鸣叫。麦子含浆是看不到了，但在阳台上看到多肉们在陶瓷花钵里舒展的小小身姿，边听着纪录片《中国通史》里的解说词，心思仿佛在大与小、宽与窄之间纵横捭阖，便由衷地感到了一丝丝慰藉。

清明琐忆

清明，既是节气，又是节日；既是思念，又是寄托……

——前言

家山青

清明时，后窗下的红豆杉每年都要蹿出一大截。那些嫩黄的枝芽仿佛纤纤手指，已经与三楼上的吊兰相握了。在厨房做饭，除了看到二哥种下的四季豆、苞谷在发芽，蒜苗抽了苔，还有一棵据说是车厘子的树，开了一树紫红色的花。也不知道是不是真是车厘子，我拍下来上"形色"查，说是海棠。怀疑是正常的事情，我们在网上买树买花已经上过几回当：明明买了一株红玫瑰，结果变成开几朵小白花的野蔷薇；一株大果樱桃，长大后才发现结的果如米粒般大小，酸得碜牙。如果真是车厘子就好了，水果专卖店那一百二十元一斤的车厘子就赚不到我们钱了。静等吧，即便真的结不出果子，看看那树花叶同色的喜庆也是好的。

喜爱袍子的李树迅速褪去白袍换装绿袍，不给人窥视的机会。对面的山头，一夜之间全被嫩黄与嫩绿覆盖，邻居的砖房全掩映其中，变得好看起来。阳台上双色茉莉简直要爆棚了，只等仲春结束便怒放；月季已在含苞，今年买的红枫开始发芽，木瓜有了两三寸长，肉肉植物们有滋有味地吸吮三月的阳光，溪水的水丰富了起来……总之，清明时，万物都有了精神。

三角梅在立春后的最后一场雪时，终于被冷冻打倒，掉了叶子，干枯了枝丫。我对它已经不抱希望时，居然发现主干上冒出了几粒细芽，惊喜之余，赶紧浇了些泡了苹果皮的水。

挂　青

三角梅比季节慢一拍，我也是。比如上坟挂青，都说，正清明日不能上坟挂青，或提前十天或推后十天皆无妨。感觉终究是要提前的好，才显对祖先的虔诚之意。可是，事情总与时间有些冲突。冲突就冲突吧，反正事情得一件件解决，日子得一天天过，都不急。

挂青，或许叫挂亲，表达对逝去亲人的牵挂。清明时，杂草丛生，整理坟茔，挂上各种颜色的纸，表示该坟有主，不容他人侵犯。据明朝《帝京景物略》记载："三月清明日，男女扫墓，担提尊榼，轿马后挂楮锭，粲粲然满道也。拜者、酹者、哭者、为墓除草添土者，焚楮锭次，以纸钱置坟头。望中无纸钱，则孤坟矣。哭罢，不归也，趋芳树，择园圃，列坐尽醉。"

扫墓是慎终追远、敦亲睦族及行孝的具体表现，挂青是尽孝道的标记物。如果哪个坟头上挂的纸越多，说明他的后人越兴旺。以前还要烧香上冥纸，放鞭炮，因为此举容易引发山林火灾，政府明令禁止，现在基本听不到鞭炮声了。

兄妹几个各自买了"青"挂上。据说，孝敬祖先和上庙上香的物品都得自己出钱买，方能表达个人的心愿。给爷爷奶奶、母亲坟上挂了青，感叹，明年得多挂一个了——父亲终究没熬过这个清明。本来也有他的一份，只是还安放在殡仪馆，没有下葬成坟。殡仪馆的开放似乎遥遥无期。不过，父亲务实，能顺其自然，克服困难，等待入土为安。

道真行

去道真，是因为侄女婿的老家在那里。

侄女的小儿子特特两岁，由奶奶带。奶奶喜欢回老家，便把孙子从遵义市里带回了老家道真。

特特奶奶近七十了。我不习惯叫亲家，把她叫大姐。她说话轻声细语，脾气极好，白皙的皮肤时常害羞地泛了红晕。那天，她做了柴火鸡给我们吃，自己却怎么也不肯上桌子。她的院子里有两棵看起来有了年月的树：一棵是杏，结着青涩果实，很多，我想象出杏花开放和飘飞的那些日子，该是怎样的浪漫；另一棵是李子树，高高大大地伫立着。侄女说，院墙上的蔷薇最先来自绥阳老家乡下，那些伸长的枝条已经从后院向前院发展，都是特特奶奶一点一点捆绑长过去的。如此喜欢花的农村老太太，的确是一个让人喜欢和尊敬的人。她不喜欢住在城市，非常让人理解。

去道真肯定要去那里的度夏景区傩（nuó）城游览一下。

傩又称跳傩、傩舞、傩戏，是中国最古老的一种祭神跳鬼、驱瘟避疫、表示安庆的娱神舞蹈。

从前，在偏远山区，谁家孩子生病了，一般都要请人来"冲傩"，就是驱鬼。那时，以为"傩"写成"锣"。因为做法事时，打锣和镲子的声音特别大。后来，认为那是迷信，被禁止了一段时间。改革开放后，又有人做这个行道。再后来，人们认识到"冲傩"不能治好病，便又基本无人以此为业了。

在道真，有人将此民俗与康养相结合，便有了一个很大的名字"中国傩城"。活动场所、民俗街、酒店，看招牌，一应俱全。只是，下雨，加上疫情影响，到此游览的人寥寥无几，店面大都未开。正好，不怕寂寥的我，静静地走着，感觉到惬意。细雨中行走，也是我喜欢的。在"三幺台"大厅参观了一下，有音乐在幕布后面响着，几个年轻人在那里排练，大概在为夏天的到来作准备——这里是重庆人的度夏天堂。

　　侄儿在魔幻岛给一双儿女照了一张相，用手机做了后期处理，与《哈利·波特》电影里的情景相似，让人惊奇。

　　傩城，自有傩城的魔幻之处，犹如古老的傩戏。

　　不得不提到道真行途中，车览正安桐花：山头、山坡、田边、土坎和农家院落，到处有粉白色的花树，非常吸引人。哦，桐乡！有机会一定要融入其中饱览美景。

清明粑

　　虽然乍暖还寒，温暖总是占主导的。各种野草野菜在田埂，在山林，在菜园，在树下不管不顾，疯狂地生长。菜摊上的清明粑重重叠叠，十元一袋，大约有十二三个，青绿颜色，很是诱人。买了一次来吃，吃得心头想，便上后山，去寻清明草，寻思着自己做。

　　清明草又称鼠曲草，据说是它的叶片特别像老鼠的耳朵。可是，一想到老鼠就让人讨厌，还是称之为清明草好听又好看。清明草是早年就知道能吃的为数不多的野菜之一，像鸭脚板、蒲公英、千里光、鱼鳅蒜、雀雀菜等是后来才知道人是能吃的。其实，现在才知道，这些都是猪草，凡猪能吃的，人也能吃的呀！只不过那些野菜比较粗糙，在困难时期，没有肉和油相佐，难以下咽，咽下去也难以消化。后来有人说，某人得了绝症，吃猪草吃好的。其实，农村的狗和鸡都要吃野草，有病确实能自我治愈了。人是不是真能如此，无据可考。

　　百度上介绍，清明草的茎叶入药，为镇咳、祛痰、治气喘和支气管炎以及非传染性溃疡、创伤之寻常用药，内服还有降血压疗效。怪不得，清明草与人的互动年代久远，且密切。

　　或许正因为如此，清明草总是难觅，在一处李子林下，野草密集。睁大眼睛才摘到几根清明草，还是别人摘过重新发起来的。鱼鳅蒜特别多，为了与杂草争阳光，长得又高又嫩，掐了不少嫩尖。末了，清明草、鱼鳅蒜、车

前草、蒲公英得了一大袋。

　　回来泡了糯米，洗净野菜，用料理机和着打成米浆，装在模具里蒸了青团。哟，冒充一下清明粑。另炒了黄豆，也用料理机打成粉末，放点白糖，青团蘸着吃，嘿，味道不错，连吃了三个。

| 血脉证据 |

青青竹笋端午情

端午节时，新晒的竹笋香阵阵飘来，让我心中突生一缕愁绪，想起在那个遥远的小山村，五幢木房，只留守着八十出头的公公和婆婆——总是想起啊！我脆弱的心便有些不知如何安放。

我仿佛看到，天刚放亮，公公佝偻着背，背上比他身子宽大得多的背篼，钻进云雾轻漫的竹林，不顾荆棘丛生，一根一根掰下水嫩的竹笋，汗水从布满皱纹的额上流下，衣服被打湿，竹叶掀起他花白的头发。小黑在他身边窜来窜去，不时吠叫一声。他耳朵已经半聋，听不见鸟儿唱歌，听不见锦鸡的扑腾，他自信自语地念叨："我多掰些，让他们带进城。"然后，背上高出他半头的竹笋，手里还拖着装满竹笋的蛇皮口袋，吃力却愉悦地从山上下来。

当我们驱车三个多小时到达先生老家时，太阳当空，天蓝云白，兄弟们的房子涂了红色油漆的柱子是那么耀眼，屋后树密林深，整个天地富有生机，只是大门紧锁，鲜见人影。两个老人早已做好饭等着我们回去。先生陪他老爸喝了几杯酒，老人眼里有了泪："叫你们不要回来的，又花钱又费力。"——其实，谁不盼儿女回家看看呢？

屋檐下背篼里的竹笋，像箭，一支一支蓄势待发。我饶有兴趣，剥了起来。大家一起动手，把剥光笋衣的竹笋放在沸水里焯了一下，拿到太阳底下暴晒，很快收了水分。先生一再催促返程，他是怕天晚了，我开车费劲。我倒不着急了，以让笋子再多晒一会儿为由拖延了一阵。婆婆问饿不，要煮"开水"来吃，本来不饿的，但为了再多待一会儿，便回说，要吃。这"开

水"其实就是开水鸡蛋，放点公公自己收的野蜂蜜，香极了。太阳西下，方才返回。公公婆婆心满意足地把我们送到路口。

从后视镜中，公公远远地，仍在招手，直到汽车拐了弯。

这里我来得不多，每次来却都有一种深深的感动。

带回来的竹笋吸足了太阳光，卷曲着，色泽金黄。看到笋干，便会想起公公那佝偻且逐渐干枯的身子、花白的头发，心中便隐隐作痛。或许我不该如此多愁善感，他们是乐意固守生活了一辈子的家园的，那里的生活才让他们感到惬意和安宁，所以多年来，一直拒绝我们进城的劝告。

父亲的庆生宴还在继续，蛋糕甜腻，酒肉飘香，另一个父亲却只为儿子媳妇一次短时间的看望，带走他的青青竹笋而感到满足。

哦！青青竹笋，青青端午……

余家院子

余家院子，院子早已消失，只是一个地名而已。

笨子老表不笨，他将两个儿子培养成才，此次是老二余霜结婚。余霜是医学院毕业，目前是在读博士生。国庆节回来举行婚礼，我们受邀，在婚礼头天便前往祝贺。

喜棚下高朋满桌，或聊天，或打牌。小孩子们在即将搭成的婚礼台上跳来跳去，旁边做酒席饭菜的地方铺了很宽场面，热气腾腾的，厨师和打下手的正干得起劲。

看到新郎官余霜，我便仿佛看到姑婆余周氏：秀气的脸庞、精致的五官、安静的神情。

姑婆出嫁那天，土匪同时抢了周家和余家。年轻的姑婆婚服外套了一件布褂，脸上抹了稀泥，藏在麦田里瑟瑟发抖。而余姑公已经被土匪掳了去，威胁余家拿大洋和鸦片去赎，否则点天灯。

这是我听姑婆讲的久远的故事，我想象得出她的惊慌和恐惧。给我讲这些时，她已经是七十来岁的老人，语气平缓，像是讲书上的故事。她是小脚，走路一颠一颠的。每年秋冬，父亲都要接这个唯一的姑妈到家住上一段时间。于是，我在童年时，有很多时光与姑婆为伴。正月，和父亲一起去余家院子给姑婆和表叔们拜年，受到热情招待，轮流到各家吃饭，是很惬意的事。

我没有见过余姑公真实模样。我当跟屁虫在那里跑时，他已经瘫痪在床，住在小屋里，黑黢黢的，又害怕，根本看不清里面的情形。他不久便离开人世。

那时的余家院子，正房是长五间大瓦房，两边有环房，有朝门、院坝。虽有宽房大屋，却因四个表叔都已成家，住了不少人，显得特别拥挤。

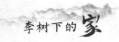
1990年，姑婆去世时，八十五岁。

笨子老表是长房长孙，比我年长二岁。大表叔大表叔娘待我们特别好，所以我们在他家待得多些，和笨子老表也相处得多些。

随着表叔辈大都离世，我们与余家院子的关系渐渐疏离。这次去，车停在一个老表家，一路走过去，看到不少独门独院的楼房，二哥介绍这是这个老表家，这是那个老表家。独笨子老表家房子最高大、最向阳，视线最开阔，院落有花有草，俨然一股实人家。

长辈中如今只有二表叔娘、幺表叔和幺表叔娘在世。我和他们谈了许多往事，最大的收获是找到了一张姑婆和幺表叔一家的老照片。这张照片大约在四十二年前所照。如获至宝，赶紧翻拍下来。

人们都说"一辈亲，二辈表，三辈四辈认不到"，感慨世态炎凉。其实，这是很正常的事。一辈一辈，开枝散叶，各有至亲，生活为要。除非是写家谱时，再追根溯源，弄清花开到哪里了，叶发在哪根枝上。

到余家院子，与姑婆后辈相聚，便是重温亲情。至于晚辈们是否仍相识，就不那么重要了。

街灯如星

秋雨缠绵，断断续续，似在向大地诉说自己的哀怨。人们在雨夜中穿行，在车灯中忽隐忽现。小镇夜晚，街灯如星，光线晦暗。当那些不成字句的雨丝描述无可奈何时，只听"嘣"的一声，一辆白色城市越野像猛兽一样，突然冲出来，将他撞出三四米远。

那锅牛肉火锅仍冒着热气，酒杯里的酒清澈见底，似有似无，谈话亲切热烈、惬意。

然而这一切，在没有人行道的马路中间，像绷紧的弦，一下子被扯断。

他记不清为什么躺在救护车上，不停问着"今天从哪里来？到哪里去？"半昏半醒间，问着最本能却最深奥的哲学问题。

她想起那个瑟瑟发抖的肇事女司机，那个历经两次车祸而声音颤抖的同伴，想起泥水里躺着的他，不时摸一下头上的伤口，血流了一地。那时她是寒冷的，冷得不晓得哭，不晓得骂女司机。在等救护车那短暂的十多分钟里，她照好了出事现场的照片，问了女司机的电话号码，存在手机上时，弄了好一阵也没存上，回头便忘记了那个女子的名字。她甚至冷漠地看两辆大型货车在出事的另一边街道上如何艰难地错车。

她机械地推着他去做各种检查，不准他弟来替她看一会儿输液。

七天了，他慢慢好转。庆幸的是，那重重的撞击，没有骨折，没有颅内出血，左肩、左臀、左脚踝的淤青像一根根刺，时时提醒疼痛的存在。右头部上的六针疤痕，被红药水涂得红红的，那些线毫无美感。

她守在病床前，呆呆地看着这个勤快、善良的人。她那么喜欢文字，喜欢外出采风和旅游，而他喜欢养蜂，喜欢回乡下老家看父母。他们之间的确有许多不同，但同在一个屋檐下吃饭、睡觉、做着各自喜欢的事。

她没有将他受伤的事告诉年迈的父母和远方的女儿，怕他们过分担

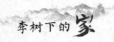

忧。其实，是她心乱如麻，怕是说不上两句，就会哭，说不清事情原委。这半生，虽然说不上是幸福人生，但确实没有经过太多的事。

这段时间，她没有看一页书、写半个字。甚至，她想放弃自己的爱好，好好陪他，做饭给他吃，为他洗去尘埃，牵着他的手行走，让那一声"嘣"永远从记忆中消失……

秋分后，许多人都在喝第一杯奶茶——温暖、柔和、顺滑，像过日子一样。

而她，摁下"街灯如星"几个字，郑智化那句"星星点灯／照亮回家的人"便在她脑子里回荡。

她决心，此后，过马路时不会松开他的手。

送 机

2021 年 3 月 21 日晚八时十分，从遵义飞往北京的飞机按时起飞。上飞机坐好后，我掏出手机，透过舷窗，拍了一张外景，有灯光，有"遵义"标志。那机场外面，送机的亲人们该要到家了吧。

贴着舷窗，我暗自挂着两行热泪。

父亲蹒跚而行的身影落了后，侄女搀扶着他，也没赶上我们最后进机场那一刻。不是不可以等他们，而是我故意匆匆先进去，不想让他看见我流泪。原本叫父亲不要送，可他一再坚持。九十一岁的老父亲送五十五岁的女儿去北京治病，实在不忍。原先曾想走时给他磕一个头，但感觉这样做太过悲情，叫大家心里难过，好像要作最后诀别似的。

从 3 月 19 日晚上先生和女儿告诉我病情起，到离绥之时，心里的惊恐不安慢慢平息下来。我知道自己渡过此劫难，定会平安归来。所以过分正式的告别就免了吧。在机上流泪那一刻，心里却后悔了，怎么也得拥抱他一下的呀。万一呢？

后悔没有用，唯一的补救方法是，好好治疗，平安归来，大大方方拥抱他。

很多时候，我们都太内敛，不善于那么直接地表达自己的真实情感。

只是那互相牵挂的情感，始终像是那开关与电灯的关系，轻轻一按，满屋子便走出了黑暗。我们不是演电影，任何一个场景都不可能有那么完整的情节。

嬢嬢上前来从背后拥抱了我一下，说："放心，一切会好。"

借她吉言，一定会顺利。

怀着忐忑不安的心情离开了遵义。

前路未卜，却要坚定地出发。

老照片里的年味

　　进入腊月，阴冷的天气多了起来。周末，收拾好家务，突然想翻翻以前的老照片来看一下。在一本旧相册里，看到了几张已经发黄却异常珍贵的黑白照片。

　　那时母亲还在。她在厨房做菜，手里还拿着什么东西，一个转身，便被定格。她没有对着镜头笑，脸上却带了笑容。旁边的背影是二嫂，也戴了围腰，也在做事。母亲后面露出小半张脸，或许是我在炒菜。灶上有几个碗和盘子。厨房有些破旧，但并不漏风。

　　另一张是吃饭的照片，父亲、大哥正面，还有三哥的女朋友章姐在谁的肩膀处露出了半张脸。看得出，菜是摆在火炉上的，盘子不少，很丰盛了。

　　另外有几张小卡片那么小的照片，是三哥和叔叔家小老六照的。那年，小老六从纳雍来到我家上小学，小老六和大哥的大女儿骑在自行车上也照了一张。那时他们都还是小孩子，开心极了，笑得很灿烂。还有两张，是我在遵义红军山上和山下的单人照。

　　不知何时，我在这些照片上标明了同一个时期——1985年春节。

　　那年，我还是一名高三学生。相片应该是刚从遵义医学院毕业的三哥照的。因为那时只有他有此条件。

　　我是腊月中旬出生的孩子。在改革开放前，过生日时，母亲因忙于生计，常常将我的生日忘记。即使过年，也没有每年都有新衣裳和好吃的。而且有好吃的还得藏起来，以免我们这些小馋猫偷吃光，早早断了吃的。比如，杀一头猪，毛重两百来斤，得用一半去上税，剩下的半头惜着吃，粮食得东借西挪的，才能度过神仙难过的二三月。而且并不是年年都能杀年猪的。改革开放后，土地下户，日子一年比一年好过。说来也怪，年猪一年比一年肥。记得1985年这年杀的年猪净重四百多斤，可乐坏了母亲，而且还不用上税了。辛苦一年，获此大丰收，她自然高兴，时时面带笑容。做了许多香肠、腊肉、鲊肉，也做了不少米花、土豆片，炖了一大盆红烧肉，炖了一锅海带腊猪脚。三哥女朋友是北方人，她会烧糖醋白菜、搓珍珠汤圆，在那时，这些可真是稀奇的菜品和点心哩。

那年的春节，其乐融融。

随后，我跟着三哥和章姐到了遵义红军山游玩。那是我第一次去红军山，在红军山下的公园里走了走，感觉大城市比小县城发达多了。或许这对自己那年参加高考有一定的促进作用吧。7月，我考上了贵州省政法管理干部学院。

老照片里的母亲已于1995年因病去世，而父亲已经九十一岁，每到腊月，都会对我说："你生日快到了哈。"是啊，我生日到了，也该过年了。我除了做米酒的手艺没有跟母亲学到以外，每年腊月，我都会为过年做些准备，以便让女儿感受到春节的温馨和幸福。而小老六早已长成了大老六，通过自己奋斗，生意做得较好，那天，请我们去他的别墅聚了一次，说，提前给大家过年了哈。侄女已经是两个孩子的母亲，成了一个工作生活都能干的中学教师，每到春节，都会第一个打电话给爷爷，祝他节日快乐。而照片里的那狭窄的土墙房已经成了两楼一底的小楼房。今年疫情，或许有人无法回来过春节，但那份浓浓的牵挂，始终在家庭微信群里流淌。

老照片里的年味，从来没有丢失，甚至更浓郁。

错 过

读完简媜的《红婴仔》，冒出来的第一个念头就是"错过"二字。

她把从怀胎九月，到抚育孩子两岁的辛苦和孩子言行的一点一滴详尽地、饶有兴趣地记录下来，并联想到自己的婴儿期、幼年和童年，让我们感同身受——自己做母亲的整个经历就这样被文字错过。

由于忙于工作生活，也或者说没有那么用心，一段生命历程就这样随着时间流逝，淡淡远去。当我不在了，孩子需要追溯人生时，哪里去寻找？时隔二十多年，记忆已经模糊，感受已经淡化，后悔当初没有将已经起了念头的育儿记坚持记录下来。

"为什么没有人把怀胎九月、养育孩子的过程写出来？难道还不够刻骨铭心？这是你们独享的最肥沃的经验，为什么不把它写出来呢？"简媜在一次文学写作演讲中这样问爱好文学的女士们，也像在问我。当时在场的，没有人回答。现在，我也不能回答。

当初那个准备做妈妈或已经做妈妈的自己，除了喜欢读读小说外，算不上是真正的文学爱好者吧，更别说创作了——这样想来，便原谅了自己。

今年春节，疫情肆虐，女儿从北京回来，在家里待了整整两个月——这是她上高中以来从来没有过的事。这个家伙向来叛逆，跟我不是特别亲热。也许和小时候教育方式有关，我过于理性，或者是严厉，或者是强势，或者不善于表达。总之，我们母女出门时虽然肩碰肩，却基本不会手拉手。

每次送站，看着她的背影，都感觉她离我们越来越远。因为她已经长大，已经独立，对父母的依赖早成为过去。

回忆起怀胎、生产、养育过程，心中有些歉疚，似乎没有爱够，她便已经长大、离开。

所以那句不知谁说的"当孩子要拉你的手时，你不要拒绝，因为拉手的时间不多"，让人有些酸楚：珍惜，只在当时。

这样的事终究都会发生在每一位母亲身上。

我老了吗？现在的观点，养儿可不是为了防老的。

我能弥补上吗？这样的错过。

又一次送机，又一次噙泪。前途杳然，她瘦弱的身影，蕴含了多少大的能量？

那个小婴儿，只停留在照片上。

感谢那时的用心：照相、洗相和保存。

对于往昔，文字魔法，我向你救助。

不着急，我还有大把好时光——退休后。

谁知道呢？心下狐疑。

只是当下正春和景明，不如，先让思维再飞一会儿。

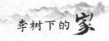

春节，在平凡的烟火气里升华

——虎年春节日记

—

2022 年 1 月 30 日，腊月二十八。

今天楼下二哥家过年。

忙碌的是主妇二嫂。

我在楼上收拾打扫卫生，午饭后，自告奋勇拿着车钥匙，准备上街去接老爸他们来乡下过年。到楼下看到老爸他们已经在火炉边烤火，自己也笑了。这动作也太慢了，早上，二哥已经把他们接来。过年团圆嘛，老人是比较积极的。

过年，自然不能忘记祭祀的。下午菜做好后，在堂屋摆上满满一大桌，四碗饭，四双筷，四杯酒。并不是只有四个祖先，只是置一个场景，让祖先们享用后人们的心愿。我家在楼上，多年来没有做过年饭祭祀。老幺嘛，好像没有资格单独祭祀，总是跟着父母和长兄一起。

晚上，侄儿加奇抱出一堆虎头帽散件，网上购买的，软壳绵纸材质，内装各种配件和针头线脑，大家动手，开始缝制。大人小孩戴着花花绿绿却有模有样的帽子拍照，感觉虎年有虎气，特别开心。

我们小时候没戴过虎头帽，现在缝制了玩具帽子，戴在头上，感觉特别有年味。应该感谢网络，一些人创意无限，一些人获得了喜乐。

最兴奋的当是小孩子，周果果可以帮忙了；周豆豆大呼小叫，为手提宫灯不能变色闹了一回脾气，但抵不过对新鲜玩意儿的好奇，终究是一直兴奋着。

过年真好，一家人在一起，开心。

过年真好，有朋友送了我一本新年礼物《枕上诗书》，今天抽空读完，得其美，是每一位诗者的故事吸引了我。了解他们，心中豁然。诗者有熟悉的，也有不熟悉的。浅显易懂的故事，优美的诗句，让人能穿越的书，触摸到作者心魂的文字，适合在节前的忙乱间隙读一读。

为表谢意，学着古人，前几天我折了园中几枝蜡梅送她，权当是：

聊送几枝梅，略表一寸心吧。

二

2022 年 1 月 31 日，腊月二十九。

今年腊月月小，只有二十九天，没有大年三十。那今天就是大年三十了。

先生早就准备好了回辅乐老家的年货，满满一后备厢。明知道吃不了那么多，还是连续跑了几趟超市"买买买"，无惧超市里人挤人。

天气预报今天有雪。果然，辅乐人已经在微信群里晒雪景图。茫茫雪原，至少有两厘米厚。去那里山高林密，担心路上积雪，行车不便。还好，原先的烂路已经全部白改黑，成沥青路，不易结冰积雪。

中午到青杠林，侄儿一家正好在他岳父家过年，我们也去吃了顿饭。青菜牛肉、豆腐鱼是兵子买了调料做的，味道不错。豆腐特别好吃，主要是自己种的黄豆，自己做的豆腐，紧实，香味浓。山区人和他们做的饮食一样：真诚、朴素、本味。

辅乐老家有三个兄弟家，加上老父母，四个家。父母老了，不再做年夜饭，随大家吃。因三兄弟同时吃年夜饭，我们只好分成几处。年轻人们都从外面大城市里打工回来，家家都挺热闹有生气的。

临走时，嫂子弟媳们一人给了我一大包豆腐，真的太热情了。拿回来又分给了大哥二哥家，都称赞好吃。

到老爸那里，刚进门，十二岁的侄孙女李馨然一下子扑到爽姨怀里，与

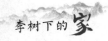

她紧紧拥抱。馨然后来还说，虽然这里（贵州绥阳）比较艰苦，但还是喜欢待在这里。哈，相比深圳，这里确实比较艰苦，但有亲人的温暖、有相互的关爱，还有团圆呀。

要知道，正是因为有春节这个节，亲人朋友们才不会断了线。

由于禁放鞭炮烟花，即使在乡下，也没有放鞭炮。晚辈们在院坝放了烟花，小朋友们高兴极了。而长辈们自然是少不了垒长城的，陪老人嘛，家庭小娱乐。各得其所，其乐融融。

电视里春晚正热闹，一道过年大餐，不时品尝一下。

金牛迎金虎，年，就这么跨越。小孩子长了一岁，而我们，又老了一截。

<h1 style="text-align:center">三</h1>

2022 年 2 月 1 日，正月初一。

由于守岁，头晚熬了夜，大家很晚才起床。可主妇永远是起得最早的那一个。大嫂二嫂的汤圆已经包好，敬过先人，就在家庭群里呼叫，让大家起来吃。

本不能多吃糯食，但我还是一口气吃了四个，祝福自己四季平安圆满，灾病远离。

今年春节寒冷多雪，适合宅家。

大哥亲自上厨，做了一桌菜，全家团聚。

我曾听一位比我年长的男同事感叹，男人越老越可爱。当时只是觉得好笑，并不能体会。吃着六十八岁大哥做的饭菜，深有体会。这个年轻时从不会做事，也不会体谅人的大男人，现在很会做菜，能主动做许多琐事，比如，早早起来去摆摊子、打扫卫生、和家里人细细聊天、对他人关爱等，减轻了大嫂不少负担。特别可喜的是变得豁达，很是让人喜欢。年纪越大，越可爱，这才是老来的样子。要向他学习。

四

2022 年 2 月 2 日，正月初二。

吃人三朝，还人一席。趁二侄女母女仨还在绥阳，大侄女一家从道真返回，便邀请大家正月初二在我家团聚。

女儿本来主张去饭店，一是怕我累着，二是怕洗堆成山一样的碗。但大过年的，人家还没开门，便决定自己做。

头天上午，她拿出笔记本排好菜单，共有十四个菜，分配好三人各自的工作，便在当天中午上街买好食材。其中，先生做三个菜，我做六个菜，爽做一个菜，买了两个菜。当然，统一协调工作是我。荤素搭配，颜色也好看。

我七点起床，洗好头晚用热水泡好的腊猪脚，边炖海带猪脚汤，边做其他菜的准备工作。下午，一切工作就绪后，等了侄儿一会儿，他今天到各个点慰问了一下工作人员，年前留置了几个职务犯罪嫌疑人。我们在快快乐乐地过安心年，不知有多少人仍在加班加点履行着职责。

满满当当两大桌，热闹得很。由于做了精心准备，菜品从十四个变成十七个，分量不多，最后没有剩下多少。菜的搭配和味道，每个人都能找到适合自己的，自然得到了夸赞。其实，我最满意的是自己做的香肠腊肉鲊肉，味道特别好。大哥还说，妈妈的味道回来了。一年才做一次，但基本传承了她的手艺。

饭后，各种娱乐活动开始。女人们搓一元小麻将，男人们打大二（一种纸牌），年轻人在二楼唱卡拉 OK，小孩看动画片，或者跟着音乐扭扭屁股动动手臂，还有个大学生打电子游戏。

才正月初二嘛，允许各自玩乐懈怠一下。

值得一提的是，年前家里建设了一个小工程，把露台装成了玻璃房。用于喝茶、弹琴、锻炼和打麻将（一年打一次，麻将桌主要用来放音箱）。肉肉植物在冬天也终于不再用塑料纸盖着，玻璃挡住了冰雪，挡不住阳光。我

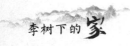

想，它们是喜欢这个新家的。

晚上，诗妹晓红发来一个链接，是天眼新闻文旅频道刊登了她的《有一种过年叫赶场》。年前，她电脑坏了，让我给她整理后发出去的。当时，我就说，要是我是编辑，肯定用。好几天了都不见音讯，我们心里都在打鼓。终于出来了，由衷地为她高兴着。

春节，总有一些惊喜和愉悦不期而至。

五

2022 年 2 月 3 日，正月初三。

热闹了几天，今天终于可以安静地歇会了。

爽叫我选电影看，她是视频网站的 VIP 会员，尽管选择看。

说起 VIP，早些年，每次去银行办事，人很多，取票后要等许久。而 VIP 会员总是优先。我不知道要存多少钱在银行，才能享有如此待遇。如今，我经常在手机银行和自动取款机上办事，鲜有去银行大厅，不知自己是不是他们的 VIP 客户。不管是不是，因网络的发达便捷，我已经无须去银行漫长地等待了。

电影是二战片《至暗时刻》，英国面临希特勒对欧洲的全面横扫，推举丘吉尔上台，他以坚强的意志，倾听民众的声音，坚决抗战到底，目标就是"胜利"！虽没有战争场面，却真正反映了战争的紧张感，也反映了丘吉尔这个二战时著名首相的平凡与果敢。

我喜欢和平，但要那种有尊严和自由的和平。

晚上，练习了一下古筝。重温《万疆》和《鸿雁》，摇指生疏了，真是三天不摸手艺生。再研究了一下《枉凝眉》和《广寒宫》两首曲子，都是我喜欢的。

"喜欢的，就继续坚持吧。"——我对自己说。

就像我喜欢我们的女诗人部：新年以来，各位姐妹成绩不错，我做了详细统计，大家各显神通，文章诗歌遍地开花，共有十八项——只是上纸刊的少，尚需继续努力。

六

2022年2月4日，正月初四。

今天立春，二十四节气中第一时节。

白天做所有事，其实都是在等待一个奇妙的时刻——晚上八点北京冬奥会开幕式。

立春，寻春，赏春。螺江九曲湿地公园的梅花开了，全是粉红的，在河边，桥头，山坡，给仍旧沉寂的原野添上无限生机。带了果果豆豆一起去，在木栈道上，我打开手机，放了儿歌《小鸡小鸡》，边唱边跳，尽情沉浸在春天伊始的氛围里，两个小家伙乐得眼睛笑成了眯眯眼。

感谢太阳，阴雨绵绵了几天，今天露出了些许笑脸。

激动人心的一刻终于到来——冬奥会开幕式在期盼中拉开了序幕。二十四节气快闪特别有创意，倒计时时，1定格在立春。万物萌发，绿色之歌，生机勃勃。表演者在光影中尽情舞蹈。整个开幕式有创意，充满了中国式严谨、热忱与浪漫。爽在年前赶写的文章《"千万别让张艺谋做总导演"》在开幕式前在"凤凰周刊"公众号上出台了。为了写这篇文章，她邀请我一起观看了2008年北京奥运会时，张艺谋导演团队的整个工作过程纪录片。辉煌的背后是艰辛的付出。此次冬奥会也是如此吧。

开幕式结束，已经是晚上十点二十。各大公众号迅速播出消息，开幕式取得圆满成功！

"2008年的夏天，张艺谋和幕后的两万多位工作人员，拼尽全力向世界展示了一个开放、自信、强大的中国。十三年前我们能够做到的，相信今天也一定可以。"

他做到了。

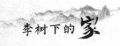

感谢为之努力的人们，让我们普通观众在立春这天尽享了一餐饕餮盛宴。

七

2022 年 2 月 5 日，正月初五。

爽说，三舅来了，家庭团圆又要掀起一波热潮了。

的确，由于疫情或别的事情要做，三哥在除夕时未能从深圳回家。今天回来了。

我们家接机，向来是以亲友团的形式出现的。今天也不例外。二哥、我、加奇都来了。其实也有出租车的。但接机是一种亲情体现，让远方归来的人感受到亲人们的关爱和热忱。

盼望远方游子归家的，自然是父母。

父亲一个又一个电话询问接机事宜。要是他身体好一些，肯定要一起的。他要第一眼看见他许久未见的儿子。

父亲老了，肺部出现障碍，加上冬天皮肤太干，瘙痒不止，尝试多种方法，效果不佳。在这寒冷的冬天，他苦不堪言，时常像一台旧机器，不断传出杂音，喘息不止。

不经意间，他老了，我们也老了。

大哥六十八，二哥六十六，三哥六十，我也退休了。

庆幸的是，大家精神头尚足，帮衬着晚辈们继续走。晚辈们也有了自己的世界，踏实地带领他们的孩子继续往前。

人间烟火，一代一代，永不熄灭。

八

2022 年 2 月 6 日，正月初六。

今天是春节假期最后一天。还好的是，我无须上班，心里便没有了压力。所以我从不为退休工资多少去愤懑。一点儿工作没做，尚能生活无忧，挺满足的。

今天小雨不断，但阻挡不了我们去给外公外婆姆儿（舅舅）上坟的心愿。

桑木坝，母亲的娘家，从小跑到大，血缘联结着亲情。如今在母辈中，只剩下舅娘一个老人，八十了，仍能一边吃着她做的饭菜，一边摆谈着逝去亲人们的往事，心里尤感温暖。特别是烤到表弟家热乎乎的火炉，看到他家干净整洁的房间，感到一种安慰和振奋。因疫情原因，表弟尚留守在宁波的一个厂子里。视频时，他在做饭，精神状态非常好，言谈举止和姆儿特别相似。

表弟夫妇多年在外务工，供出两个女儿上大学，也将城市生活习惯带回了家乡。

我的外公叫谭长春，新中国成立前毕业于贵阳师范，在桑木坝任过小学校长。我记忆中，他满脸络腮胡，圆顶帽，对襟衣服，整整齐齐，在我家时，喜欢拿着一本书，站在窗边看，具体看的什么书，忘记了。外婆叫殷文惠，小脚，到我家玩得多一些，尤其是春节前，我都要走路去接她来家过年。那时没有车，感觉路好远，走好久才能到家。在我家，她常与姑婆做伴，所以我小时候也常与她们做伴。她们温柔和软、知书达理，从不骂人说脏话，对我有很大影响。

只是这些老亲，终究逃不过"一辈亲，二辈表，三辈四辈认不到"的现实。顺其自然吧，每一辈人有每一辈人的姻缘至亲，记得自己从哪里来便好。

傍晚，在佳缘食府就便餐时，突然下了好大的雨夹雪，却一点儿也没有影响就餐的兴致。因为便餐菜谱里有蕨巴炒腊肉、折耳根炒瘦肉、海椒鲊炒脆哨等，加上该饭店特色菜坨坨肉和油豆腐，都是归乡人小时候记忆中的味道，所以吃得非常惬意。路过政府喷泉广场，仿佛置身于红红的灯海之中，节日氛围喜气浓郁。

三哥明天将回深圳。后天，女儿也将回北京。

这个春节，逐渐接近尾声。

庆幸的是，虽然接近尾声，但有北京 2022 年冬奥会的精彩不断，而且雨雪纷纷，特别适合宅家看电视，仍旧愉悦。

九

2022 年 2 月 7 日，正月初七。

今天，春节假期结束。还在床上，就听到楼下引擎发动的声音：年轻人们去上班。开工了，开工大吉！

昨晚下了雪，山上、树上、屋顶上、车上都铺垫了一层雪。我赶紧换了衣服下楼，去拍蜡梅上的雪，但雪已经在融化，屋檐上不断滴水。我在乒乓球台台布上收集雪装在水桶里提上楼。当然不是为了煮茶，也不是为了学薛宝钗制冷香丸，是因为我的花花们已经渴了一段时间了，该滋润一下了。雪和雨水一样，含有各种微生物，比自来水浇花好多了。给玻璃房里的每株植物戴一顶白帽，好看极了。不过，肉肉们不经冷，便开了暖风机增温，让雪迅速化掉。

下午四点送机。三哥乘坐的飞机居然不是直达深圳的，还得从南昌转机，真费劲。不过，旅程顺利便好。人，要学会顺应各种环境方能安心。

听三哥讲起一件事：上午，他接到一个绥阳口音的电话，自称是派出所的，说因疫情防控要求，要问他一些具体情况—— 一是姓名，二是身份证号码，他反问了对方两句，对方便生气地骂起人来，挂了电话。他久不在绥阳，问我们这到底是警察还是诈骗电话，我们也说不清。初五那天才到绥阳，在机场做了核酸检测，怎么电话号码就泄露了呢？有很多事情谁也说不清，反正小心为好。如果真是警察，我们相信，他会更有耐心、更文明，不会轻易生气骂人摔电话。

说起诈骗，我侄女也说起一件事。有一天中午，她正疲惫瞌睡，突然接到一个电话，自称银行工作人员，说她有一笔理财资金有问题，需要她的验证码。她迷迷糊糊地把验证码给了对方。她手机突然收到信息，内容为那笔理财产品已经赎回，对方又向她要银行账号密码。她才一下子清醒过来。账号密码输几次均错误后，账号被锁，对方才没有得逞。

好险啊！辛苦攒下了一点儿工资钱，如果真被弄走了，不知会有怎样的心痛哩。

小心为妙，想不劳而获的大有人在。

十

2022年2月8日，正月初八。

下午三点，送姑娘去机场，她要回北京了。

回来时，飘起了雪花，漫天飞舞。偶尔有雪花撞在车窗上，发出轻微的声音。

我凝视着雪花，仿佛看到女儿瘦弱的身影，在冷风中不知归途……

上午，她所在的公司部门召开了选题视频会议——又要忙了。耗神耗心的写手，以生活为目的，注重的是博人眼球，扩大公众号影响力，增加阅读量，获得广告费用。这样的写作并不比我们因爱好而写有愉悦感。生存，是原始的动力，让生存上档次，或者在一线城市站稳脚跟，是最高目标。家乡，在短期内似乎难以回来了。而婚姻、住房、孩子，却在青春逝去的同时，遥遥无期。平生第一次，恨自己不会赚大钱，帮助她早日步上正常人的生活轨道。随着年龄的增长，女儿倒平和了许多，不急不缓，按照自己的

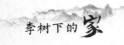

节奏走着自己的路。她说:"我们这一代和你们始终不同,不要强求我们非要步你们后尘。"家里的生活和她在北京的生活完全两个样。家里温馨的同时,会让她翅膀被凝固,难以飞翔。

我知道,她不是一个不思进取的孩子,也不是一个没有思想的孩子,同时,她也只是一个单纯的平凡孩子,过着自己喜欢的普通人的生活。

我们拥抱了一下,我望着她的背影过了检查关卡进入机场大门。

或许,互相理解,互相关爱,在父母子女之间便足了吧。至于人生,还得靠自己去走。

而从深圳回来过年的侄女雪说,春节期间在家乡享受的爱,足可支撑自己大半年。

三哥则去菜市场采买了腊肉、香肠、辣椒、豆豉等家乡风味食物,加上孃孃给她包的鲊肉等,满当当一大包带回了深圳。

扯不断的家乡情结,从虎年春节的牵挂中去了远方。

明天,女儿要写她看重的冬奥明星了,我,也要练练古筝了,几天不摸,大概手生了。

十 一

2022 年 2 月 9 日,正月初九。

从初五开始,老爸就开始咳嗽,呼吸困难。昨天下午给他打电话,声音没有之前洪亮了,便知道情况不大好。问他是否去医院,他说明天再说吧。

清晨五点半,听孃孃来电话,吓了我一跳,生怕出了大事。她说老爸情况不太乐观,等会天亮了去医院吧。

六点半,我们去了老爸家;他坐在沙发上,吸着氧,气色不错,说话有力,我们放心不少。他又不想去医院了。春节期间,天气寒冷,大约是感冒了,本来肺就不好,感冒后就更不好了。二哥说,医院一定要去,在家拖着我们不放心。

八点，到县医院，经过一些检查，便入院输液吃药。中午时，情况好转许多，想吃东西了。

我们终于松了一口气。

九十二岁的人了，风烛残年，病痛来时，他自己也没信心了。精神状态好时，求生欲望增加。

心里一直后悔一件事，正月初二我家吃团圆饭时，苗苗提议照全家福，可终究没照成——只怕永远失去了机会。

有老人在，大家庭才不会成散沙。

十 二

2022 年 2 月 11 日，正月十一。

每天在医院至少待五六个小时，只为了一份心愿，陪陪风烛残年的老爸。

能熬过今年，都得加油。

还好，他头脑清醒，记忆力不错。在病房待长了，偶尔恍惚一下。比如，刚吃过药，他会问，吃药没有。药水已经输完，护士取走了空瓶，过了一会儿，会问，药水要输完没有。病房暖和，加上实在衰弱，这次住院，没着急回家。白天尚好，晚上咳嗽厉害。有时，吃东西也困难，需要喂喂。

同病房的另一个八十岁老太太除了肺不好，还患有老年痴呆症。她时不时催女儿，走哦，回家哦，天要黑了。把女儿认成媳妇，大家笑也跟着笑。听她女儿讲，老人八十一了，大小便失禁，不认得路。在家最喜欢倒垃圾，也喜欢捡垃圾回来。得专人照看，不然她会去抠电源插座。不过，我们看她脾气好，时常笑嘻嘻的，还热情邀请我们过两年去她家吃梨儿，现在还没有长大（其实梨树已经成熟结果好几年了）。见我站在她病床旁边，她招呼我坐。用吸痰器时，她会去咬塑料管，或喝导管内的水，家属叫她深呼吸，她耳背，说这个不好吃。林林总总，她的言行已经与现实脱节。

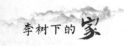

人啊人，不管从前如何聪明、勤劳、能干，老来，总会被老天爷用各种方式养成婴幼儿，慢慢地变回"无"。殊途同归，大概就是这个意思吧。

本来想这两天约二胡班姐妹们去录一个元宵晚会的女声合唱《二胡恋歌》的视频，以便在元宵节时发到省诗词楹联学会助兴，因老爸病重，天天守护在旁，就没有那份心情了。

十　三

2022 年 2 月 12 日，正月十二。

今天老爸好转了一些。只能说，这次缓解的速度特别慢。

在看护他时，我会在手机上看看冬奥会比赛现场直播。从来没有如此关注过冬奥会，是因为在家门口召开吧。感觉冬季比赛特别惊险、特别刺激，是勇敢者的游戏。

晚上在作协群里，看到晓红转发了贵州改革微信公众号里的文章，是贵州天眼新闻文旅频道春节征稿"粑粑香　年味长"后的撷英（综述），女诗人部前月、我、华英姐上了榜。也许是偶然，也许是必然。说明这些文章于综述作者印象深刻。

都说文章不好写，但爱着这件事，不写又觉得有失落感，心里不踏实。那就从内心出发，去写吧。对于名声，对于是否刊登，不用太在意。

因常跑医院和观看冬奥会比赛，耽误了练习二胡和古筝，手生了。读书也少了。开始断断续续读白先勇的《孽子》——是他写给"那一群在最深最深的黑夜里，独自彷徨街头，无所归依的孩子们"的。开篇便有些沉重：在我们的王国里，只有黑夜，没有白天……

同性恋者的孤独灵魂，在人们诧异的眼光里飘荡……或许，读完这本小说，我在沉默中多一分理解。

我想尽快读完。

十 四

2022 年 2 月 13 日，正月十三。

中午，听嬢嬢说，早上老爸病情有些严重，头一直低垂，无话，水不饮，牛奶不喝，咳痰也没力气吐。我送餐去时，他清醒了些。吃了点东西后，轻微说了几句话。主要说，年龄大了，病多，活着费力。他对活着没有信心，我落泪了。二嫂让我不要太操心，我自己是病人。我有些惊心。是啊，我不能太过焦虑。经历了太多痛苦和生死的人，应该把所有事情看淡些，保重自己，尽份心愿便好。

我对老爸说，今天正月十三了，明天十四过大年。他说，那就丁梅兴生日到了。我告诉他，丁梅兴是七月十二生日，现在是正月。他点点头，哦，记错了。明明刚刚才吃过药，他却问药吃了没有。——住了几天院，咳嗽减轻了，脑子却糊涂了。

其实，我是理解的：当人处于极度痛苦和沮丧时，对死，是毫不畏惧的。只是让亲人难受。

同病房的老太太总说嬢嬢穿了她的衣服。原来她有同款式的，所以牢牢记着。大家逗她，说穿穿她的衣服可以不。她很大度："喜欢穿就穿嘛。"其实她反应挺快的，也有根深蒂固的善良和宽容。

十 五

2022 年 2 月 14 日，正月十四。

本地风俗，从正月十二到十五，就要过大年了。

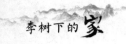

　　我也疑惑，大年三十是大年，叫过年，正月十四仍然叫过大年，不晓得是哪辈人传下来的名称。一般十五那天的正日子就不过了。现在称元宵节似乎是书面语言，与本地风俗不太一样。区别是"三十夜的火，十四夜的灯"，主要体现在驱鬼辟邪和祭祀方式上：大年三十年夜饭前要多多烧纸，正月初一拜坟，要让孩子们记住祖宗的坟茔，正月十四到祖坟上要点亮灯笼，烧纸多少不论。过了正月十五，人们生活开始走向正轨。有句谚语这样说：火烧门前纸，大人做生意，小的捡狗屎。那是农耕时代的情景。当下的情形是，上班的上班，上学的上学，在外打工的人们初五初六便陆续开始动身了。春节结束，开始辛苦劳作，再期盼下一年的团圆。

十　六

　　2022 年 2 月 15 日，正月十五。

　　在生活节奏比较快的当下，能慢悠悠地过完正月十五才"书"归正传的人不多了，除了我们这些退休人。

　　其实，退休人也早就忙碌起来了。

　　老爸的病情终于好转，心下安定了许多。再这样焦虑下去，恐怕自己也不行了：下腹发热发胀了多次，腹股沟似乎有东西挡着血管（之前检查就有淋巴结节在髂血管旁）。是心理作用还是真的发展了？再慢慢体会。无数次问自己，万一真有残留或复发，怎么办？当然，不愿意多想，因为治疗过程让人心悸。

　　女儿在挂号，下周去北京复查。

　　继续读白先勇的《孽子》，那些流浪的小变童，生活在困苦之中。作家呈现出来的陌生生存状态，令人压抑。虽然是小说，但我相信，必有其真实存在。

　　春节日记，告一段落。

　　寻常烟火气，悠悠岁月心。

　　期待未来，平安顺遂。

崇拜你，周家秀秀

我不是一个轻易表扬人的人，更不是容易感动的人。

也不是因为她是自家侄孙女，就认为天底下自己的孩子最好。

但这次，我被她成功圈粉，不由崇拜起她来。

六岁半的小姑娘，还有婴儿肥，有些黑黑的脸庞、胳膊和腿，穿着纯白色吊带公主裙，显得非常健康。兴致来时，可吃四个苹果，谁也无法阻挡，不健康都不行。

她妈妈买了一盒五百片拼图，说："你拼好送给幺姑婆吧。"

"好嘞，就这么说定了。"她爽快答应。

这都是因为我平时烙点小煎饼什么给她吃的收获。

对于吃货，对她最好的方式，就是送美食。

只是，我以为就这么随口一说，没有当真。

前两天，刚吃上晚饭，她就说："幺姑婆，拼图得了大半了，我想邀请你去参观一下。"我惊讶："可以吗？""当然可以，快快吃饭吧，我带你去。""好好好。"她几口吃完饭，开始催促我，并说"好激动啊"。不停地催促，让我有些烦了。我故意磨蹭，还要挟她多吃了几口菜——仿佛不是她送我礼物，而是有求于我似的。

到了她房间，只见小桌板上铺着完成了大半的图案，有小河淌水，山中小径、石桥，有尖尖的塔屋，有茂密的树林，还有远山——哇，色彩缤纷而安静的世界，正是我喜欢的环境。

她坐下开始继续拼，一厘米见方的小卡片在她手上不停地摆动，还自言自语，这块颜色不对，这块角度不对。反复试验，好不容易拼进去一块。

房间很热，汗水从她额上流了下来。我看着心痛，让她下楼去乘会凉。她倒干脆："那是不可能的。"

　　我突然感叹，什么时候，一个疯狂玩耍，故意大声吼叫，让人炸耳的小姑娘变得如此安静。

　　晚上十一点，她妈妈在群里宣布：拼图大功告成。我看到照片上拼成的图与原图，分毫不差，那瞬间，我对这个六岁半的小姑娘生出崇拜之心了。

　　我想象不出，在她的心里，一幅完整的图画与散片之间是怎么连接的。

　　第二天，她看到我，兴奋地告诉我："幺姑婆，拼图拼好啦！等妈妈买好相框就送给你。"

　　"那我用什么来回报你呢？"

　　"什么也不用。"

　　"那，我煎饼给你吃吧。"

　　"好呀！就要那种像披萨一样的饼就好。"

　　哈！我用一点小小的物质，窃取了小小孩子智力上的精神食粮。

　　可谁叫她是我家侄孙女，周家秀秀呢。

　　我的崇拜和欣赏，让彼此眼里生光。

绥阳的月亮纳雍圆

算起来，爸爹周培明于 1958 年从贵州煤炭学校毕业分配到纳雍工作、生活，至今已经六十个年头了。

我想象不出六十年前，他去时是怎样的孤单而坚定。"纳（雍）威（宁）赫（章），去不得"可不是随便说说的。贫穷、偏远，与家乡绥阳相隔遥远，与年事已高的父母分离。

我对爸爹有印象时，大概是 1973 年。之前，只听父亲不停地念叨或者从来信中知道有这个从未见过面的人。据说，这年，也是他第一次回到家乡。连公公婆婆去世也没能回来——那时，保住自己的小命便好，谁还有精力顾及其他的事？再说，交通极为不便，回一趟家紧赶慢赶至少得花两天时间。

四年前，年届八十的爸爹患了老年性痴呆症，身体衰退得厉害，对儿孙的名字也犯了糊涂，对这个世界只以一种安静的微笑面对。

今年，早在端午节时就定下来国庆节去纳雍。八十七岁的父亲当然高兴，小心翼翼地保护着自己，生怕有什么闪失，不能去见这个唯一的老弟弟。

10 月 4 日，恰好是中秋节。三哥也从深圳赶回遵义，和我们一起去纳雍。曾经，他是绥阳这边到纳雍看望爸爹一家的第一个代表。

那是 1982 年 7 月，他尚在遵义医学院就读，受到了爸爹一家热情接待，那股血浓于水的亲情浇灌了两边亲人们的心。

五弟回忆起这一段经历，眼含热泪："还记得三哥来纳雍，全家高兴得不得了。临别的头天晚上，父亲从他洗得泛白的蓝色中山装衣袋里，拿出了积攒很久的从全家生活费中抠出来的十五元钱，硬塞到三哥手中。当时的三哥死活不收，无奈于亲人们非要表达的一番心意，勉强收下。第二天，爸爸

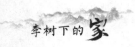

上班，妈妈忙于做豆腐，兄妹们一起送三哥来到车站。大家都哭了。班车快开时，聪明的三哥拿出了一封信交到了还在哭泣的三姐手中，并嘱咐回家再打开看。当汽车徐徐开走，姊妹们才反应过来，打开了那封裹着十五元钱的饱含深情的信，全家眼含热泪念了一遍又一遍。"时光过去了三十多年，这份在贫穷岁月浓厚的亲情我们一辈子也不会忘记。

从那以后，两边家庭经济逐渐好转，互相往来增多。

1986年8月，暑假，我到了纳雍。

记得我是取道织金去的。临行头晚，同学们拉着聊天不准睡觉，并告诉我："明天上车就睡，以免你看到路况后吓着。"

车在高山峡谷里爬行，昏昏沉沉坐到下半天才到纳雍县城。记忆中，似乎只看见对面只开过来一辆车，即纳雍到织金的公共汽车。

爸爹一家住在一套狭窄的平板房里，吃得最多的是豆米酸菜和豆腐。煤火烧得旺旺的，爸妈早早起来，跛着一只早年在生产队修水沟时受了伤的脚做豆腐。豆腐就在爸爹所在的交通局门口卖，生意似乎并不是特别好。

离开时，爸爹坚持送我，一直到贵阳，还说在贵阳有公干。临别，给了我二十元钱。后来想想，他是不放心我一个人独行啊！那二十元也不知攒了多久哩。要知道，那时他一个月的工资只有四十来元哩。

爸爹退休后，不时和爸妈到遵义两儿子处和绥阳哥哥这里玩几天。

每次在父亲那里吃饭，我爱人都要与爸爹划拳喝酒，其乐融融。

这次见面后的第二天清晨，爸爹拉着哥哥的手到阳台聊天，问父母亲是怎么去世的，并断断续续地告诉哥哥，当年局里要提拔他当副局长，考察时问他父母是怎么去世的。他老老实实地回答，是被饿死的。最终没有被提拔，认为他政治上不过关。

爸妈说，这是几年来他与人说话说得最多的一次。

我有泪含在眼里。曾经多么活跃、开朗、健谈的爸爹，如今行动缓慢，言语不畅，反应迟钝。

意想不到的是，当二哥、妹夫和我爱人要与他划拳时，他居然能喊拳，声音虽细弱，却毫无重复，甚至没有喊错。

天性豪爽而快乐的爸爹呀，你还记得些什么呢？但愿都记得。

他还记得一些人的名字。比如，儿子侄子明明在他面前，他会问："小兵没有来呀？小红呢？"

家人的笑声里透着一丝苦涩。

父亲说，走，回绥阳。

他迟疑地回答，不回去了吧——他已经无力回到家乡，那里已经是他的家乡。

父亲和爸爹，开枝散叶，成就了一个有着三十多口人的大家庭，并且大家小家家家和睦，儿孙个个有孝心，工作学习都积极向上，博士生导师、博士生、硕士生一样不缺，留学生好几个，大学生普及。父辈们早年的辛苦和劳累，没有白费，让人欣慰而充满希望。

人，就像一粒种子，完成了自己的使命，将大树小树交给阳光、风、雨和雷电，自己便慢慢隐去。

我们到纳雍那天，出发时秋雨哗啦啦打着车窗，到达时晴空万里。早年需要两天路程，如今最多三个半小时就可以抵达。我由衷赞美我们贵州大建设、大发展，县县通高速，让距离不再是距离。

晚上在饭店，大家互相敬酒，彼此祝福，将浓浓的亲情传递。望窗外，月挂中天，又亮又圆，地上华灯闪烁，有广场舞音乐隐隐传来，真是一个祥和的世界！绥阳的月亮在纳雍圆了！圆了。

大姐直后悔没有上月饼。其实，月饼倒在其次，团圆才是真正有意义的事。

其实，一个家庭、一个人的命运与这个社会紧密相连。如果不是现在这个开明、发达、和平的社会，我们这个家庭又如何得以兴旺？得以大团圆？

我们由衷地感动、感恩，并祝愿：祖国永远繁荣昌盛！大家、小家相亲相爱、同心同德万事兴！

母亲的背篼

开车上班，要从高桥旁边经过。每隔几天，桥上会摆满各种竹子编成的背篼、箩筐等，金灿灿的。那是县城的篾货市场，逢赶场天便摆出来。哪怕斜斜地瞧上一眼，温馨的感觉便在心底了。

周末，正逢赶集日，去篾货市场走走，没想要买什么，只想去寻寻竹子离开大山后犹存的清新味道。

"三百元两个，卖不？"一个高个子中年妇女正和矮个子摊主夫妇讲价，他们面前摆了十多个背娃儿的"人背篼儿"（这里的"儿"字不是儿化韵，就是"儿"字）。

"你出这个价，是不安心买哟！四百元，卖两个给你！"摊主固执地说，"我这个是金竹编的哩，缝的花布是棉质的，好几层哩！"

摊主边把背绳四周的花布缝隙翻给高个子妇女看，边把背篼用力往中间挤，只听得"嚓嚓"的声音。"竹子干燥得很哩！娃儿背大了也背不坏。"

我看他们讲得热闹，便自顾自拿出相机去给篾货拍照。背篼上的花布图案大红大绿的，是动物卡通，其实很土气，但婴幼儿看着这些鲜艳色彩和卡通长大，一定是快乐的。这么好的东西，我真希望他们不再讲价，马上成交。

因为我依稀忆起小时候坐过的"人背篼儿"。

那背篼有些陈旧，没有市场上的这么漂亮，但并不影响我对它的眷恋，母亲把我背在背上，感受到她身体的温热。

草屋，土墙，有些暗黑的房间。

当我醒来，四周很静，不算大的窗户四四方方的，虽有亮光，屋里的光线却不足，老鼠因追逐或者抢食，把头顶上的楼板弄得震天响。心里害怕，爬下床，站在院坝放开嗓子哭喊"妈妈"。在屋前不远处修马路的母亲回来把我放进"人背篼儿"里，背上，继续与社员们一起修马路。随着母亲一起一伏的挖、掏动作，我坐摇篮似的非常舒服。其他妇女笑话我，这么大了，还背。我才不管哩，起身抱住母亲的脖子。我看不到母亲脸上的表情，也记不清她当时说了些什么话，只感觉到我在背篼里踏实极了——这大概是我最早的记忆，与母亲有关。

母亲喜欢背背篼。赶场，上坡，下田，都要随身背一个背篼，背回好吃的，背一把牛草、猪草，或者砍一背柴禾。背篼也有好几种：稀阳背，篾条宽大，编得粗糙，像个大花篮，用来装柴禾、猪草、牛草的；密背儿，编得小巧，密不见缝，装粮食或小东西非常适合；人背篼儿，背婴幼儿的，孩子大了装不下时，便让孩子自己背，慢慢学会把打来的猪草放在里面。

母亲整天忙碌着，家境也不富裕，却比其他孩子的妈妈大方，赶场回来，密背里除了日常用品，还会有一角钱的瓜子，几分钱的糖、娃儿糕等，都是我最爱，惹得邻家小姑娘既羡慕又嫉妒。长大后，成了"吃货"，大概与此关系紧密吧。

"烧——饼！兑烧饼哦——"远远的，听烧饼老头儿沙哑的声音传来，便会追着母亲告诉她："兑烧饼的来了！"低头铡猪草或忙什么活的母亲也不看我，只说："把密背儿里的麦子撮碗去兑嘛！"欢天喜地的便去了。烧饼甜味便在嘴里、在心里，至今也无法忘记那悠悠的，说不清、道不明的香甜味，后来再也没吃到过这么香甜的烧饼。其实，家里麦子并不多，那一密背儿麦子兼着红薯、玉米和其他东西，不知要让全家过多久的生活哩。只感觉那密背儿像是聚宝盆，有取之不尽的烧饼。

童年，贫困，孤独，因母亲的纵容和溺爱，现在的回忆里却有丝丝缕缕、萦萦绕绕的幸福感。

夜，清寒，秋雨嘀嘀嗒嗒，扰得人睡不踏实。

那晚的梦如以往好多次梦境一样，回到老家后山，坟地。天地如被米汤浆洗过，乳白，心里似乎有些兴奋，因为再也不是过去梦中那阴沉、压抑的黑白影片中旧社会的颜色。老坟仍旧垮塌——梦里总是出现垮塌的坟。母亲不太清晰的身影掀开坟上石头，取出一个一个的背篼，说是以前放进去的，现在拿出来用，并递给我。看不清她的脸，没有与我对视，如她在世一样，她总是没有时间与人或物对视。感觉到与母亲一起生活的那种安宁和自然，心里的宁静油然而生，对坟墓再没有恐惧。母亲用人背篼儿背我度过了幼儿时对黑暗和老鼠的恐惧，如今，在冥冥中仍用背篼驮我度过对坟的恐惧，赶走多年来深埋于心的精神疾病，敢于坦然面对曾经害怕的东西。那背篼里，一定有爱、鼓励和思念，还有战胜困难的勇气。

再过几天，便是母亲的忌日。我相信，她在给我某种启示，让我背起生活的背篼，无论是苦，是甜，还是累，都要坚定地走下去。

遥寄天国的母亲

妈妈：

我亲爱的妈妈，在此，我借用现代科技——腾讯QQ空间的电波讯号，点燃一炷心香，寄去我深切的思念。

妈妈，我仍沿用您在世的称呼。虽然有人笑话我这么大了还黏您。妈妈，我喜欢这样黏您，黏不够。而且这样称呼您时，就会感觉到您并未离开我们，还像小时候您在坡上做活路一样，我们长声长气地喊"妈——妈，吃饭了——"那声音仿佛还在耳边回响。

妈妈，您走的那天怎么那么巧呢？那天，是观音菩萨生日，也是您大孙女生日，是暗示您升天做神仙，还是说明您后继有人？我们坚信：您是升天过好日子去了。因为您一生苦难。

您出生在新中国成立前的大地主家庭。虽然您是大家闺秀，但由于时局动荡，加上重男轻女封建思想严重，您没有上过一天学。新中国成立那年您十七岁，嫁给同是地主出身的父亲。那时，父亲已经当上了教师，到偏远山区工作去了。后来，您有机会上了一段时间夜校，认得一些字，总算脱去了文盲的帽子。

结婚后，您的生活并未得到平静。首先是娘家叔叔伯伯、哥哥不识时务，通匪被枪毙或坐牢，其次是一家人被迫迁出宽房大屋到牛栏改建的土坯房中生活，再次是公公婆婆及女儿在困难时期病逝。尤其是三岁女儿临死前那天下午曾弱弱地呼唤您"妈妈，妈妈抱……"您饿着肚子还在忙于干活，您实在没有耐心抱她，还一巴掌朝小姐姐打去，天黑时她便没了声息，为此您内疚了一辈子，每每说起都泪流不止。生活的磨难，并没有抹去您的意志，也没有抹去您的善良，您把我们兄妹四人抚养成人。特别是对我——您的小女儿，溺爱有加，也许是把对您死去女儿的爱全给了我吧。

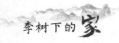

　　妈妈，您还记得吗？冬天坐在火炉旁，我把头枕在您的腿上迷迷糊糊地打瞌睡，您纳鞋底时身体的一起一伏，就像摇篮里温暖的摇晃。乡下，夏天夜晚好美啊！一家人坐在院坝边的田埂上，我又把头靠在您的膝盖上，仰望着天上的星星，凉风习习，听着您讲着不知从哪里听来的故事，唱着儿歌《小白菜》，猜着猜了无数遍的谜语——这些谜语也成了我和我女儿的谜语。见识过大集体做活路时，您为了家庭、子女的尊严与歧视我们的人据理力争的口才，但您从不骂人说脏话。更多的时候，我们只看到您忙碌的身影。感谢您在我们家也比较困难的情况下，把外婆、姑婆接到家里与我们共同生活，而且对她们关爱备至，孝顺有加，让从小就孤单的我既有了伴（哥哥们都外出谋生了），又懂得了如何孝顺老人。妈妈，好庆幸您不像邻居姑娘的妈妈，非要她们做很多很多的家务，连上学时间到了也不让走。更感谢您给我自由成长的机会，让我跟附近厂矿的女知青们一起玩，她们带我去吃饭、洗澡，接受女知青们和工人师傅从上海带来的花夹发针、花绸子蝴蝶结和甜蜜的奶糖。您和知青们相处得非常好，送给她们新鲜蔬菜，帮她们做米酒、米花等。妈妈，您的手艺是一流的，现在想到能吃上那些东西，心里仍是香香的、甜甜的。女知青们也把我当成了她们的小伙伴，让我穿巡在城市与农村之间，干净、整洁的生活方式浸染了我这颗少女心。

　　妈妈，改革开放后，才是您的好日子来了哩。土地下户，您种的庄稼丰收，养的猪也非常争气，一下子长到四百多斤，创家庭养猪史的最高纪录，您高兴得合不拢嘴，我们也高兴地帮忙杀猪，请全生产队的人来吃。更为重要的是，那时各种电影、电视剧风起云涌，我已经上了初中，您根本不会以要做作业为由阻拦我去看电影，甚至和我合伙哄着父亲一起去看了许多场电影，如《红楼梦》《甜蜜的事业》《白毛女》《我们村里的年轻人》等。我受到的积极向上思想的熏陶，为我未来的人生发展方向作下了铺垫。妈妈，家里有电视后摆在院坝，邻居们都来观看，您不顾干了一天农活的疲累，天天晚上烧了一锅茶水供前来观看坝坝电视的乡邻们喝。大家称赞："周伯娘，您最好了！"您高兴却不好意思地笑笑。妈妈，您腊月里给我做的新棉鞋好温暖啊！可惜，我不懂珍惜，正月十三我去学校报名时，正逢大街上耍龙。我哪里见过这个场面呀？追着看热闹，结果棉鞋被挤掉了。好害怕您说我，但见面后您却什么也没有说，还去表姐那里找了一双鞋给我穿上回家。原来，您也在挤着看热闹的人群中哦！文化娱乐活动刚刚兴起，人们像疯了一样追捧一切有文化元素的东西，人山人海，难怪会挤掉鞋子。妈妈，我们家经济再困难，您一定能保障我身上有花衣服穿，头发上有花蝴蝶结戴，走到哪里都自信满满。每个周末必不可少的一顿肉，让我成长中的身体没有受到过亏欠。妈妈，告诉您一件好笑的事吧，我开始上学后初学写字，是您手把手教的，后来上中学后老师笑我乱搭笔画。我不怪您的，妈妈，是我自己愚笨。

可是舒心日子很快过去，脑肿瘤折磨了您几年，便夺去了您六十二岁的生命。那时，我在小家与事业间奔波，少有时间顾及您，更没有尽到我最大的心意孝顺您，忽然间，您就去了另一个世界，与我们阴阳两隔，让我在您去世后的半年来夜夜梦您。那个悔呀，实在没有药医治。后来，我总对朋友们说："趁父母还在，多尽点孝吧。"

妈妈，我最为后悔的事，是在您生前从没有跟您说过一句"我爱您！"反而，少年的叛逆伤了您的心。还记得我上高中去住校的情形吗？被惯坏的我擅自跑到学校住校去了。那天，您正在湾湾里头挖土，我默默地走了过去，您也没有说话。或许，我们心里都非常难过，却都未曾表达出来。我第一年高考失利，伤心地回到家里，您没有说一句责备的话，仍然默默地干活，用实际行动教育我，不干活就没有收获。复读时，您只对我说了一句："要专心啊，要不然就嫁农村了。"1985年考到省城上中专，您和父亲一起到汽车站送我，没有叮嘱，眼睛却一眨一眨的，看得出来您在控制自己的眼泪。我倔强地头也不回上了汽车，没有过来安慰您一下。等到参加工作后，突然在某一天，发现您不再默默地宠我了，而是宠您的孙子，我对此大有意见，还经常批评您太宠小孩子。也忽然发现您老了，需要我去爱您呵护您了。我后悔啊，妈妈！后悔自己明白得太晚，没有爱够您便失去了您。每每看到商店里挂着老年人穿的衣服，我都会想：妈妈，要是您还在世，我一定给您买一件。心里其实是那么爱您，却羞于表达，甚至，记忆里，没有拥抱过您一次。

庆幸的是，妈妈，我们秉承了您善良、宽容、博爱、不事张扬的性格，儿孙们自强奋斗，家庭和谐兴旺，人人平安，尤其是您宠爱的那个孙子特别有出息，当了纪委干部，还添了两个重孙子女，活泼可爱，健康快

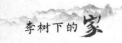

乐。妈妈，您就住在我们的后山上，您一定看到了，我们将原有的土墙房推倒修成了楼房，如今，我们几兄妹都幸福地生活在您的身旁。您知道的，我们的生活也是随着时代的发展而变得越来越好的。您没有文化，却有着中国妇女的坚忍不拔；您不善于表达，却用言传身教表达着中国妈妈最深厚的爱。

妈妈，亲爱的妈妈，您在世界的那头也一定要安好呀！弹指一挥间，您已经离开我们二十四年了，将来的某个时候，我会来陪伴您，好好爱您，不再离开，久久远远。

在心里拥抱着您，妈妈……

姐姐板凳

散步时，喜欢带着侄孙果果和豆豆。

虽然感觉有时挺吵的，有时太调皮，不好招呼。好在他们爷爷有办法，严与爱并用，出去玩时，基本在可控范围内。

两个小人人鬼机灵多，像两只小狗，挺会相互逗着玩，给我们带来了许多欢喜和乐趣。

弟弟最近学了两首唐诗《咏鹅》和《悯农》，看大人喜欢，竖起大拇指点赞，越发来劲。在车里，或在院子坐着时，他就会大声地、反复地背诵。还时不时问我们是怎么唱的。他分不清唱和诵的区别。我打开百度，那上面确实是又诵又唱的。有时我上了当，就"唱"给他听，结果被他一阵哭闹，说不许么姑婆唱。哈！三岁出头的小家伙，原来会设问了，其实是自问自答。当然，姐姐背诵时，他是没有意见的。

在雅泉公园，一个滑滑车，一个遛遛车，上坡时都需要脚力，弟弟累了，姐姐便反手撑地上，弯曲双腿成板凳的样子，让弟弟坐上去休息一会。哈哈，弟弟不客气，反复要坐。姐姐也不觉得委屈，反正都是玩。

他们在前面滑车，我们跟在后面，滑一段后，姐姐就会让弟弟"停！"等着我们，待我们走近，他们再往前滑。六岁半的果果姐姐，充分发挥着指挥官作用，她的部下只有一个——弟弟豆豆。

看着他们，我们讨论了一下三胎问题。二哥今年六十六，和二嫂带了两个孙子已经六年多。这是近几年来他们主要的、重大的工作。如果再生一个，至少要带到上幼儿园，那时已经七十。早就想出去旅游的他们，恐怕就力不从心了。当然，两个小家伙的父母年届四十，基本不在生三胎的行列内。诸多关于三胎带来的问题不在讨论范围内。

终究，许多事情是顺其自然的。

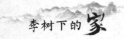

国家政策，让有能力、有机会的人享受吧。

姐姐只给一个弟弟当板凳，那开心样，比公园里盛开的鸡心菊还灿烂，挺好的。

芒种时，我吃到了麦李

芒种时，人们在忙种忙收。

山区地方现在已经不再种麦子，带"芒"的农作物不多见。但这并不影响季节一个一个来，一个一个去。秧苗早就栽下，四季豆一口气蹿到豆架的顶端，发现无路可走，再回头寻找支撑处，却不会忘记一边开花结豆。白瓜已经半大，辣椒茄子开了花，布谷鸟叫了几声便隐于山林，人们在半人高的玉米地里除草，像浪花在绿海里翻滚。天空一改往日阴雨绵绵，万里无云，太阳明晃晃的，身上有些发热了，仿佛一下子从春天进入盛夏。

陪着老爸在天台山森林公园散步，早晨十点钟的太阳正好，空气清新，氧分充足。树木茂密，鸟雀扑腾。刚刚除去杂草的花圃有一股青草味，很好闻。青涩的李子挂满了枝头，因与树叶同色，全是葱茏的绿。

这个森林公园，爱树的天台山人是做了贡献的。不然，哪来今天的高大树木，让人们乘凉吸氧，享受这大自然的馈赠？

走到自己家自留地旁，只见一棵李子树上挂满了红红黄黄的果子，一阵惊喜。这是家里唯一的一棵麦李树了，是早些年父亲从屋前移了小苗到山上来的。

麦李，麦李，收割麦子时成熟的李子。小时候不懂芒种节气，只晓得树下麦子黄了，树上的李子也红了。

父亲喜欢栽树，那时，有成排的麦李树在屋前水沟边。水沟外是生产队的麦田。

麦李树大约有七八棵。我有记忆时，它们已经很高大。李子成熟后，爬上树采摘，并在树上品尝最大最甜的那颗是最美的事。经常在水沟和麦田里捡成熟后掉下来的李子，红得发紫，特别爱人。当然，麦李最大的作用是卖了后买点粮油，满足一下时常对食物的渴望。最令人向往的是，麦李熟

173

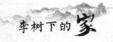

了，生产队的麦子收割后也要分给大家了，可以饱饱地吃上馒头和面条了。

如今，水沟被水泥板盖着，麦田上栽了杨梅，麦李树早就结束了寿命。

麦李倒在盘子里，尝到的人都说，酸得要命。

我虽喜欢，一口气吃了五颗，却再也吃不下了。

我们的肚子再不会被饿着，我们吃过太多甜腻的果子，我们的舌头开始拒绝酸涩。

只是芒种时节，突然间吃到麦李，过去的日子，甜蜜的，或艰辛的，都回来了。

| 读与听 |

在你起飞前，让我们来谈谈爱

——观古巴电影《飞不起来的童年》

有一种情绪不知不觉间侵占了我们身心，那就是"麻木"，说得严重一点，还可以加两个字，叫"麻木不仁"。

观看古巴电影《飞不起来的童年》，突然间麻木的心有被蜂蜇了一下的感觉，有一种隐隐的疼痛和淡淡的忧伤。

爱，谁人没有？但真正遇到需要你付出爱的时候，并会为此遭受诘难时，情况如何呢？

卡梅拉是查拉的小学老师，只有她对家境混乱，缺少爱而又调皮的查拉有着深深的理解和爱。她坚决反对学校将查拉送往再教育学校。她说的那句"如果你需要少年犯，就像少年犯那样培养他"，振聋发聩。因此，当被要求强行退休时，她为了坚守自己的信念，宁愿被解雇，甚至坚持爬不动楼梯时才退休。

整部电影让人揪心，却充满人性的爱——这一点，曾经是我主张和坚守的。然而，不知什么时候，在某些大环境下，我却跌入了人云亦云的泥潭。

主人公查拉与耶尼的恋爱，在我看来，是一个大胆的情节，却也是一个让人感受温暖的情节。查拉眼里有着经历过磨难的成年人的冷峻与倔强，耶尼即使成绩非常好，却因为是从耶路撒冷非法移居而来，学校不能容留，父女俩将被遣返回乡，她眼里充满了忧伤和彷徨，两颗渴望关爱的心走得近了。在他们眼里，没有成人恋爱的欲望，只是小小少年单纯的爱。这让我想

起，在广州时，一个有凉风的夏天傍晚，曾在一座高架桥上看到的一幕：公共汽车站，两个少男少女背着书包，男孩穿着浅色衣裤，女孩白色裙子，手牵手等车，车来了，两人拥抱了一下，女孩上车走了。不知怎么的，我一点都不反感他们，反而觉得好美好纯的。所以当看到这部电影里两个孩子的爱情，觉得这是很自然很美好的事。

我们不提倡早恋，但谁人又能抹杀这种爱的存在？

一部演给成年人看的儿童片，教人警醒，给人启示。我想，这是这部电影的初衷，也让观众能从中重新拾起某些丢失的东西。

虽然该片有一种让人忧伤的压抑之感贯穿始终，却总还有一些希望在卡梅拉的努力下如涓涓细流。这，也是符合事物发展规律的。再呆板的制度，再官僚的人，爱终究会像风一样，会从夹缝中吹过来，抚慰着人的心灵，教人继续前行。

无论我们处于何种制度之下，信仰什么，爱，或许不能长成孩子的翅膀，但一定是不可或缺的助推器，是夜行人的一盏灯，是黎明前的启明星。即或翅膀沾了水，挂着铅，逆着风，也要飞翔。这是查拉遇上卡梅拉的幸运，也是卡梅拉拯救查拉的信心和决心。但愿，我们也这样彼此相遇。

对此，我满怀希望——让人无限联想的电影，也是我们在爱的世界里努力奋斗应该得到的结局——谁喜欢悲剧呢？

冬牧场里的小团温暖与安宁

——读李娟《冬牧场》有感

浩浩书海，芸芸作家，我对作家李娟不熟悉。

到京治病，女儿为了缓解我的焦虑，也让我便于打发时间，给我带了几本书来，还特意推荐了李娟的《冬牧场》。说李娟在年轻读者中，很受欢迎。哦，行吧，我读读吧。

入院前有一段检查期和等待期，过得很缓慢，令人不安。有时会拿起这本书来阅读。只觉得阿泰勒南部沙漠的冬天很冷，牛羊马要熬过去不易，牧人们的生活单调且艰苦，为李娟那一身进冬牧场的繁重穿戴所累，读起来总有沉重的感觉。这似乎有些吻合我那几天的心情，入院时，我干脆选择带了另一本相对轻松些的《金翼—— 一个中国家族的史记》（其实读完后也不轻松——灾难深重的旧中国，人们命运多舛）。出院后，那本书已经基本读完，担心回家时，把《冬牧场》读得半途而废，这是我不愿做的事。于是，趁在出租屋休养，所以抓紧专心阅读。

这是一本非虚构散文，写于 2011 年 11 月。这是 2010 年至 2011 年冬天，李娟与哈萨克族牧民居麻一家共同在冬牧场放牧、生活近四个月生活场景的记录，真实再现了牧民们朴实、勤劳，不畏荒凉和贫瘠，与寂寞和无助抗争的情景。

"现实中，大家还是得年复一年地服从自然的意志，南北折返不已。春天，牧人们追逐着渐次融化的雪线北上，秋天又被大雪驱逐渐次南下。不停地出发，不停地告别。春天接羔，夏天催膘，秋天配种，冬天孕育。羊的一生是牧人的一生，牧人的一生呢？"——这样的诘问，只有对牧民生活了解透彻后才能发出。

去过北疆旅游，见过那里山顶的雪，见过羊群在沙土里啃食（在我看

来寸草全无），也见过河水像翡翠一样流淌，草地如裹地毯一般铺陈在山麓。却难以想象冬牧场在寒冷下的战栗。

一个作家如此深入生活，写出如此有骨有肉有情感有温度的作品，令我不只是佩服，更有感动和惭愧。安逸的生活让人喜爱，但也可磨掉一个人意志。我也曾在山区行走，在贫困户家转了一圈又一圈，但如果要与他们同吃同住同劳动，恐怕是自己要抗拒的。所以总感觉，自己那些作品是飘浮的，没有根似的。

我想，从此我便认识了李娟——这个出生在新疆，三十一岁那年进冬牧场与牧民共同生活了三个多月的女作家。

寒冷并不是冬牧场的全部，这里还有人们在无际的荒野和漫长的冬天里，用双手撑开的小团温暖与安宁。它被作者铭心于一生，也被我们捧在手心。

萧　萧

在浏览今日头条时，看到一则介绍沈从文短篇小说《萧萧》的消息，感觉这个名字有意思，便仔细读了简介。原来是写一个童养媳不幸命运的，虽然故事久远，却来了兴致。在微信上搜索原文来详读。

小说不长，我中午坐公交车上班，下午坐公交车回家，便读完了。

小说里并没有评论萧萧有多惨，就是平实地描述一个十二岁小姑娘嫁给三岁孩子做童养媳，遭受一些事情的过程。看完后，心里起了淡淡的忧伤。二十世纪二三十年代的女子，尤其是乡下女子，命运不由自己作主，终是受到封建枷锁束缚一生。她也想过挣扎、逃脱，终究，一个思想迷糊的弱女子，按照命运的安排，行走在自己的人生轨迹上。

公交车上的男男女女不断上下，也有穿校服的女学生，在嬉闹或吃零食。人人都显得自由而惬意。现代社会，再也没有萧萧式的人物，被那看不见摸不着的世俗压制。然而，突然想起一桩人人看好的婚姻，结果在婚礼后的四十二天，她毅然决然地提出分手。

她有知识，有文化，有人人仰慕的职业，且大龄，和许多同龄人一样，仿佛无法挣脱现代婚姻魔咒——我们用极浓厚的爱也无法解开的魔咒：从婚誓中轻易脱逃，缺席深情眷恋。

还没有开始，便已经结束，探测沼泽森林之美的乐趣顿失。

不知怎么的，我突然觉得她似乎和萧萧一样，心智与身体并不同步，被一种看不见摸不着的思想所禁锢。

像是获得了自由，却没有任何依傍，少了成熟后树一样的宁静。

人，总是从一种情形跌入另一种情形，以为那才是最好的。

我知道，我的叹息，近乎自残。

只是与萧萧时隔近百年，如何才能真正把握命运，确实是一件值得深思的事。

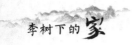

九棵或更多的树

周华诚在他的《树荫的温柔》里，写了九棵树。

第一棵树，是写一位媒体人开的一间"树下茶馆"。那里曾是一个旧厂区，厂房有一排高大的梧桐树，浓荫蔽日，夏天特别凉快。

由此，我想起我家附近也有个厂区，水泥路边、厂房外都有一排排梧桐树。如今，工厂搬迁，厂房颓废，树也枯萎了。没有人爱护的树，自己大概也觉得活得没劲，干脆放弃。

第二棵树，是写古树的智慧。能顺应时节变化，感受气候变迁，用缓慢沉着的方式，发芽落叶，年复一年地生长。其生长秘密是我们人类所不能了解的。它在等待，等待最后一个人把它忘记。

我家有无数的树，最多的是李树，其次是柏香树。李树年少者一二年，是二哥栽的，柏香树年长些，有五十余年，是父亲中年时栽的。这棵柏香树因长得太高，曾遭过雷击，现在懂得了横枝斜长，不会一味冲上云霄。鸟在上面筑巢，也看不到有多少个，只是在夏天的傍晚，特别热闹，像入眠前开开讨论会。讨论些什么内容，我们自然不知。或许树知道。

第三棵树，是写杭州的樟树。唐樟、宋樟，动辄就是上百上千年。

杭州的樟树，我是见识过的。街道两旁、公园、寺庙里，特别高大，遮天蔽日，在树下行走，城市的躁动消失，给人以安宁。甚至，有一次，我还在一颗古老的樟树下写诗。那时，正好有一片樟叶被风吹落到肩上，红红的叶子，真是浪漫极了。

第四棵树，是写日本京都的树。他说，川端康成的小说《古都》对此有详尽的描述，更是表达了对古树的美和盘根错节厚重感的敬仰：那些枝干以诡异的角度弯曲伸展着，又互相缠绕，散发出一种令人畏惧的力量。

我每每走进宽阔水原始森林，仿佛就有一种畏惧感。那里是树的世界，我的进入，仿佛一个侵略者，被树们虎视眈眈。我只好小心翼翼，以敬仰之心仰望它们，然后悄悄退出。

第五棵树，是写一座拥有很多大树的村庄，是有文脉有传统的村庄。树，尤其是村庄的树，之所以长到被称为古树，必是有人世代守护的结果。

人，生生不息；树，代代不枯。我对这样的村庄，怀了感恩之心。替树，替当今的人。听父辈说，在大烧钢铁时期，很多很多的树被砍伐，用作炼钢铁的能源。所以，在我小时候，不说古树，连大树也极少见到。经过六七十年的休养生息，村庄或村民门前的大树多了起来。走到这样的村庄或人家，都会多看几眼，为树在好时代有了好命运而庆幸。突然，感觉对前几天去洪关乡白果组看到的三千年银杏树和孟家寨一千多年红豆杉所写文字，过于浅薄，让自己愧疚。

第六棵树，是写大学生为写论文，对树的统计与分析。但树有自己的秘密，或藏于深山，或悬挂于山崖，它们不可能将自己的方位全部暴露，连村里年龄最长的老人也无法指认清楚。

树，在自己的世界里以自己的方式生长，我们远远地，闻得一缕香气，偶尔拾得一片叶子，便由衷高兴，就不要过多去打扰它们吧。

第七棵树，是写秋天去赏金黄的银杏树——一棵树把一个村庄印染成金黄色的树。

一个村庄拥有一两棵这样的树，便是有福的事。——对此，我是赞同的。曾经，我像追星一样追深秋时节的银杏树，就是为了那一树灿烂金黄。有幸的是，北京大觉寺、毕节雨冲、仁怀长岗和后山公园的金黄都被我追到。何况，还有朋友从苏州西山拍摄到的银杏叶如金蝶狂舞，让人瞬间云开雾散，满心欢喜了。可惜，家里虽然树的品种多，挤挤挨挨，一棵也舍不得砍，却恰恰没有银杏树。算了吧，秀木如同美人，不可能都拥有，远远欣赏，足也。

第八棵树，是写胡柚树。花香溢人，丝丝缕缕，如同在心里盘它。

当读到"说不定有人豪气地想花巨资，包下一棵胡柚树的香气，但我想，胡柚树是不会答应的"时，不禁莞尔。你可以将树种在自家院子里，却管不住它将绽放的灿烂、花香和树荫献给他人。树是无私的，如同大自然是无私的一样。胡柚树开花香气是怎样的，我似乎不太清楚。但在春天时，每次路过一家豪宅，一树玉兰花高高站在树丫上，如同一群白鸽，随时会展翅飞向蓝天，将花香送给路人，令人心悦。

第九棵树，是写"风水树"。人们在树上挂红、焚香，是习俗，或者你可以称之为迷信。

其实，是人们"对树有着朴素的敬天爱人之心，简单地祈求平安顺利的美好愿望，以及对于这个世界未知部分的敬畏之心"。古树不说话，如何看待一棵树，是人的心性。爱树及人，是树对人的滋养，也是人对树的回报。

人树共存，彼此融入，互相关爱，相互庇佑，这是人与树的福气，也是我们生存空间的福气。

此时正值深秋，可否约你去赴一场银杏金黄的盟会，哗啦一声，照亮心房，并写就第十棵或更多更多的树。

"青春鸟"，从未折断他们渴望飞翔的翅膀

——读白先勇小说《孽子》札记

孽，邪恶也。孽子，妾生之子，而在现代多用作对一个犯了极大错误的儿子的贬称。——人世间对一个孩子最恶毒的咒骂，莫过于如此。

认识白先勇，当从他的青春版昆曲《牡丹亭》开始的。

那时，网络视频刚刚开始流行。有一天，突然从百度上看到这个条目，我便一集一集搜来观看。随即喜欢上了这软软绵绵、清亮婉转的水磨腔，心灵得以莫大的享受。后来查资料，原来白先勇是民国时期桂系军阀白崇禧之子。国民党军溃败后，白先勇随家人到了我国台湾。

《孽子》是白先勇在二十世纪六七十年代写的一部反映同性恋少年男妓的小说，作者将他们称为"青春鸟"。

"青春鸟"们天黑后便聚集在公园，在半明半暗的灯光下，等待同性买家。他们不如妓女，还有怡春园之类的堂门，有吃有住，无流浪之苦。在公园里，只有极少数的"师傅"帮着这些男孩子做生意。而这些孩子大都是因同性恋倾向，被父母、学校、社会所不容，流浪到了这里，找口饭吃。

小说开始，作者便给读者这样描述：

"在我们的王国里，只有黑夜，没有白天。天一亮，我们的王国便隐形起来了，因为这是一个极不合法的国度：我们没有政府，没有宪法，不被承认，不受尊重，我们有的只是一群乌合之众的国民。有时候我们推举一个元首—— 一个资格老、丰仪美、有架势、吃得开的人物，然而我们又很随便，很任性地把他推倒，因为我们是一个喜新厌旧、不守规矩的国族……"

"青春鸟"的卖身钱，只够吃两顿饭，得到买家赠送的衬衫便是一种荣

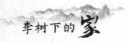

幸，得赠一块手表，便要向全世界大声宣告了。

虽然是写同性男妓的小说，作者却以一种超然的态度，带着理解、默契和温柔的眼光来呈现这些鲜为人知的角落的故事，吸引读者继续读下去。因为凡是有一颗善良的心，都会关心这些流浪少年最后何去何从。

他们爱父母，爱家人，爱弱小的孩子和动物；他们渴望家庭的温暖，也想好好工作，养活家人；他们彼此同情，互相取暖……他们其实与正常恋爱结婚生育子女的年轻人没有两样，但因为是与同性相爱，而被遗弃、被放逐。

这本小说背景是二十世纪六十年代初的台北。当时，岛内人心不稳，社会动荡，对青少年影响至深，底层的百姓生活也较为困难。对小说中的各路角色，作者没有去评判是非对错，尽量从人性方面去突围，让这些"青春鸟"得到救赎。

苦难是冰，人性是大海。冰掉进海里就融化了。

这样的小说，我第一次读到，感觉另类，心里有一种震撼。即使放下了书，却放不下那种被吞没的感觉。边缘世界的故事，逃亡、流浪、寻找，没有出路的受害者，最终，庆幸的是，这几个少年没有折断自己渴望飞翔的翅膀，各自找到工作或继续上学，走上了大众所认同的正轨，做了自己的英雄，创造了不同的神话。

白先勇写这本小说时，正和王国强在美国幸福地生活着。

白先勇对他们，因为了解，所以理解；因为懂得，所以怜悯。

读风格迥异的文字，打开视窗，看不同的世界。

谁的青春，没有在懵懂情感里沉沦过呢？或是同性，或是异性。

那时，闺蜜之间的嫉妒、生气，甚至反目，都是在情不自禁地找寻情感慰藉。

最终，我们绝大部分人，走上了"正常"的人生轨道，结婚，生子，再慢慢老去。

而那些从骨血里带来的性倾向的"另类"，注定要在"精神病"状态里挣扎。少部分勇敢者，组成了家庭，在法律上，却只被认定为两个"合伙人"。

也许，当这个世界越来越包容时，才能还原它的本来面目。

该书是 2 月 25 日读完的。那些少年的故事一直在大脑里，容不下别的故事来充斥。今晚，写完以上文字，才安下心来，准备读白先勇另一本短篇小说集《寂寞的十七岁》。

那又将是一份怎样的寂寞与慌乱？

萧红的幸与不幸

去年腊月底因家里大扫除时出了汗，虽然即将立春，到底抵不住季节的阴冷潮湿，便感冒起来。感冒刚刚见好，接着眼睛又开始发涩发痛，上眼皮红肿，看东西模糊，以为是看电视电脑手机过多，伤了眼睛。心里突然生了烦躁，怎么这个春节如此不幸呢？

眼睛不好，却难以放弃读书的念想。感谢"懒人听书"平台，有无限的书可听，选择了萧红的《呼兰河传》，与这个悲剧性的民国才女再次零距离接触。

早年，我读过萧红的几个短篇，全是写在哈尔滨逃难时的情境，被寒冷、饥饿紧紧包围，看不到未来，看不到希望，欲哭无泪，只能徒增悲苦心情。

曾在文友江老师写的《萧红与呼兰河》中评论道：

"看到这个民国时期的女作家，心中总是一缕哀伤或怜悯之情溢出。我知道她不需要我的同情——文学女子都是用心灵在世上存活，孤傲而自信。她在困苦中以自己独特的个性行走，即使生命短暂，爱过恨过抗争过，还写出了传世的作品，非常了不起，值得人们永远记住。"

她从小说中走向生活，又从生活回到小说：与一个又一个男人恋爱，又被一个又一个男人抛弃，陷入生活和感情的困顿，在世人看来是多么不幸。然而，萧红，一个内心孤零寂寞的苦难女子，时隔七十多年后，我们愈见她文学上的光华。她悲天悯人的情怀，在呼兰河边永远地闪烁。她又是幸运的。

通过主播的声音，穿过时空，与她隔着时光之岸对话，我这个听书人也是非常幸运的。

换一个角度看，或许这些在她生命中过往的男子都不是能让她内心真正

186

依靠的人，被她毅然地从内心——拔除了呢？只不过，她一直在追寻，追寻能让她依靠的肩膀，每一段爱情都是她崭新的一天。那些晨曦，让她坚定地活着。对于一个敏感、纤弱的精神贵族来说，精神上的支撑比物质上的馈赠要珍贵得多。虽然她的每一段感情都是"结束了一个问题，又开始了另一个问题"。

呼兰小镇上的童年生活经历、那些卑微的生命在她心里烙下了深深印迹："逆来顺受，你说我的生命可惜，我自己却不在乎。你看着很危险，我却自以为得意。不得意怎么样？人生是苦多乐少。"她是清醒的，她要从这样的泥淖中挣扎出来逃脱。她实在不是一个逆来顺受、屈服于命运的女子。

幸运的是，她遇到了鲁迅这个导师。

有人猜测，她与鲁迅之间有爱情。

其实，我想，相知相爱是一回事，心灵深处的共鸣是另一回事。不然，萧红的小说里怎么一样有着"有二伯"那样的阿Q，一样有具有反抗精神的冯歪嘴子，一样有吃人的胡家婆婆和被人吃的小团圆媳妇，一样有鲁迅小时候和闰土一起玩乐的"百草园"。感觉她的作品深受鲁迅作品的影响，只不过在女性作家这里，笔触更细腻，用散文般的叙述，如诗般的吟诵，如画般的白描，包含了更多的难以释怀的悲情。

萧红的文学天赋，得到鲁迅推崇，因对她文学作品《生死场》的肯定，肯定了她在文坛上的地位。萧红对鲁迅也是始终敬爱和牵挂，这个如师如友、如父如兄般伟大的人，给过她有力的支撑，给过她力量和勇气，给予她深切的关爱和理解。鲁迅先生去世后，她写了《回忆鲁迅先生》。于是，我忍着眼痛，延展阅读了萧红这篇回忆录。果然，每件事都叙述得细致有味，全然没有敷衍的意思。因为她从一些小事中把他写成了一个平凡中又有着不平凡之处的人。而且这些写在文字里的片段回忆，温暖着她后来流浪的旅程。

电影《黄金时代》（汤唯版）中讲述的都是萧红众所周知的事情。影片中，鲁迅先生有一句台词却深深打动了我：似乎，我们都是爱生病的人。是啊，社会病了，时代病了，病入膏肓，对拯救人们心灵自觉担负历史使命的人怎能不病呢？巧合的是，他们最终都因肺结核而逝。鲁迅死有不甘，因为他还有那么多敌人，需要他继续战斗。萧红则是因为自己的小说创作未竟，她久久不能闭上的眼睛告诉我们——她对这个世界别无所求，只想好好地写作。

两颗伟大的灵魂相遇，有爱情也属正常。只不过，那"隐秘而忧伤的感情，宛如没有开放的栀子花，在风中孤独地飘荡"……

她的生命永远定格在三十一岁的黄金时代。

生命虽然短暂，但是她的文学创作成就在动乱不堪的瓦砾里宛如金子般闪光。

你说，萧红她是幸与不幸呢?

逝者已远，我们无意去得到什么答案。只从听书里去细细感受《呼兰河传》这朵深藏于历史的花朵，走出满目疮痍的旧中国，开在萧红这个"一半是火焰，一半是海水"感性女子的额上，最后，她所有的故事都以"千秋万代名，寂寞身后事"缓缓地落下帷幕。

我想，一个人的未来，幸与不幸，难以知晓，不过是朝着有太阳光的地方尽力飞奔罢了。

三月已至，春风渐暖，愿萧红在那边不再寒冷、孤独和寂寞。

诗 歌

麦李子

感谢芒种，让麦粒饱满含浆
也让麦李子红润如青春少女
无论酸或者甜
都若一缕月光
深深地记住了她回眸一笑
消解曾经缺衣少食的忧愁

感谢一场雨，让光秃逃逸
青山写一首葱郁的诗
鸟儿不停地诵经
溪水滋养蝉鸣

感谢大地，不停地行走
让一群人，变成
慈悲而坚守的诗人
即使不走回头路
也能回到乡愁铺满山径的
家园

我

夜读"我"字，大吃一惊
二戈相背，两种武器
长柄和三齿的锋刀，向谁
呐喊示威？

古人造字，以象形定义
为了争夺食物和地盘
我手持武器，与另一个"我"拼杀
原来，战胜自我
有时很短，短得一刀了断彼此的恩怨
有时很长，长到需要用一生
来搏击或者称为修炼

残 雪

其实，你只是
留恋瓦房上那缕炊烟
啜饮人间悲喜
间或蜷伏枯树的背脊
看一群鸟雀啄食菜叶
虫儿呀，聪明的家伙

在寒潮来临前，钻进
深厚的土地藏匿
你抓不住它们青春的尾巴

雪落之声温柔可人
在一场纷飞的记忆里驻足
与美的事物交融，即使挥手告别
也有一种神性之光在闪耀
青菜油绿，老树暗藏生机
谁在幻想，捡拾一抹残雪
放进她心爱的书页？

立春前的菜园子

往菜园一站，仿佛沙场点兵
白菜、萝卜、羊角菜声音洪亮
蒜苗、芫荽、小葱柔美悦耳
调皮的鹅儿草和荠菜也不甘落后
争先恐后答："到！"

她们欣欣然地朝我挥手致意
霜雪是手中的烟花
喜庆都是绿色的
这些过冬的蔬菜呀
心地善良，你眼睛望向哪里
她们就长到哪里。阳光正好暖和
勃勃生机不停流动

那春子，更是迫不及待地
从菜苔里向上冒，嫩芽初显
散发出天使般的美

腊月纪事
（组诗）

熏腊肉

柏香树丫枝的浓烟阵阵升腾
熏干水分的肉
加一个"腊"字
便流传千古

春　联

一定要用大红纸
像祖先传承的血液
如此，门楣拱身喜迎
天，地，人
共兴盛

回　家

春运大戏你买票了吗？

回家！回家！
这个简单而急切的想法
像家乡那些固执的李树
长得枝繁叶茂

小　年

欢喜地跑来
敲响锣鼓，一幕过年大戏
即将开场
酒坛未开，已熏醉了村庄

团　圆

一想起，童年时亲近的姑婆
小脚、佝偻的背
平和慈祥秀气的脸庞
即将从我这里断了"余周氏"记忆
就惭愧得像犯了大错

大年夜

世间的喜怒哀乐
被摆上桌子
过了今晚
蓬勃的希望都在明天

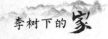

立 春

立春，我们回到萌动时刻
就仿佛，回到少女初期
绯红脸庞，对谁都可以微笑
或昂首骄傲地从所有人身边走过

甚至可以走上枝头
用羞怯的词语描绘
乍暖还寒的忧郁
枯草彻底萎靡
它的子孙伸了一下懒腰
藐视缠绵阴雨

沉睡的树木需要绿漆
一场爱注入河流
巨大天空，蓝色光临
旷野呼唤黎明
我从寂寥中脱颖而出
高唱一支
黄莺爱上柳絮的
恋歌

一片牵牛花叶子

冻雨来了，风雪来了
一切寒冷过后，它仍在枝头
瑟瑟而执拗
它不是树叶，树叶早回归大地
它寄生的藤蔓失了踪影
它自己焦枯得不需要一把火

一片牵牛花叶子
它在等什么：
生命的轮回？
爱的坚守？
涅槃的幸福？
不明白一片叶子的信念
却仿佛看到
它终于等来了第一缕春光
第一粒芽苞
然后在眨眼的瞬间
它，悄无声息地
消失

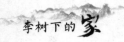

窗 花

你种在冬天走向春天的路上
你的阳光是大红色纸张
你的土壤是人们对美好生活的向往
你的肥料是那双巧手
你笑嘻嘻地拥抱人们笑容
你与白雪一起装扮大地
你的美丽始终缄默
你却在梅花上喜鹊闹春
把传统中国年过得喜庆、热烈

致渐行渐远的年

年，享受人间欢娱
然后跳上红梅枝头，眺望春天
李子花蕾按捺不住细雨的诱惑
思念从此生根

如果还在万般回望
那么我来了
收藏那一树一树的辉煌
那么，让元宵节的灯火

淌过年华
照亮我们下一年相逢的路口

车　站

穿过长长的过道
那背影，瘦弱、孤独
屋顶灯光灿烂
驱赶万般无奈

从婴儿时让你独自入眠
未来，许多事情都是人生课题
需要你独自一一破解
心中爱怜，似这乍暖还寒的早春之雨
浇灌你远行的路

你往前走，我转身
我们人生到底有许多不同
只剩下车站，看遍离愁
冷静地迎来送往

周家坳口

不久后，你只在家谱中站立

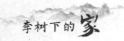

直到最后一户
从工业园区延伸范围内
消失

蒙昧岁月
遮蔽迁徙途中的艰辛
祖先来路不详
子孙去向不明
一直寻找的家族史
再次散落

每一次湮灭，都是
一种再生
每一次分别
都是为了星火传承

"周"字柔韧，博大，坚毅
在一处山坳沉静了十五代
如一个光阴过客
穿过冗长的甬道
跟随星辰
再次启程

小河断流

小河断了，而我仍执迷于
比如重新回到她的身旁，拥有她消失的名字

有的人和她生活一辈子
她便如这个人的血液流淌一生
有的人在河边稍作停留
匆匆离去远走他乡
她手搭凉棚目送一程又一程

河水断了，还有什么散落在河滩
泥鳅润滑，稻香油菜花黄
那些青涩的果挂满高高的梨树
迎风。而我在低处，舔舐
抽水机房上海老工人的奶糖
刚安放好童年，在断流处裸露的
锈铁，刺痛每一次念想

背倚山坡，远远地望那个老头
挑着烧饼担子过河，朝马家湾走来
晃眼间，他便永远消失了
如那座被拆掉的小石桥

母　亲

太阳在下山途中，遇雨
披一身沉重的蓑衣
一个小女孩呆呆地望着门前的大路
咕咕声从肚子里传来
有人走来：
你妈到公社义务煮饭去了

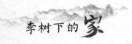

母亲，你是什么时候回来的？
好几天不见
梦幻里，月色朦胧，她紧搂着我
如今夜我想念她的心

公牛栏

村里人都知道这个地名
却并不一定知道牛也享受过
在一长排房子里住单间的待遇
牛消失了，牛栏消失了
每户分一长块地
葱茏的白菜萝卜吸收了当年
牛粪的营养
拐枣树把一串串拐枣丢在菜叶上
有酸甜的味道

将晒坝还给草

草木拥挤，寂静度日
九月阳光依然灿烂
曾记得秋收后的喧闹
谷子的水汽冉冉升起

妇女们翻晒时用笑声追赶麻雀
壮劳力一头挑一个金太阳
疾步如飞到粮站交公
剩下的按人头分配
或许能度过年关
"神仙难过二三月"——
听老人们这样说

平整晒坝的人早已不在
时光将晒坝还给了草
也好，无田可耕，无粮可晒
却不会为过完年就无粮可吃
而发愁

梨树的归宿

我只能仰望，以幼小的心
仰望几棵古老梨花的白
它久经岁月的慧眼
并不能辨认公与私的区别
后院任人蹂躏
直至完全消失为止

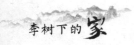

郑表叔

文化贫瘠的小山村上
你受伤后驼着背依然高出别人许多
回乡知识青年在我家火炉旁的笑声
温热了一大缸茶水，瓜子壳撒了一地
漆黑的夜不再那么漆黑
雪花飘下前的天空不再那么压抑
人以群分的一点精神慰藉
像阳光削掉了冰凌子的冷硬

梦里，你来过
驼着背的睿智
我所不太明白的那些历史
在幽默里，五官端正

黄婆婆

我从你那堆长刺不长花的黄土边
绕道而行
许多年，你被反复提起
又被反复忘记

当我也老了
才明白，一个普通的农村老人
被扭曲的时代拔高
女性的温柔和善良
便不会好好说话

如今，我谅解了岁月里的
那些冷漠和欺凌
也谅解了你的孤独，不再掀翻
埋在昨天的记忆

四川女人

綦江是一个遥远的名字
她带来的三个孩子年龄与我相仿
纤纤细草得到大队长的庇佑
当记分员时每天傍晚报工分
声音柔和与大队长的强横截然相反

斜着眼忙碌的大队长死得早
他的模样无法从记忆的仓库里拽出
四川女人带着五个孩子度日
不与时势论高低
如今仍健在，柔和的声音也在
才知道四川女人的确厉害
把艰难生活细细地磨
磨出韧性

地主娃儿

地主娃儿没有土地
没有跟班丫鬟
没有华丽的缎子衣服
只有父辈延续下来的血液
和带有侮辱性的名字
被人随意叫喊

如果现在仍有人这样喊我
我将答得比谁都快
那是财富的象征
也是对土地的深深眷恋

这个名字像一把刀
亮出时代的锋刃
有时割破了手指
有时削掉结疤
长出新肉，天下大吉

依山而建的马家湾

背靠东山坡

山坡不高，有山的模样
有树，有菜
有烟云在李树林穿行
有黎明在奔走相告

依山而建，本无一家姓马
地名来历不详如我们来历不详
用小径或炊烟连接着
乡邻稔熟的姓名
和一些零星的家事

可以远望的山峦被高楼遮挡
可以闻香的田野消失
将视线缩短，回望
日子从后山泉眼细细流出
崖畔花依然清香

花布鞋

斑鸠花盛开时紫里透白
麦苗疯长，油菜花胜出
少女把青春初长的欢喜
寄托在一双穿花布鞋的脚上
任其蹦跳
可我和那么多同学的大脚趾裸露

那年春天，种下一个愿望：

穿上花布鞋穿过田野
与花花草草媲美
任和风吹拂
只是，当有钱时
我已长大，对花布鞋不再感兴趣

长长的心思在岔路口分道扬镳

初次与一个男孩
同从家的方向出发
走上一条长长的路
平坦或下坡时
自行车铃声响了一路
却没有张开双臂迎风
羞涩淹没了欢喜

走了就走了
说了什么想了什么
已与时光一起流逝
偶尔想起
温柔眼神，落在你那封欲言又止的
旧信上，再无下文

数星星

数星星的记忆
站在城市的大街上
仰望，一层薄雾
氤氲中飞升

或许，它们守在老地方
像母亲的坟
或许它们已经消失
像老屋门前的那条土马路
又是田径的大田坎

星子眨眼间
我已经过了躺在草地上
数星星的年龄
也没有蛙声、虫鸣陪伴
更没有萤火虫提着灯
路过聊斋似梦似幻的故事

一条小溪从我门前流过

小溪绕过山径，在时光机上徘徊

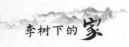

与峻峭、沟壁擦肩而过
花瓣漂浮，练习流经门前不带一丝忧伤
拼命地流，流不到大海
禾苗吸吮乳汁
乡邻饮过一辈又一辈
你和世界的末日却不会到来

一条夏涨冬枯的山溪
来自大山的心房
如血脉，涌动我的体内
是药材，医治了远行人的思乡病
人们称它为水井
是的，它用丰沛养育了一方人

黑暗中流淌的友谊

学着古人的模样
秉烛夜谈
其实没有烛
黑暗中，我们并排躺在床上
睁大青春的眼睛
放牧心灵

无非是说起某段朦胧的故事
某个疑惑的眼神
某些事某些人
鸡鸣时才蒙眬睡去

女儿羡慕我那时的友谊
现在的女孩用一层膜包裹自己
不会向谁敞开心扉
我笑笑，那时
其实也是绕来绕去
慢慢浸湿时光淹没自己

曾经秉烛夜谈的朋友
如今一年也见不上一面
夜，闭上了黑暗的眼睛

李子花开

一群白衣天使，羞羞答答
眷恋人间美景
在山坡上眺望
油菜花和绿汪汪的麦田
一坡一坡，不忍用贪婪的目光
碰触那些圣洁

夏天，她们捧着
青里透明的甜
回报你的爱意
只是，多年后的盛开
再无油菜花黄，麦田的绿
映衬

退守，坚定孤独，兀自地美

太阳的味道

娟秀的胡豆花
在春阳相爱
明媚了内心

每一个豆荚都积极向上
风雨精神饱满
在一双粗糙的手中
任女人把爱加注

酱神来了
焚香，祈求充足的阳光
一圈一圈罩住胡豆的前生后事
风一吹便有了浓郁的酱香
在母亲细腻的笑容里荡漾
生活的雾霾，散了

村庄站在半山腰

站在半山腰
站成了一种树的姿势

每一张叶子，每一扇窗
吸纳着阳光和忽远忽近的雨意
树在变老，村庄却竖起炊烟的大旗
氤氲袅袅引领，草房变成
崭新的别墅
承载岁月的打磨

乡村少女

时间的冻土开始解开
一点一滴的多愁善感
在山野的百花中自我疗伤

乡村少女背负忙碌生活
而你偏偏左手烧饭右手握笔
打捞起掉到井里的月亮
描摹洛神飞天的童话

从此，追寻美
美的忧伤，忧伤中的一丝暖意
成了你一生的课题

腊 月

小河边有霜在聚，没有喧闹
我在东窗接住偌大的朝阳
温度不高
父亲在楼底下咳嗽几声
由北而来的风挂在屋檐下
蜡梅打开芳蕊的时候
谁动了我的弦琴
发出叮咚的流水声
哦，今晨
我要到炊烟里去
点燃松柏的热情
哪怕被小猫，嗅到
藏在腊月的熏香味

邻家女人

一匹白马驮着我的记忆
在通往她家的山径上徘徊
反复察看那些潮湿的破墙——
与贫困无关
不菲的存款蛰伏偷看

这个女人的勤劳节俭

裸露的山石
浅浅的那层土，无力
将仅仅会写自己名字的她
培养成美丽家园的主妇
岁月已将她打磨成
一台只会劳动的机器

雪

嘘——
用食指封住嘴唇的热情
冷了，暖了
伤了，痛了
都在一场飘逸里
然后，叮嘱亲爱的你：
穿厚些，捂住内心
别让它
和身体一起冷

九月一日

在茫然的时光里，一颗灵魂

215

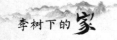

被谁轻轻捡起，在孩子们入学那天
郑重地交给
逐渐饱满的稻粒
等待收割，归入你
心灵的仓库

只是，想了许久，仍然不敢问你
八个九月一日的轮回
你都颗粒归仓了吗？
远山在天边回答：
归了，归了……

见 面

五百公里，一千公里
也难以阻隔
两颗心灵的吸引
你不牵我的手
我不碰你的衣角
在春末夏初，总是在春末夏初
你的笑容，我的笑容
在见面时凝成一股清风
拈香

五 月

两只锦鸟，站在枝上
梳理羽毛
酢浆草开花，小葱开花
它们都不起眼
它们却欢畅地爱上五月
如我们，爱上
五月的情话

春天落叶

比如樟树、柏树、杨梅
它们选择在春天落叶
如我在暖阳里
裸露的肌肤，顽固地反复红肿
与惠风和畅背道而驰

内心歉疚，不禁问一枚芽苞
谁能知道，季节里的呼吸
是新鲜还是陈腐？
是在欢欣还是叹息？

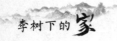

还以为，我已经退场
枯叶一般
不在枝头争春
在地上被人踩一脚
雨水一浸，归于泥

而春天给我开了一场
巨大的玩笑
心怀绽放的妄想
像一罐正在熬煎的中药
干叶枯枝也要清热解毒

或许是吧，即便剩下最后
也要在纯净的水里
进行新旧交替
来一次，生命
本然的救赎

弹花匠

一个人的舞台哪里去了？
嘣、嘣、嘣
大弓，长弦，弹花用的木槌
一丝一缕，棉絮的飞扬
播放人间悲欢离合——
独自流浪的曲子
从童年到中年，循环往复

218

当再次遇见
大弓长弦木槌不再
机器挑花，自动行线
电脑指挥所有进程
一辆载他们夫妻走南闯北的小型货车
停在帐篷外
人们叫他"老板"

当得知我给贫困户弹棉被时
他拍拍我的肩，转身
慢慢整理那些来自北方的棉花
仿佛它们是来自家乡的亲人
要细细而真诚地叙旧
明明，我看到了童年时见过的
那个弹花匠
大口罩上有一双柔软而温暖的眼睛

俯瞰立交桥

我在它上方
二十八层楼高的酒店
咖啡浸泡一首诗的虚无
窗玻璃涂抹了竖型暗纹
仍旧足把周围十八里鸟影收尽

南来北往的车

蚂蚁般爬向何方?
立交桥不延伸好奇
它的温度,比不上我开始发热的脚掌
我向后退了两步,担心
突然长出翅膀
去尝试飞翔

我终究,属于赐我孤独
与忙碌的人间
我终究,爱着一步一个脚印的大地

攀　缘

我是在说四季豆
它把身子沿竹片而上
像蛇头,四处探路
在顶端瞭望
阳光和雨水的走向
我笑了,知道它会回转身来
紧紧拥抱豆荚
不再思考攀缘后事

六月雨

我目光短视
看不见你在天空的模样
竹子弯了腰，低了头
映衬你蕴藏的秘密
如同我今天的悲伤
一朵野百合在
崖下绽放
迷蒙而梦幻

凌霄花

才发现，因舒展
因色彩，因一个人的凝视
你蓦然间
成了六月的主角
在馥郁季节
唱一首辉煌的歌

转眼，因烟雨迷蒙
因花落，因寂寞
因你回眸时的一滴泪

使我写出寡淡的诗

风起时，乌云散去
阳光归于正途
凌霄花前呼后拥
无灯自亮，无观众掌声雷动
那又是谁在时间舞台的中央
赞诵生命的荣光？

被风洗净的天空

风，可以摧折我的玉树
吹散玫瑰花瓣
却从不曾留意
能洗净东方的天空
蔚蓝的清晨
鸟影清晰

乌云向西边流动
寂静无声地
我也被风吹拂
蜕变成一朵
迎着朝霞绽放的
紫色茉莉

郑场酸汤抄儿

抄儿，一种食物
从时光的深处看
小时候的那一刀切下去
梯形薄皮
包裹一团放了调料的肉馅
便是世间最美妙的生活

面对渐行渐刁的舌尖
我的抄儿，要怎么样才能
脱颖而出，写出与众不同的诗
上大刊，或者在民间广泛流传

回到一条小巷，那里有土地庙
一钵紫红粉团花，三两株茄子
几间破败的老木屋，雕花模糊
老式柜台安静地摆放酱油麸醋
廖会酸汤抄儿，朴素得
羞于叫卖，食客却进进出出

柏树上的交响乐队

什么时候，一支乐队驻扎在窗外树丛里
每天清晨第一个发声的
必定是总指挥，那么严肃和尖锐
随即，细弱的、长短不一的
各种鸟鸣不绝于耳
有欢快的歌唱，有孤独的低吟
布谷鸟嘹亮地告诉你麦子已黄
长尾巴三叉咕咕地啄食杨梅美味
溪水在树下妩媚地流动
轻轻抚慰这片长满花草的土地
它们不卖票，不到音乐大厅
也没有雷鸣般的掌声
而它们不知道的是
太阳因此冉冉升起
我从睡梦中醒来
小草抖了抖身上的露珠
树叶绿色闪烁油亮
所有的生命，都起立
即使看不见乐手们丰富的表情
也要向这支乐队的精彩演出
致敬！

夏雨，摧折了一棵樱桃树

月光何在？淡香何在？
果实何在？绿荫何在？
几场大雨过后
樱桃树连根带土倒伏
持续的，不只是雨
更是惆怅的委顿枯叶
有三十多年了吧，母亲栽下的
一想到它在早春的夜晚
自带柔光，会流动，会泄密
会莫名加速跳动的脉搏
忍不住要怪叫一声

半是星光半是夕阳

星光，唾手可得
原野微醺，那酒，来自山谷豁口
照射的夕阳
灵感来自何处
从不会画画的手
正在描摹半是星光半是夕照的美图

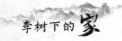

花团锦簇，老人卖满屋子的糍粑
女儿迷上一出戏
她爸在我和她之间犹疑
我其实不着急，即便夕阳消失
剩下漫天星空
装上翅膀飞行便是

一个美梦，被睡眠哄着
醒来时，我被美梦呵护
女儿在北方，有雪
我在南方
众花神在静待阴冷离去
读过的书，汇聚于清晨的大脑
一时间，分不清梦幻与现实
有多长的距离

天台山，又是一季李花节

一

赞美词落入花海
瞬间湮没
桃红李白，从不缺席春天
而我此时，无论白天黑夜
都重复着一件事：
守着你的容颜
总担心，我一觉醒来

你已零落成泥
甚至私下期盼
春寒，永远冻住你的
半开半合

二

后院有坟
母亲的或邻家婆婆的
一般情况下我不会拍照
但当花神降临
朗白驱除恐惧
到处都是喜悦的眼睛

三

忙碌过后
心变得有些醉意
院子里那株正值绽放的李花
仿佛母亲轻唱的催眠曲
温暖地让我入睡

四

一些相聚
无异于一本诗意手记本
随意散漫间

成了不可重复的过往
而春风来时
一朵花
在上面刻下生命的印记
走过，又是一年

五

无眠，不是我
是李花，佩服她
整整白加黑地兴奋十余天
也许她也入过梦
当梦得倦怠时，让小青果
长成七月的最爱

六

穿过窗，走进门
转身、抬眼
指尖、鼻翼
白，无处不在的白
清凉的白、淡然的香味
让我产生了错觉
误以为，如此纯洁的世界
可以如此轻易地永恒

七

如此偌大的白
我的手机镜头难以装下
请春风帮我收拢
让我集中在一朵，哦不
是一簇花上
那个扛着花树行走的女子
我来不及拍摄
让鸟儿喊她停下——
栽一株幼小却开花的李树时
我在思索，要怎样才能
将她种下的希望
一并收入我的图库

八

"这是我们家的花"
——小孩子向我们宣告领土管辖
"我和你妈妈是好朋友"
——套近乎方能尽情观赏花景
"那和我爸爸呢？"
"也是好朋友"
——成人善意的谎言
孩子放心玩去了
似乎因为这些花
我们彼此产生了信任

甚至与他们的亲人
真成了好朋友

九

就单株而言
即使弱小，也能自我成全
无所谓夜的寂寞
无所谓寒冬侵袭
即便群居，也是自成一树
彼此交错时
铺天盖地，写不出别的颜色的诗
让眷顾的眼睛
落入记忆

十

穿上红裙子
邀请远方的朋友光临
主持人是两只欢叫的长尾雀
观众是黄黄的瓢儿菜花
当然，还有一畦紫色蚕豆花
如果你乐意
可以以摄影师的身份参与
我的讲话稿无须打印成纸质的
它们从心底涌出时
早已获得了众花神的喝彩
天台山一年一度的李花节

以朗白的形象，热烈的爱
一年，一生

稻谷，会在中秋时抵达

它们，其实距离"稻谷"二字
还有很长的路要走
这中间或许有虫子咬
有太阳吸干水分，有暴雨淹没身心
——想到这些，我开始恐慌
孱弱的秧苗，仿佛是我孩子

由于疫情，由于很多人滞留乡间
山区坝子反而得福
摒弃野草废土，一块一块水天一色
那些淡绿疏影点缀其中
其能量，让人相信"风调雨顺""仓廪实"
这些美好的词
蕴藏在整个夏天
其苗壮的长势，让不安的心旋即安宁
完全相信，它们能在中秋时抵达
并打赢"秋收"这场战争

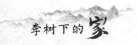

端午节礼物

舍不得拆散
那些青山绿水的完美组合
打开礼盒，便预示结束
艾草、藤椒、燕麦、紫薯、野米肉粽
哪一样不与生活有关？
海鸭蛋虽然与海相去甚远
却有着我们同对海洋辽阔深蓝的意念
我的舌尖为此敏锐而挑剔

我，吸食了你的一份心愿
比用撕裂、剪破，粗糙的手法
要来得惬意
抬眼便是蓝天，端午节前的气候
柔顺、清凉，有秧苗拔节的喜悦声
舍不得打开的，当然
还有被风微微吹送的悠悠时光

和鸟儿一起醒来

一只像机关枪扫射，嗒嗒嗒嗒
消灭了夜的痴妄

一只高亢，让深藏的憧憬得以实现
只是，不知道是你先醒来
还是我在静等你唤醒我的灵魂
五点二十，准时得
仿佛生物钟根植在你我的脑回路上
别的我不用担心
只担心某一天
你是否还能唤醒我
日渐衰弱而沉重的身体

月季发芽了

最近，我常想到一个词：
用金钱购买时间
当然指的是一个多月前网购的月季花
大苗，一米二高
收到时，有蔫巴巴的粉色花朵
全部剪掉。无须知晓你的前段光阴
谁有养育之恩
为了感谢，我给了他五星好评
发芽了，嫩绿爬上栏杆
被我想象成了无价之宝

三棵树
—遇见的偶然性和必然性

一棵桃果正在朝甜脆方向行走
其实并没有人会去摘食
最喜人的是春天时的红色花簇
一棵紫薇缀满花骨朵，下坠时
柔弱的枝干蓄谋强大
一棵李树秧秧被刺玫瑰遮蔽
几片青绿叶子有不服输的架势

三月，郑重地栽下它们
便注定一生的缘分
就像那年春季结识的那个人
半生已过
至今仍互相依存

三棵树或许并不知道自己的真实名字
只是按照生物密码努力长成
本该有的模样
好吧，在一片砾石里
为寻找到共同的轻盈梦想
而继续存在

从鱼塘边路过

每次路过，鱼塘都在尝试
打破沉默
除鱼儿跳动，水蚊奔跑
一截弯曲的水管，随时准备
像蛇一样向前蠕动
只是，很长时间了
它一直在水里忍耐着
保持一个姿势

而在我行走的路上
一条真正的小蛇
黑暗里被强烈的车灯钉死
不几天，便灰飞烟灭
这些真真假假的印象
偶尔对视时
心中有了大海的波涛汹涌

隐秘者

它藏在我的结肠里
在"直"和"乙"交界处筑巢

招兵买马，伺机抢占地盘
甚至，妄想做我的死亡之王

一个无意之举
泄漏了它的野心
嘘——别出声
在我们彼此看不见的时间深处
某把刀，正霍霍地磨着

雪 人

与温暖保持距离
让自己在冷峻里独立思考
积攒三季半的灵魂
让自己成一个纯粹的人

没有"人"的血脉
却有自己的好恶
飞翔、眷恋、爱大地
掩藏黑暗，驱散污垢
爱孩子柔嫩的双手
为他生成童话世界

没有哪一个"人"活得如此短暂
也没有哪一个"人"来去得如此潇洒
当一次又一次
在浩荡而静默里重生时

有人始终在原处
佝偻着背，手背青筋暴露
仍旧喜欢，用这来自天外的轻絮
塑造另一个理想

春风吹不化阴暗角落的冰

铁链下的哀叫
像阴暗角落里的一块坚冰
温暖的春风一过
它仍旧回到原来的样子

单纯的人相信谎言
弱女子在一些人眼里
和牲口同类
铁链子拴住身心
却拴不住眼睛里的仇恨

渐渐地，被拴住的女人
忘记了自己是女人——
精神错乱下
反抗者的反抗
变成人人躲闪的疯狂

冷漠的人心
是时候了
该为他们的花言巧语

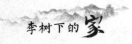

付出代价

春风和煦的三月
突然想，为那些铁链下
沾满污渍的躯体
哭来一场雷雨

这天，其实不适合谈"哭泣"
——观电影《我是奴隶》有感

今天写这个话题
不合时宜
"快乐"和"悲伤"相互依存
却又背道而驰

在片子结尾处
女主角在被奴役六年后
终于即将与家人团圆
在电话里放声大哭
连哭，只有从倔强不屈的嘴角
才有了最后的意义
——民主在贪婪人眼里
没有亲人失散后的绝望

苏丹、喀土穆、黑人、部落、战乱
摔跤冠军的女儿，十二岁
我的眼泪从她被掳开始

一直模糊到屏幕上打出的字：
"至今仍有超过五千名的妇女
以奴隶身份生活在伦敦"——
2011 年拍的片子
突然想到前不久曝光
被铁笼链锁住的
女大学生、贫困女、智障女

今天妇女节，白天在郑场小学
艳阳高照，快乐过节
夜幕降临
一部英国电影穿透心灵
深深黑暗中
微凉的风，轻轻吹过窗幔
让人毫无睡意

春日之声

一

从冬天走来的桃树盆景
让人怀疑已经枯死
一眼撞上时
我寂然的耳际
突然听到有笑声
再仔细听听
好像不是自己的

哦，是桃花的

二

直直长高的李树
常常被忽略
仰望，需要遵从内心的热爱

而你，为了吸引客人
或者让小孩享受到爬树的成就感
不知什么时候
开始迂回
横枝斜体后，枝干转向仍然向上

当我坐在你身上
摆拍时
仿佛听到，你
轻轻发出的一声叹息

三

季节转换心境
那些二胡音
似乎也向往
花前，新生的喜悦
透亮而高亢

四

叫春的流浪猫
声音凄惨
打破了凌晨的宁静
在凉夜里做梦的花朵
泛起一阵月牙白
慢慢苏醒过来

五

鸟鸣是最常听到的热闹
它们语焉不详
和后院的母鸡下蛋后的叫声
完全不同
只知道的是
屋檐下的燕窝
又多了几声雏鸟柔弱的声音

六

听到过花朵绽放时的秘语吗？
太阳光下
一阵清脆笑声从李子林传来
原来是几个仙女般
飘逸的女子，正在拍照

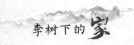

她们的声音与花朵绽放的声音
没有区别吧

七

风声、雷声、雨声
偶尔飘进我听《人世间》的耳朵间隙
完了，院子里桃花全被雨打没了
清晨起来，看到
地上红色点点
像美人的相思泪
树枝上却满是绿色嫩叶
像婴儿的手指
肥嘟嘟，生机勃勃

一夜之间，一棵桃树已经涅槃
一夜之间，《人世间》的故事
才刚刚步入改革开放那个时间段

八

誓言声，也是春天的一部分
朋友，请向一群
目光坚定，勇往逆行的
志愿者，致敬！

242

梨花掉下一串泪

清晨，太阳还在山坳徘徊
为了缓解心中的忧虑
我走上了去后山的小径
微风无声，鸟语淹没耳膜
不知愁烦的雀儿呀
你哪里知道人间的凄苦

路过一棵梨树时
它正满枝清新纯白
再仔细看看
一串水珠掉了下来
仿佛我昨夜为一则新闻落泪
东航空难，一百三十二个生命
"灰飞烟灭"——
这个词
突然闪进山野丛林
像九尾狐，一跃便无踪无影
我突然为自己的霎时妄想
跌倒在一块大石头上

零下三摄氏度

此时清晨
气温零下三摄氏度
鸡不鸣，狗不叫
我确信大地都保持缄默
它们凝固了
我少年时那双单层解放鞋
在上学路上僵硬地行走
桐油凝滑倒了无数人

太阳仍躲在云层后
不肯露出笑脸
这样低沉的天空
特别适合来一场大雪
可是，我没盼来它们
却听到附近学校晨操广播响起
该出发了，数九第一天
不能让凝冻阻了前路

一些小雪米在柏树上
与雨水在幽幽地聚集
可我，似乎听到它们在
嗤嗤地笑

喧哗的白

三月，开始向死而生
大地铺陈养分
薄薄阳光打远方来
翻过一座山，风有了涟漪
是浪花般一波一波的白

它们簇拥我穿过光阴
一年又一年，发丝渐白
铺开嫣红心纸
用一支饱满的笔，沾溪水
写白云，飘来淡香

在李树花枝摇曳下
半生，都是静寂的白
而我却明明听到
众花喧哗
盖过观花人的意气风发
眼波里的倒影
婆娑或爱恨
都将与这些白殊途同归

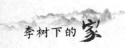

梦知道

梦知道梦背后隐藏的故事
水知道水的最终归宿
风知道风摧折了谁的花朵
雨知道自己哭泣的理由
雪知道雪的真正意义
梦总在夜的寂静里悬浮
水和雨终将团聚
风和雪让夜归人理解火炉的深情
而我，知道旅程中的风景
最美
梦，便梦过了
云烟，也有羽翼

听说寒潮要来

顶着黑夜
将旧床单盖在肉肉植物盆上
听说寒潮要来
生怕它们不适应霜冻
生怕它们被雪掠走

太多的离别
让我异常警惕
只有那株白茶花
与冷峻对峙
像我头上的星星
一直在

穿越寂静的对话
——读袁凌《寂静的孩子》有感

总有人俯下身子
与他们对话
用非虚构的方式

你可以给他们安上各种名称
如：留守儿童、病儿、孤儿等
散落在乡村、山区、城中村、郊区低矮的工棚内
看到个体时，你无忧虑之感
当他们一起来到一本书中
触目惊心的程度
让你想起许多年前的忧患
——从来没有哪个时代
如当今人口流动之激烈
而那些翅膀尚稚嫩的孩子
成了牺牲品

有人在思考

有人在行动
有人仍旧麻木
而我，只是无力地写几句
无用的短句

小布袋

木梳下落不明
包装的小布袋仍在
像我们之间
相对无言
友谊全线溃败

曾经以为，你送我礼物时
你是欢喜的
欢喜我，欢喜给你搭上桥的那家人
没了木梳，伤疤无法梳理
一年了，隐痛潜伏
下雨时，它偶尔冒头

我突然想起
木梳遗失，布袋腾空
咦，装上小满时节的几缕朝阳
或许是不错的选择

时间会宠爱所有平凡的生命
——致女邻居姐姐

时间定格在那个上午
你把自己撕成碎片
割断与人世间的关联
我们扯一块黑布，遮住你的眼睛
不让所有的悲伤
被你一同带往天堂

你做新娘时
我抬回你嫁妆中的小板凳
早不知踪影
如同一个人的青春

你把一双儿女抚养成人
你将一对孙儿送进学校
你在有限的土地上耕耘
荷锄而归时，蛙鸣戛然而止

在沉默中你化为灰烬
在沉默中被抬上山坡
六十五岁的嗓音和情感
在沉默中从此沉默
而时间，会宠溺
你平凡、勤劳、善良

敢于与命运抗争
即使，这个初夏
我们拿不出最后的
月光祭奠你

老砂锅

一抔土
在烈火中重生
塑造成能容所有肉食的
砂锅，或许你更喜欢叫它乳名：顶罐
仿若拾荒之物，来路不明
圆头憨脑，看到时
喜悦爬上眼角皱褶
随着时间延宕
已然成为家中不可或缺的一员

我们都走了很久
一直寻找诗与远方
回眸时
它仍在原地
炉火上，激情满满
唱一首温暖而芳香的歌谣

在蝉的声浪上浮游

走进树林时
斑驳阳光倾泻而下
野百合用馨香迎接来人
即使有蛇信子嗅闻
蚊虫侵扰
漫步山径仍是惬意的

聆听夏日林中的安静
我们被阵阵声浪抬起
轻如鸿毛，仿佛在蝉鸣声上浮游
自由自在

我陷落在越来越清脆密集的声响里
隐藏在生命深处
和它们一样，朝饮晨露
暮饮夕阳
填补曾在黑暗的土地里
生存了大半辈子的虚无

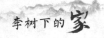

七月雨

终于不见了踪影
巨大的破坏者
将李树上三月以来的希望
全部扑灭
果子腐烂的味道
鸟儿露出嫌弃

失望之余
忽见篱笆上一簇簇
红色粉色黄色的喇叭花、指甲花
经过雨水反复洗涤
丰富得像一本有内涵的夏书
此刻，我不再埋怨
那些曾经搅乱身心的
七月雨

回　家

如果我不到这里来
我就不会知道
有一群女人，在肿瘤医院

在笑中带泪地与妇科重症搏击
走廊明亮，空调吹凉风，清洁工勤快
护士们"阿姨阿姨"地甜甜地叫着
仍旧无法驱散那些
深藏的忧虑

其实，在我眼中
她们像一块又一块
七月的稻田
后面有山峦和农舍
前面有丰收的希望
所以，请一定要在秋天来临时
回家

夏日，田野拾晨景

金子坝的好天气站在
一片田野上
七月一到，稻秧受孕
我瞬间安静
仿佛回到母亲的子宫

风，轻轻抚摸
那些剑指般的叶片
薄雾微醺
白鹤的翅膀与田野的绿茵
在你心里

长出茂盛的和美

农人在稻田里一起一伏
薅秧，这件古老的事
从未消失
记忆把粮仓填满
朝阳呀，深吸一口气
所有仓皇的日子
都变得异常饱满

老哥俩

像地下盘旋的老根
翻越荒凉山石
耄耋之年仍不会走散

路途过于遥远
什么事都有可能发生
比如老年痴呆，失忆得回到幼儿
但似乎什么都没有发生
还记得那个追着喊的哥哥、弟弟
血缘里水汩汩地流

七月暑气，蒸发万物
绿的绿得沉静
黄的在备秋
人总要老去

年轻人在奋斗中成长
唯有开枝散叶
回报根的深邃

七夕书

这样的时候，我应该做点什么
比如给你写封信
比如口头表达对爱的坚贞不渝

其实，我只想跟你絮絮叨叨
说些无用的事：
紫薇开了一树粉紫
那是你我都喜爱的色彩
去湿地公园散步
突然惊飞一群小雀
打断它们对花籽的喜爱
让我心怀愧疚
那片枫叶，嫣红时
可否允许我再寄你一枚？
炸一盘南瓜花，充满喜色
昨夜下了第一场秋雨
狂热如年轻时岁月，消失殆尽
我就要去北方
寻找一剂良药
医治我逐渐老去的身心

嘿，不必伤感
鹊桥相会千古称颂
我却正以远离的方式
更加接近人性底色

靠近你，温暖我

内心，像少女
初始膨胀的身体
亦步亦趋，靠近你
尚不能确定你是否接纳
我那些痴狂

脱去华丽的外衣
荡尽尘世的蒙蔽
渐露初心
用朴素的原味修葺
一处风景或一件事物
没有形体的悲喜

我发动眼睛，嘴唇，手指
还有所有词语
浩浩荡荡，向你靠近

向你靠近，用血液里的抒情
用内心深处的一束温暖的光
用文字，靠近你祈祷的经幡

靠近你诗意的自叙

时间深处，落叶无声

这应该是个喜悦的季节吧
有太多的红可以收获
红的柿子，红的枫叶，红红的夕阳
那是在春天我们种下的许多不可能
仿佛有了意外收获的惊喜

秋天的河流与草木挥手告别
清浅得不忍偷窥
柔弱的部位
适合低吟，也适合默诵

我们向世间租借一块土地
借助晨露
种下一切可能的事物
包括彼此的名字
让它们五彩缤纷
相互鼓励相互沉沦

如果幸福降临
我们就用落叶般美丽的
无声的飘零
虚构一些切肤之痛
告诉他们，我们演绎了

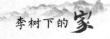

生命里一段爱的内涵
报四季平安

老照片

我有个姐姐，从未谋面
三岁就死了
她毕生都在食物外咽口水、乞讨

是啊，她才三岁，那么小
爸爸回家，她喊爸爸，弱弱地笑
妈妈回家，她喊妈妈，弱弱地笑
其余时间，呆望着门前的大路
不知道饥饿与温饱的差别
死的时候，弱弱的，她那么小

我见过两张老照片
大哥二哥与父母
三哥和我与父母
黑白的神情，穿过我的眼睛
是否能找到，她
弱弱的笑。哦，她那么小

我想分给她一杯牛奶
一杯能温暖她肠胃的爱

我的诗

我的诗像村庄的炊烟
曲曲直直
偶尔转个圈
与青山为伴
与落日一起隐入黑暗

一阵风来，轻逸
如蒲公英飘零的种子
多美！却也不会插上翅膀
飞向九天

就这样在低处萦绕吧
看啊！山腰的玉带
那是我少年时最喜爱的风景

刀

你是一把刀
医生的手术刀
曾为我的文字刮毒

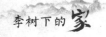

如今你是一把镰刀
失去土地耕种的镰刀
挂在我的墙上
偶尔摸摸
你开始发锈发钝的刀刃
还残存些许锋利

当你忍不住从墙上掉下来时
是否还有锈迹斑斑的刀印
留在心里

一朵任性的花

圈一块领地
让声音出不了围栏
我把自己深埋黑暗
让影子保持沉默
我也不明白，为何
有时会把自己圈养
有时会把自己抛弃
其实，每天清晨
我都在书里，兀自开成
一朵任性的花
绽放晶莹

读 字

你踏着祥云而来
天空圆润
田野和美
佛光，如春风携手温暖
照拂那颗疲于媚俗的心灵

风雨中的古韵，被你指点
在千叶上飞花
你用一泓清流
凿破严冬的坚冰
一挥一毫，点燃秋山的寂静
我便在昼夜里迷信
牵牛花、淡蓝色云雾
不服从时光的安排
耽于字的千古蕴意

野 菜

一片浩浩荡荡的嫩绿
震醒了野菜的耳朵
从春的原野

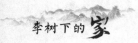

一路走过秋的凋零

溪边，树荫，菜园子，田坎
折耳根，鸭脚板，清明草，白蒿，荠菜……
十里八里，千里万里
走不出你深情凝望的视线
家乡，因繁多的野菜让思念隐隐作痛

采一把野菜
从一缕苦味里回到童年
沉重的背篓装着喂猪的野菜
翻过一座又一座大山
日子贫穷
野菜也迁移到偏远的老林山涧

夕阳西下，炊烟携一缕野菜清香
登上舌尖的舞台
轻盈，婉转，蔓延
像刚刚飘过的那场润物无声的春雨
慰藉乡恋

最后的证人

舅舅突然走了，回到他来时的世界
我除了悲伤，还难以下咽
一颗自责的药丸——
母亲家族的最后一个证人走了

而我还没有来得及打探
我与外祖父母们那神秘而幽暗的联系
还有那些先人们与时代脉搏一起跳动的故事
剩下我，孤独地面对一场滂沱大雨
分不清东南西北

重新规划我中年的花园

重新规划我中年的花园
拔去与杂草交缠过紧的灌木丛
它们种植在那年的春天
青春的迟暮已经背负太久

拔去它们，仿佛有了
扳倒政敌后的快感
重新栽上松、竹、梅
胸径不超过十厘米
鲜嫩的枝叶，穿过我
中年的花园。被风雨侵蚀的梦境
秋风一吹，像冬小麦的绿
轻盈上路

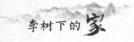

天台寺听雨

这雨，这雨声
为了不被忘记
潜入天台寺婉转的佛音
及与天台寺有关的山路上
山路两旁的李子树弹四季琴弦
春飘白云夏把甜蜜衔在舌尖

如果雨过天就晴，斑鸠仍在草丛里扑腾
蟋蟀不停止歌唱
如果松树林仍有松鼠在跳跃
遍坡还有苞谷的金贵和荞麦花的柔情
如果天台山的人们
能永远拥抱温暖明亮的朝霞
如水月光沉没在氤氲的花香

那么，这雨，这雨声
将不会因为一个开发的谎言
撞翻乡愁
被大慈大悲的佛
泅渡

躺在秋天里的记忆

记忆躺在秋天里，母亲忙完一生
八月初八生，九月十九逝
站在香案上的母亲
很远，远得忘记了她的生辰
炖肉、炒肉、凉拌肉气息袅绕
很近，近得一口水咽下
少女时每个周末吃一次肉的幸福

其实，母亲生前不喜肉食
她都夹给了我
如今，我仿佛是个孝顺的女儿
拽出躺在秋天的记忆
却怎么也想不起
母亲生前是不是真的不爱吃肉

用什么来养活我们的爱情

野棉花，和着风
和着呼吸，嫣红一片山坡
秋天不期而至，有的情绪在衰败
有许多花儿在盛开

蚂蚁在石榴树下躲雨
雄性蚱蜢为生而死
我捧着几行热情的诗句
像捧着刚从田间收割的谷粒
外表毛糙，内心丰盈
你说，能养活我们的爱情

越来越沉默

我像个吝啬鬼
越来越不肯出声
把想说的话藏在诗里
爱的痛的恨的伤的
再加把锁，锁住
沉默是金？
或许是杂草，羞于示人
或许是风
早已从生活的缝隙漏掉

爆米花

"嘣"的一声，苞谷开了花
爆米花机瞬间爆开苞谷花时
年味就在心头发酵

我多想，把爆米花叫成苞谷泡
那些冒出的小泡泡，像被安徒生使了魔法
一小碗膨胀成一大袋，轻松扛回家
每一颗都笑得脆脆香香
小孩子，更笑

那笑，围着爆米花机转动
那笑，在场坝，比大人们的声音还放肆
那笑，有了买新衣的允诺
那笑，早早把过年的氛围传达

我多想，请师傅再来院坝爆一次苞谷泡
拿出脱光粒的苞谷棒子
点火，架上机器，听苞谷簌簌地响
跑遍大街小巷，师傅销声匿迹
电影院甜腻的爆米花
那不是小时候乡下的苞谷泡

辣蓼草

柿子的青涩
抵不过几根花草的浸泡
你看，一坛清脆甜香

从童年飘到了中年
"蓼子尖儿"，是你的乳名

如母亲唤我一样，熟悉，亲切

如今我习惯叫你的学名
却再也不见泡柿子的人

守望傍晚的幸福

暮霭在草叶上散步
聆听泥土的芬芳
花儿歇下白日里开放的疲惫
将阳光的金色味道收藏

屋檐下，小狗成了主角
尾巴摇动余晖的光晕
小脚板来回奔跑
用喘气声拍打成长的鼓点
率性地狂吠表达是非好恶

编织人忘记了手中的针线活
读书人从另一个世界苏醒
婴孩停止号啕
和小狗一起手舞足蹈

晚风散播栀子花的馨香
将躁动清扫埋入黑夜
太阳羞怯地把脸枕在西山的臂弯
把热情交给皎洁的月亮

一步跨出躯体的大门
做一棵四季盛开的桂花树
每天守望傍晚时光

田野的叹息

老牛在稀泥里翻滚
因缺水而烦躁
放牧人烟杆里冒出袅袅的叹息
长满野草的田野
麻木地观看白鹤与家禽争食
那条蜥蜴无声的冷笑
让我背脊发凉

被征用的大片土地
闲得无聊不愿说一句话
一棵稻谷起了乡愁
孤零零地结了一串粒
迅速掉在草丛无声无息

傍晚时分，我成了甜蜜的人

紫云英成群结队铺盖田野

衣着艳丽，任春色涂抹
三叶草一身素白
默默含笑欣赏蜜蜂在花丛中飞来飞去
从它们的身边路过
满身疲惫被一片安宁洗净

那些李树已褪去白纱披上绿绸
整个过程，不用掩盖树体的芬芳
傍晚，我深吸一口清新甜腻的空气
然后，把过路的人请进屋
为他们倒一杯蜂蜜茶水

突兀的树

山很勇敢，用裸露的胸膛直视天空
狂风来了，动静很大，草不知去向

石头是风偷偷搬来的，为了避免议而不决
那抹蓝，不停地搅动眼帘
身后陡峭的崖壁
不知谁用画笔添了几笔苍凉

成了褐红色的灰尘。春从南方来
奋力攀登，望着稀疏的绿，一棵突兀的树
拼足了力气与褐红色对抗
为鸟儿飞行修建驿站

春日，在诗歌里沦陷

一场又一场春雨来过
树的颜色突然深了，酢浆草突然红了
我把它们关在窗外
用心灵的火焰煨诗
把名人的、草根的、纸页和网络里的诗煨烂
煨成一杯杯醇厚的美酒一饮而尽
煨出的清香拨动内心的琴弦轻轻扬扬
煨出生死存亡、爱的激荡……
我多么惧怕把自己煨化
用力拔出深陷其中的身体
用春风洗净，展开一张纸
又把诗歌跌入花花草草里沉沦
推开窗，遍地落英
狗儿身上沾满李子花絮，摇头晃脑
看着我，崇拜的眼神里全是怜悯

秋收酿

在空旷的金黄之上
太阳落入连绵山脊
巨大的剪影，陷进沉思

271

缕缕稻穗里，蜻蜓开始入眠
紫色小野花收拢花瓣
等待上弦之月照拂
此时的静谧仿佛有永恒寓意

一辆大卡车像风一样刮过
打破了黄昏的宁静
车上装载着收割机
那些凸显的机械手
即将在明天，或者后天
将秋收翻开崭新篇章

我们停止了私语
因为，那些
归仓的、散落于土地的
每一粒稻谷
都裹藏着我的思念
发酵成了酒酿

重　阳

以为我是与重阳相距甚远的人
却因一首诗，把年轻的王维
推到面前
仿佛时间被偷走
霜降不经意间降到了鬓角

你的心，被仍旧葱茏的山色
迷惑，或许月光能证明
一切都是自然来临
即便有时想落荒而逃
却因一簇紫色野棉花
在风中摇曳
让平庸演变成飘逸的童话

致未来的大王
——侄孙小豆豆初入幼儿园纪念

春雨，下在四月
一颗小豆豆发芽了
青葱，晶莹
挂在至亲至爱人心尖

是芽，都要长成参天大树吧
院边太爷爷五十多年前
栽种的那棵柏香树是榜样
顶天，立地，中途曾遭受雷击
依然生机盎然
引鸟，筑巢，你追逐时
它们早带你飞向蓝天

中秋夜，月如玉盘
装了两颗亮闪闪的星星
一颗是姐姐果果，一颗是弟弟豆豆

你却说，你要当大王
特别厉害，特别厉害的大王
第一天去幼儿园不哭的大王
在梦中喊"我要学习"的大王
悄悄认识了拼音字母的大王

九月，我再次听到草木发芽的声音
是的，那是你发出的声音
清脆，明亮，聪颖，积极向上
于时光
于飞翔
于未来

小雪，收秋

走了好久
才下定决心
放弃金黄与嫣红
停下脚步
凝望，飘零的叶子
投奔土地
即便有些事物坚持绿郁本分
它们其实早抱紧身心
等待第一场雪到来

小雪，一个美丽的名字
在南方，或者更像一场虔诚的等待

收秋，在苍郁里更加沉寂
沉寂却并不是最后的归宿

已是十二月了

几张残叶追着我跑
讪笑着说我欠它们一个嫩绿的躯体
已是十二月了
该去的破败，该来的生机
在我视线之外
秘密交替

而我，蹒跚而行
任冷雨淋湿头发院坝
任冬阳照拂
任河流瘦削
任几枝茶梅灿然绽放
——对，幸运的纯洁的雪
奋斗了一年
也将如期而至

一棵蜡梅树

关于这棵树，那时称为盆景

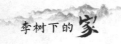

我记得有冰雪冻住花朵
却冻不住蕊香
我忙碌得
没有时间写赞美诗

后来搬到乡下
把它从城市的阳台带回
土壤接纳它时
那些虬枝不甘心被埋没
过了春天就伸展到半人高
入冬后的馨芳
醉得阿黄在树下转圈

如今，它身板高过石榴树
每至冬天
都在墙角，众声合诵
王安石的《梅》

我经常想起
盆景时代的它
和我

哥哥的酒神

在土灶上
住着哥哥的酒神
火焰、蒸气、红脸膛

扑扑涨沸的欢喜
不需要供桌香烛
虔敬地添上一瓢清泉水

一滴一滴，晶莹透亮
醉了青山和菜畦
发过酵的苞谷
安静地蜕变
像哥哥的人生

这神，在灶上
一驻，便是永恒

那时，我们围坐在一起

时间像一套布沙发
花色簇新艳丽时
我们围坐于此
火热的酒
勾起谈兴
至于内容，可以是诗
可以是某一件伤心事
或许是梦想

当沙发上花色开始变淡时
我们仍旧谈着
与上次同样的话题

或许是诗
或许是某一件众所周知的事
唯独没有谈到的是
你额上的皱纹
有一种智者的沉思

那是岁月的馈赠
所以，对于彼此相爱的人们
我报以春花秋月和冬雪之韵

冬　趣
——兼致长篇小说《小妇人》

一

我差点笑出了声
这样的情形多次发生
只是你看不到
口罩后面的那些笑意
陪伴着耳机里的声音
一部三十二万字的小说
《小妇人》驱除了冬的寒冷
行走的脚下
积冰在咯吱咯吱地笑

二

听读是愉悦的
鸟儿在屋前觅食
跳跃成活泼轻快
像马奇家四姐妹
总是那么快乐、友爱
即使遇到悲伤的事
也要坚强、乐观

三

枯黄伴你同行
倔强的蜡梅朝你致意
你与她心灵相通时
大白鹅倒映
在池塘里，瞬间高贵
大自然的艺术魅力
与金钱和权力无关

四

冬里的树们
默读阴冷
成熟过后
休养，悄然萌芽

春风拂来，浩荡生长
——亲爱的乔
你的苹果园让我留恋

五

寂寥的今冬
世界满是难题
争吵倾轧无处不在
《小妇人》故事发生在十九世纪
爱的温暖却行走如初
冬趣，多了思索的波纹

冬日素描
（组诗）

树　影

褪尽彩衣，裸露臂膀
即使雪来了
也无法停留在
你光滑的枝干
渴望被凝冻包裹
长久而充实地
固守对春天的热望

池　塘

草木即将枯寂
它在池塘里的倒映
别致而优雅
风赶来，额上起了折皱
池塘落在人间
凉意或温暖
静等一场雪
如一个人的冬天

荻　花

荻花踩着风而来
翻开冬日的扉页
书写记忆里的繁茂
那些稻穗，像书签
每一次阅读
都有一种停顿的隐痛
向前走，一辆白色轿车
在草海里浮游
却是那么美

小野菊

赶紧绽放吧

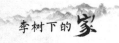

装下暖阳，装下芬芳
一抹金黄的色彩
给冷硬的石头
唱一首温润的歌
冬天再冰冷寂寥
生机勃勃的呼唤和应答
从未停止过

白　菊
——悼友胡佳永中年即丧

至此，你与这个世间的连接
强大的网络无能为力
我抱过的一捧白菊
有两瓣掉进大衣口袋
无意间，我的思绪已被封存

当掘墓人铲起第一把土时
你的悲伤和喜悦
都成了亲人的回忆
朋友间的传说
如断了枝的白菊
在寒冷之夜，与雪一起飘零

篾　货

诗群里，一张卖篾具的图片
如一道亮光
突然穿过大脑，照见
那些长在山中与我毫不相关的
竹子、木头。当它们变成
筲箕、背篼、甑子、刷把时
我们一下子亲近得
如一家人

它们在老篾匠的手里
质地柔软，温暖生活
我却很担心，某一天
编篾手艺无人继承
像我舅舅一样
永远消失

追　年

稀疏的树影
倒映在池塘中
一边是消失，一边是生长

所有留白，都是为了一件大事：
天和地的团圆

冬阳送来的似是梅香
还有枯草腐蚀味
"年"，在春的萌芽里呼朋唤友
内心的激荡胜过长江黄河奔腾
追年者，穿越腊八粥的雾气
起身，疾步，向年的隘口冲刺

回眸时
盆满钵足的猪年即将跑到终点
从粮仓里跳出来的小老鼠
已经做好接力准备
至于这中间的雷声、闪电和冰雹
雪在天宫迟疑
悲是桨，喜也是桨
用力划开泥泞
那又远又近的家
在招手致意

我和我母亲

入了中年
凡是认识我妈的人
都说我长得像她

那天在厨房做腊香肠
受凉咳嗽了两声
先生说，怎么听到
爽儿她外婆的声音

我沉吟了一下，打开后窗——
山径边，母亲坟上
枯草挂满白色飘浮物
我分不清
那是霜还是野花枯絮

还好，母亲
又要过年了
我仍替你活在人间

女诗人

一首诗在她手里
开成花，流成溪，飘成白云

她把诗倾倒在湖水里
水顿时清澈
前面的生活透亮

她把诗栽种在心灵栖息地
引凤筑巢
歌声此起彼伏

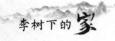

不再为风雨困扰

一首诗经过岁月过滤
日子细长
无论尘世如何闹腾
那沉醉于远方的辽阔
波光粼粼

生活的方圆，在女诗人眼里
一声不吭
说三道四时，必定也披了
朝霞

镰刀记

镰刀的齿
以为从此会失业
最近派上了用场
握住它的怨气
成全它，重振旧业
代替我，表达清除荆棘决心

刚刚立春的"春"有点忙
既要给人以希望
又要迫不及待地将绿铺天盖地
镰刀为配合春天的隆重
信心百倍地上阵

它带领我

除去李子树下乱草、杂丛

不让它们高出树丫一头

遮挡春阳直射

那些初露的花蕾

宛若越来越多

走出新冠肺炎病房的患者

"V"字手形，笑意里满是信心

渐暖的风

从镰刀下生起

三月初三，在天台山脚下遐想

我深陷其中

偶尔试图自拔时

转了一圈

继续在此，豢养下半生

就当自己是那株安静的野百合

悬于崖，稳如松

更多的时光

写李树、鸢尾、小溪水

试着开一间音乐吧

邀请小麻雀、布谷演奏弹拨乐

众多虫子，声浪抬着去梦游夏天

那几株柏树

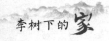

有风，有尘，有青枝，有碎叶
有不知名的群鸟
晨出暮归，有多好

三月三，时阴时晴
像我写完了桃李花序
要补写：含笑、樱花、杨梅
最让人不安的是牡丹妖娆
低头，掩面时
你已长成大姑娘
与天台山千里之隔
昨夜梦中，紧追不上
却有光晕，暖暖地
笼罩在我们中间
那段空白距离

致我们

你邀我们，去一幢城里高楼
喝茶。有花，有草
有简洁的茶几临窗
水烧了几壶
茶叶舒展身姿
疫情后首次相聚
总有许多话要说
最多的仍是诗

《山鬼》思念情人
有自信的刻骨却没有忧伤
《蜀道难》成为远古的故事
那些深情和高亢
让我们忆起少女时许多往事
四月六日的月未升起
夜，温暖是春

我们都是母亲、妻子、女儿
诸多尘间之事缠绕岁月
只是，在那一刻相聚之时
低头盈笑，城市的灯如星光闪烁
不觉间，心中有一树盛开的梨花

谷　雨

这天，去雅泉湿地公园
寻找地灯笼，结果
与千里光撞个满怀——
野菜很野，比季节率性

春天的末梢
豆上架，雨丝如线
编织绿绸
蒲公英种子开始飞
月亮假寐，偷听
几株马蹄莲窃窃私语

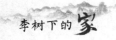

商议写"清丽"主题诗

而我，喝一碗红豆薏仁汤
驱赶冬天时种下的湿气
它的旺盛，不亚于一畦冬小麦
正饱含浆汁
而那讽刺人懒惰、催人抓紧春耕的
"儿——紧睡"，鸟叫声
让人慌了神

一本字帖

显然，不是我的
扉页上寄予着某个父亲的厚望
原主人是谁?
字练得如何呢?
封面有鲜明的时代气息
内容是情书，名人的——
我很惭愧，不知从何时、从何人手里
得到这本没有被虫子、老鼠
和长长的时光侵蚀成碎片的字帖
而我的钢笔字，依然那么难看
至于写情书的事，已经失忆

"从哪里来，到哪里去"
我从办公室箱底翻弄出来
随着工作经历即将结束

带你回家——
一本字帖的哲学问题
像几十年光阴
寥寥数笔便勾勒结束

原　谅

五一节，回夫家
经高速过隧道
最后过山间坝子进山村
看到荒地，低矮的草霸占田野
仿佛自己也变成其中一株
但我的心里，已经
原谅了田地的主人
原谅他们对土地的懈怠
外出打工比种庄稼收入多得多

我为什么总是原谅
原谅老父母拒绝进城的固执
原谅他们刨土时与土地接近的身子
原谅孱弱的豆苗
原谅山村除了鸟语，别的声音所剩无几

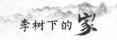

祖祖妈妈

一个老女人，老得
苍老黝黑的脸，风霜刻下刀痕
两个五六岁的幼儿
坐在公共汽车上，男孩把头伸到窗外
被邻座制止
并大声问，谁家孩子？
才听到她讲述
怎么做了两个重孙妈妈的故事

家庭成员破败混乱的生活
像秋天倒伏的草
理不清头绪
明明这是初夏
万物兴盛、有序
一对正在长大的孩子，藏在祖祖妈妈
衰老的羽翼下
露出幼苗胆怯的眼睛

他们下车时
我多看了几眼
极想看清他们的未来

八月速写

八月如风，掠过玉米的绿
望见金黄
作别吧，能掐出水的软糯
质朴如草，引领
旁边的稻田浩荡地向秋天行进
所有的负重都是为了抵达

这当年在夏秋之间接济日子
能养活父辈的也叫"谷"的苞谷
有一种爱人人爱的魔力
而它们始终沉默
滋养我整个八月
悲喜都让我心动不已

诗婆婆

她站在舞台上，腿脚微颤
声音沙哑，背诵了一首自己写的诗：
"洋川河畔万花红，
岸边垂柳映河中。
鱼儿跳跃戏流水，

293

漫步行人兴味浓。"
——九十年光阴，被诗
洗涤的岁月，苦难早已远去

被抓壮丁的丈夫
杳无音讯
夫弟娶嫂子
一家人有一家人的苦乐
文化毫无用处
心灵上的枷锁在成分论时代
愈加沉重

春风吹过，小鸟飞过蓝天
耄耋之年仍有诗歌
和来自内心平和后的从容
感染了秋天万物
走向丰硕

在诗歌村金子坝，我叫她诗婆婆
给她看绥阳女诗人部落照片
"好哦，好哦"眼睛笑成了一条线
我邀她拍照
她摸摸自己的脸，连声推辞：
"不好看了，不好看了"
她白皙的皮肤
泛起红晕

我记住她大家闺秀似的名字
——刘世秀。这个名字被师范学校老师
叫了一年，愈加有韵味

她眉眼喜乐
谁要说诗婆婆长得不好看
我找他打八架

秋天的原野

每个黄昏，我都在想念
那片金黄的原野
走过白天的忙碌
太阳已经下山
幽深的黑逐渐形成
即使看不见
那些饱满的果实
在意念里深情地驻守
我像保守一个天大的秘密
不能说出的喜悦和怅惘
却被母亲那双有干茧的手
一把一把地收割
然后将稻草人留给
沉寂的田园
我心中的爱
沉浸在土地深处

今夜，我想念德令哈

今夜有雨，我在想念德令哈
"姐姐，今夜我在德令哈
……姐姐，今夜我不关心人类，我只想你"
海子的戈壁、草原和姐姐
你路过时可曾揭开了它的神秘面纱
"不荒凉，很繁华"——
被爱情浸染的小城
水草丰美，灯火璀璨
去年擦肩而过
这辈子就这样擦肩而过

德令哈，南方有雨
雨声里睡去
各自安下魂灵
梦里，想念你一次
就会有一首诗飞跃青藏高原
拥抱茫茫戈壁、九月的草原
和一个可爱的姐姐

荣誉证书

三十六本，可以组合成
红彤彤的心形图
然后，向三十三年工作历程
敬礼

时间的浪潮，一波波
涌过，像一只海鸥
用力展翅
每一本荣誉证书
都是我和我的职业彼此相爱

当然说不上是丰功伟绩
只是让丰富的过程
填满每一个年头的虚空
——我对从我身边
路过的人这样说

于是，我从工作舞台上退隐时
不去论成败，只让心里的满足
像行道上的秋枫一样
经过春夏洗礼，嫣红而喜悦

她

安静地，像被钉子钉在板凳上
低头，针线上的粒粒珠子闪闪发光
宛如她的生活：小儿子在狭窄院坝
推着童车，转了一圈又一圈

她手里童鞋精致、可爱
已经半成形
给别人加工，一月能挣千把元
她羞涩白皙的脸庞，染了色的头发
年轻，干净，时尚
她行走时
总是用纱裙遮藏起腿疾
仿佛掩藏起童年的悲苦
母亲只有十岁智龄
父亲为求全家生存
长期在外打工
她，小草般长成了罗圈脚

她常常微笑，对每个认识的人
或许是对爱人每月从浙江寄回工资的欣慰
或许是认命后的坚韧
或许是两个孩子带给她的快乐
或许是对未来生活的无限向往

她，是我邻居
镂空铁艺门外
租住在长兄低矮房子里
和那株石榴树相伴春秋

立春之夜，我读洛尔迦

立春之夜
有雨来
我将一枚红叶
夹在一本蓝色诗集里
那一页，指向西班牙伟大诗人
洛尔迦——"灵魂啊，披上橙色的颜色吧！"
"橙"是他反复使用的字
由此，这个夜晚
除了萌动的绿意
还有暖和气息
在花园游弋

至于"灵魂啊，披上爱情的颜色吧！"
像他小小的黄莺
在歌唱，唱给一个人听
即将消失的夜晚
我多么爱，爱一片叶子
即将开启崭新的旅程

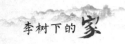

| 散文诗 |

钟情于秋天里的一些植物

（组章）

秋芙蓉

披着秋阳的温暖，披着中秋的风情，趁草木低首，趁菊花还未吐金，"哗"的一声，浩浩荡荡地开了一树。丰腴，圆润，像中年女人，幸福满满，旺了季节，旺了一个家。

强壮的枝干支撑碗口大的花朵，艳若牡丹。

这样的富贵，无须尔虞我诈，无须踩着别人的肩膀，无须损人利己，无须贪不义之财。以自然之姿，迎着朝阳，吸收土地的营养，无惧风雨侵蚀，面对善变的风，坚定地站稳脚跟，守护叶的翁郁，守护花的绚丽。

是时候了，卸下浓妆，把风景让给秋菊和蜡梅，把自己藏在季节的深处，修行。树干又长高长粗了一节。

一棵树，一种隐喻，一朵花，一个女神。

秋　柿

小小的火焰，跳跃着，把山坡点燃，把一个庭院点燃，把幸福的心情点燃。

在一个透明的黄昏，秋柿穿过田野，穿过松林，穿过吠声，在即将坠落

300

的那一瞬，奉献饱满的蜜汁——青涩的苦蜕变成成熟的甜，如我们曾经努力生活的这些年月。

秋　菊

站在公路两旁，漫山遍地，闪着金色的馨香，驱赶车辆的尾气，抢占嗅觉。

或许，只有在这个季节，你才真正认识秋菊这个野姑娘，她的美，她的率性和调皮。

她恣意地占山为王，晨曦和晚霞为她积攒财富，富可敌春天的桃李、夏天的芭蕉。

一个多情的小伙，把她轻轻一摘，上蒸，晒干，温水一泡，她便舒展曼妙的身姿，以另一种美，浸入骨髓，浸入记忆。

她卑微的生命，在秋季，有了全新的意义。

秋　草

草，被大地回收。"质本洁来还洁去"，不光是说花，也说草，还说人——她从未有过长成参天大树的贪心。

她在听，秋风与小河的低吟，树叶对树干最后的话别，大雁呼儿唤女的长叫，蝼蚁的喧哗，泥土散发的清香，甚至，草芽，在地底下蠢蠢欲动的萌发。

草，在低处，听众多声音，内心丰富，是个有故事的人。

小心！她在你的脚下，不经意间，抚弄你的肌肤，让你欲罢不能。

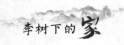

秋　薯

秋薯，秋天的红薯。

紫红色像婴儿的皮肤，分泌怜爱。

一根小小的藤，与土地恋爱，播撒语言的种子，多子多福。

一背一背背回家，背回温饱，背回母亲灶火上的薯香。

在对当今各种食物的安全性失去信心时，来自童年的遥远记忆，备受青睐。

那天，我接受乡邻的一筐馈赠，满怀感激。

重阳节的阳光

把一生的劳累放下，把尘土飞扬的奔波歇息，把生活的接力棒交给下一代。

今天，阳光晴好，温暖地抚平额上的皱纹，明媚了缺牙的笑。欢喜的美，回到儿时的脸庞。

为什么不笑呢？老有所养，病有所医。与老友说说玉米秧苗，与老友共叙儿时故事，共唱幸福歌，心儿在歌声里飞扬。

曾经，是你们，用艰辛为我们遮风挡雨。

曾经，是你们，用爱为我们缝补生活的忧伤。

曾经，是你们，用身体力行扬起生命的风帆，送我们远航。

爱吧！爱你们哟，就像爱我们自己一样；

敬吧！敬你们哦，一杯酒，盛满了你们今天的阳光，也盛满了我们明天的时光。

深夜，听《蓝眼泪》

黑暗洗净了嘈杂，安顿了疲惫。

夜风吹过鸟儿的梦境，吹来赵鹏低沉的嗓音。我看见他独自坐在湖岸上，与月光下的那汪蓝色湖水深情凝视。回眸，向湖的这边倾情。

取一瓢深蓝色苦苦的湖水，化成一滴蓝色的眼泪，滴落在你眉间能解开情结，还会让你心如止水……

哀婉的曲调淌过苇草，《蓝眼泪》盈盈波光，缠绵、纯净、透明，轻轻撞击我的心灵。

哦！这湖水，这波光，这磁性的男音，借着月色，从窗口溜进来，与满室的寂静对视。我微闭双眼，没有仇，没有恨，没有沮丧。唯有点点泪滴，难掩内心大海般的挣扎。这复杂的波澜，苦守整个夜的寂寥。

我极想跳入湖中，让爱意涌动在你的岸边，张望你的内心，期待圆满的醇厚，感染我，温暖我，淹没我。期待在期待中，一个趔趄，跌进黑夜，不知所终。

谁的爱，在蓝色眼泪里，能心如止水？

雨中放牧

雨，密密麻麻地遮住了远山的视线，寒气一点一点地往下滴，滴在树上，石头上，牛背上，滴在女孩的蓑衣斗笠上，穿透身体。

雨中放牧，并非虚构的情节，女孩和牛都认命。

水牛庞大的身躯，散发巨大的热量，温和的眼神，鼓励女孩从一块石头

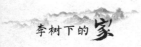

蹭上牛背取暖。猛烈的抖动，像一股急旋风瞬间掀翻一棵树，女孩腾地掉下牛背，坐在草地上，顿住了呼吸。

"死了！"女孩的第一反应。

缓过气来，手中的牵牛绳，准备向牛头抽去，牛向后退了一步，绳子停住。——有时，老实笨拙的牛，也并不愿意认命。

坡下，母亲在喊："回家来喽——"

母亲，我差点死掉。

水牛、石头、草木、雨，沉默着。

雨幕，隐去繁芜的记忆，唯有这次死亡初体验，清晰地楔入岁月。

那头水牛早已不知去向，母亲带着屋后檐下的黑色棺木不知去向。

十岁的女孩，不怕风，不怕雨，怕棺材，怕死亡。

鸡鸣报时

鸡叫没？天亮没？

一声咳嗽咳断了睡眠，咳断了夜的安宁。路灯的光慵懒地透进窗帘时，他问我。

天色暗沉，鸟雀在梦虫子，虫子在草丛里沉睡。

在他的记忆里，那些长一声，短一声，高一声，低一声，远一声，近一声，小小的心脏，小小的喉咙坚定不移，坚定不移地每天向他报告：天亮了，起床！

他小时候就是靠鸡鸣报时起床上学的。上学的路，绕了一个又一个的弯，爬一面又一面的坡。

如今，身子睡在高楼林立的某个盒子里，再无鸡鸣声，而他的生物钟，还停留在鸡鸣报时的小山村。

一切事物，都在来中秋的路上
（组章）

秋声如湖

　　风声、雨声、蛙声、树叶飘落的声音，都不如清晨和晚上秋虫噪林，势不可挡，也无人能阻挡。唯有秋雨来临，它们才片刻安静，等待雨水远行，再起声浪。

　　我从梦中醒来，仿佛置身一片声音的湖泊。床，是船只，在虫鸣声中轻轻荡漾。蟋蟀竖琴，交响乐起，虫声密集、悠远、错综复杂，不乏战胜对手后的雄壮，恋爱时的窃窃私语，威慑敌人的虚张声势，或许也有最后的悲鸣。

　　我不懂它们的心思，致力于秋虫声浪中泛舟，即将行至中秋。望见，岁月流逝迅捷。而我，在湖泊中央遇见你，无声胜过有声，仿佛与寂静而鲜活的生命相逢。

秋灯如星

　　一幢六层楼的学生宿舍，与我毗邻而居。

　　九月的深夜，仰望，那些从窗户倾泻而下的灯光，每一缕，都闪耀着激励的目光，更像书本里鲜活的励志故事，让人心敞亮。

　　清晨，金鸡破晓，穿越耳膜，推开门窗，一片灯光哗然而至，如夏夜的天空，漫天星辰。它们用明亮的闪烁，驱除黎明前的黑暗，驱除我步入中年的惶惑。

　　青春早起，那些灯光啊，是夜幕的眼睛，是母亲的歌唱，唤醒你朦胧的梦境，播种未来的希望。

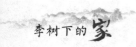

读书有缘——精神之火旺旺地燃烧，多么好。

人生定格在庸常，一眼望到了未来，怎么会有绚丽风景、繁茂山岗、星光闪亮？——孩子，挑灯夜战，跋山涉水，只为寻找到自己的那一颗星，照亮生命的轨迹。

秋味如酒

一缕暖，伴着地衣、松针、泥土的味道飘逸而来。

蘑菇的皱褶，如树的年轮，张开眼睛，搜寻内心的记忆，我们一律叫它的乳名"菌儿"。

那时候没有诗歌，没有华丽的衣裳，只有母亲用小海柿烧出的伞把菇汤汁，放进新做的面条，鲜美的味道存续几十年；石灰菌儿经过坛子的存放，酸味吸引着鼻翼，悠悠远远；还有刷把菌诱惑腊肉的美味，油腊菇、红紫菌与青辣椒在一起的清香；有大脚菇的珍贵，有野木耳的绵长……

我们幸福，蕴藏在苦日子里；

我们甜蜜，在懵懂童年的舌尖流淌；

我们贫穷，却时常用山珍醉了心扉。

无须贪婪高粱酒的醇厚、玉米酒的甘纯。有菌儿，搁置在书房的小花盆，热烈而熟悉的味道，它来自家乡的山林，蛊惑神智，醉了心房，醉里梦香。

秋叶如花

我的生命，与树根无限接近，最终，明媚地旋转、飘舞，投入泥土的怀抱，厚重，稳妥。

嫩绿，青绿，浓绿，淡黄，红艳，怀着对无数个远方的向往，终成正果，像一朵花，浩荡而来，汤汤而去。岁月早已泛黄，心却苍翠如初。

就这样一季一季地行走，有欢欣，有惊喜，有沮丧，有悲悯，有温柔的爱，在欢呼或者喘息里，读懂了成长和生命的真谛。

你的叶脉，流着我的血。

秋藤如丝

长的时候，不管不顾，由着性子长到树梢，长到山顶，甚至爬上云端。

凌霄、爬山虎、猕猴桃、牵牛、三角梅、南瓜、葫芦、丝瓜、文竹、常春藤……任阳光温暖地照拂，任雷电捶打，任雨水柔情万千，任清风耳语情话。

已经很长了，还想更长，如一个古代女子的头发，长齐脚踝。所有的秋藤都是植物长在大地上的青丝。青丝长长，情丝长长。那藤上的花和果，是头上的簪、钗、环、步摇、凤冠、发钿、梳篦。

发肤之亲，一一奉献。

亲爱的，有了这些细如发的丝丝情意，你还能让我说出什么花言巧语来吗？

秋雨如梦

一个人在雨中，忽远忽近。许你一次飘逸，在众水之上。

星星隐匿，夜色如墨。离夜更近一些的，是无所畏惧的雨丝风片。我只在书里修行，《林徽因传》，如莲女子，隐去欲望，丢弃烦忧，在人间烟火里，诗，事业，爱情，走到了极致。

再仔细聆听时，我已经将微雨带入梦中，浇灌了性情的生长：

至真，至纯，至善，至美。

所有美好的词语，皆在此时降临，我虔诚，如木樨的清香。

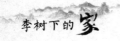

秋花如风

眷恋枝头的阳光，即便秋风卷卷而来，也不愿退隐光华。

有人对你露出不屑的眼神，甚至厌弃。忘记了你曾经把美丽开在那个人的额头，把果实蕴藏在一个温暖的子宫。不过是几朵兴犹未尽的夏花，在光阴里贪玩，迟迟不肯归去。

人，是多么健忘，又是多么的苛刻。

风来，竹枝飘摇。散去吧，深情地凋谢吧，黛玉的锦囊千年等一回。没有人爱的日子里，自己爱自己一回。

夏花随风，无踪无迹。秋花披一件秋风大氅，比如菊。明月东升，光泽降临，亲吻你匍匐在地的身躯，脉搏跳动有力。

秋月如心

盼了一个世纪，无数寂寥的光阴被丢弃在来时路上。悲欢离合早已化为一缕清风，满脸生动。

一个人的内心，拒绝阴霾，接近中秋月色的明媚。

该来的都来过：青春，事业，爱情，梦想，哗哗流淌的诗行。

该看的刻在脑际：人文，风景，交通，信息，甚至瓜果蔬菜都日渐丰饶。

漫步其中，清浅思绪，日月可鉴，纯粹如水。

月光如心，澄澈，清新。即便团圆是时光撒下的谎言，也执迷不悟，甚至追寻一生。

一切事物，都在来中秋的路上，包括我，步履舒缓——因为爱。

爱这山，这水，这人，这深蓝的夜空，这皎洁的明月，是唯一的归途。

朝着太阳的方向飞行
——题周齐梅女士天鹅摄影图片

你把梦交给远方，你把羽毛交给太阳。

高贵典雅的闪烁，一片一片，光芒四射。

你从寒地飞来，掸去胆怯和困惑，用毅力和耐心托着爱情，托着家族的命运。用鸟语呼唤，远方，远方，希望在远方。

那一声声鸟语，不，你不是鸟，你就是一个神话故事，鸣叫明亮而高亢，在天地间起伏，荡涤了我心灵上的尘埃。

清晨，有风；傍晚，有雪。

在湖泊，在沼泽，在芦苇荡，与落霞齐飞，共同守护家园，守护儿女的成长，沿着清澈的眸子，走回简单幸福的生活。

你用《天鹅湖》的芭蕾舞旋律，打开我的心扉，优美舞蹈，再和王子谈一场旷世的爱情，世界由冷变暖。

你与《诗经》、唐诗宋词的丰富擦肩而过，你的美被大雁二字一笔勾销。而你无论被写成大雁或天鹅，都倔强地把自己放飞，飞过风雪，飞过雾霾，飞越旅途的劳累，始终坚守那一行行排列，那交颈同眠的呢喃，那柔美的嬉戏，共同聆听春的绽放，再振动翅膀，朝着太阳的方向飞行。

飞行，略一驻足，便成了永恒。

二月雨

我听到了你的声音，从远方来，跋涉了一个冬季。

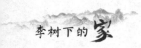

你踩着二月的冷风，二月的乍暖还寒，二月的枯枝，却还好啊，赶上一场梅花盛开。

你和梅一起从大雪时节出发：她还大雪一个媚眼，你却还大雪两行清泪。

推开窗户，沉默了一个冬的鸟儿在慢慢开嗓。你不明白，这整个冬鸟儿们去了哪里？没有一丁点儿声响，也不给荒芜的山坡添乱。此时，它们的叫声还不算清脆，生怕声音过大，惊扰了树下蛰伏的虫子——睡到自然醒是这个世界最美妙的事。

二月雨，树在等你，草在等你，野地里的荠菜在等你，等你唤醒她们体内的生机，等你轻吻她们的发梢，等你手心的温暖，等你滋润那一腔柔情。你来了，各种开花树的花蕾们挤挤挨挨，迫不及待争看春回大地的欢欣。

那树梅，有如"春江水暖鸭先知"的灵性，一场二月雨后，便展开艳丽的翅膀，让芬芳飞行。无须蝴蝶点缀，她们经历寒冬的苦难足以铺排春的色彩。

三叶草吸饱了你甘甜而丰美的乳汁，偶尔有一株四叶草夹杂其间，找到了她，就找到了幸运神。

一滴二月雨挂在花蕾的唇边，与她窃窃私语。我听不懂那些情话，不过，我猜，一定甜蜜动人，你看，花朵已经羞红了脸庞。

二月雨，打湿了我的头巾、大衣和脸颊，我似乎也长高了一节，不，不是个子，是内心在欢喜中拔高了一节。那欢喜，证明我的生命尚有生机。雨止时，我从柳丝上看冉冉升起一缕云烟，临江照水，如梦似幻。

哦！二月的雨，二月的花，二月的草，还有二月的人，如果被你瞧见，是不是看到她已经披上了春的羽翼？

一座山的春天

一座山，是我的仰望，是我的经络，可谁能触摸到她的博大和秀丽？

一座山，可以顶天立地，向天而视，也可以低眉顺眼，接近平地，但都用温柔的眼神凝视每一根草芽的欢欣。

草芽为她呈现嫩绿的纯净。

是春雷，震醒了她的沉睡；是春风，抚摸她的渴望；是春雨，轻吻她的活力；是阳光，刺穿她曾经的荒芜。

山谷和树林走出忧郁、沉闷、徘徊和喘息，挣脱寒冷的束缚。

一座山，抛弃乱石岗，抛弃贫穷，抛弃干渴，抛弃诅咒。渴望飞翔的心，渴望与天地融为一体的心，从来不曾放弃。山，在阳光下，用酝酿千年的酒，灌醉游人；山，在月色里，也俯瞰星星的闪烁，那是她守护不眠之夜的城。

一座山，冒出簇簇的绿，从李树吐出粒粒翡翠珍珠。温婉可人的路灯，像站在春天大门口的那位姑娘，笑迎天下客。

这座山，走不出我的爱恋，走不出我灵魂深处，走不出我的诗歌——天台山，不在高，只在那份养育的恩情，在春天里，唱一首欣欣向荣的歌。

诗之恋

风雨中我曾经苦闷彷徨，
坎坷里我曾经徘徊迷茫。
你给我最美的明月，
你给我灿烂的阳光。
悠悠岁月抚平创伤，
轻轻脚步哟细细丈量。
因为爱心长了翅膀，
我的情不再忧伤。
诗是故乡啊！
我在你的怀抱里快乐成长，
从此不再流浪。

追寻里我把你深情眺望，
爱恋里我把你热烈向往。
你是我仰望的星空，
你是我徜徉的海洋。
悄悄走进爱的殿堂，
天高云淡哟鲜花怒放。
因为爱满园芬芳，
我心在蓝天飞翔。

诗是故乡啊！
我在你的阳光下纵情歌唱，
心儿随你去远方。

海椒花儿开

天上月儿么偷偷看，
地上河水么转弯弯，
我和阿哥么来到海椒田。
海椒花儿羞答答地开，
哥哥么牵着我的手，
知心话儿说呀说不完，
说得心儿扑扑地跳，
说得脸儿像海椒红艳艳。

蝴蝶成双么舞翩翩，
蜜蜂采花么忙得欢，
我和阿哥么汗洒海椒田。
海椒花儿热闹闹地开，
阿哥看得我心里暖，
不怕风吹雨打日头晒，
勤劳致富么加油干，
幸福生活么比呀比蜜甜。

海椒花儿，海椒花儿，
开啊——
开在阿哥阿妹心尖尖。

二胡恋歌
——为绥阳女子二胡班而作

向往春天，启航初冬。
太阳升起，枫叶正红。
鸟语声声，流水淙淙。
良师益友，心灵相通。
找回少年梦。
胡琴啊，
琴悠悠，情悠悠。

田园春早，桂花香浓。
二泉映月，良宵听松。
月圆花好，梅花三弄。
玉指轻揉，散入长空。
激情梦相拥。
胡琴啊，
曲悠悠，情悠悠，
山水和美唱春秋，唱春秋。

| 诗　词 |

忆苏州天平山红叶

天平秋景漫山游，今已人回梦空留。
枫韵如霞谁共赏？独观美照意悠悠。

春　逝

户外桃花飘入池，春风化雨送香枝。
爱憎无迹顺其意，灯下描红为相思。

放纸鸢

放眼晴空丝线长，童孩欢跳放绳忙。
风筝五彩随风舞，天地人和泛华光。

苔（七首）

蕨 苔

昨夜东风蓦地来，桃花飘落李花白。
我本野生不争景，鸟语花香自发苔。

菜 苔

披雪凌霜味已甜，清汤素雅尽余欢。
春风漾面百花竟，苔再装盘自发苔。

蒜 苔

百姓餐桌平淡菜，饱含营养嫩时摘。
勤劳孕育绿叶蒜，致富征程笑脸开。

石 苔

褐色石板半生绿，沙壤为床育草根。
生平顽强无惧怕，微小植物沐晨昏。

草 苔

铺天盖地显神威，绿谷青云水吐辉。
低语欲闻春色味，草苔生籽已难追。

青 苔

清流之下名为藻，感应时节春草摇。
儿稚恼人青玉滑，天然绿色入粘糕。

水 苔

生于树荫悄然长，陪衬云波清月光。
兰子幽香何处晓，水苔绿处绽芬芳。

螺江春绿

九曲绕堤泼墨绿，江潮连蔓映飞絮。
野鸭戏水波光浮，螺水又迎光数缕。

天香园观牡丹

春光明媚牡丹艳，红紫白黄花斗妍。
才有夕阳叠丽影，又一新月映芳烟。

忆　梦

昨夜梦他出狱监，今逢其母步蹒跚。
心生悲慨孝难尽，贪欲之时未了然。

天台山观雪

苍茫大地雪纷飞，游客如织心境沛。
看罢蜡梅凌雪霜，始迎春至萌花蕾。

雪　景

鸡爪狗蹄留雪印，鸟鸣飞遁觅食频。
要知冬日谁更早，山寺僧人拾菜勤。

茶　花

谁言腊萼尽凌霜，茶树妆成理彩裳。
冬日霾天一扫过，我心自在醉春光。

思　梦

夜深雨散鬓如星，冬梦跋足千仞峥。
寻觅荒原杳无影，怅然滴泪泄真情。

公馆桥

一架飞虹跨两县，枯藤老树始相伴。
笑傲风雨度沧桑，我辈仰攀不思返。

双河人家

青瓦黄墙云雾裊，双河溪畔牛吟草。
枕边溶洞人间奇，只道寻常明月照。

观探索与发现专题片《国家宝藏》三题

题馆藏文物《千里江山图》

天赋少年王希孟，画成宋版九川丰。
徽宗珍爱却难保，传世千年得永恒。

题馆藏文物《瓷母》

盛世乾隆铸异彩，十七蕊艳同瓶载。
匠心独运真奇功，瓷器大成显气派。

赠妇好①

国宝鸮尊雕妇好，青铜锻造胜天巧。
武丁皇后挂旌旗，千古征途似凤鸟。

①注：妇好，商王武丁之妻。能征善战，大将军兼国家大祭司，身份显贵。殷墟墓葬出土鸮（枭）尊（酒尊）上刻有"妇好"字样。该鸮尊，史称"妇好鸮尊"，极具文化和历史价值。

320

永兴茶场观茶海

碧秀连天衔彩霞，一畦一笼冒初芽。
春晖掠影随风去，湄水之滨醉月华。

湄江晚景

桃李飞花晚带风，柳枝摇曳翠帷成。
拂弹衣袂香如故，湄水生烟鸟噪声。

清明小雨谢春天

一

微雨清明观飞燕，化成和煦谢春天。
闲庭信步踏花坞，半是烟笼半是山。

二

蜂舞雀啼农事忙，栽瓜点豆孕桑秧。
清明回报早耕者，莓果殷红上市场。

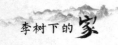

三

院墙桃李裁新衣，坟冢野花开紫丽。
烟雨朦胧催树发，冥阳两界喜天地。

致天台山李子花

春风卷落千堆雪，山岳李花亦为月。
惊叹眼眸无雅句，眠芳吟醉和枝鹊。

采酒曲

香魂缕缕浩云间，少女纤纤素手拈。
黔地酿泽承天运，酒歌一曲映霞丹。

四月过祁连山

雪压山川人遁迹，春风已到绿难移。
车行偶见鹰惊起，再见牛羊草木稀。

春末游莫高窟

千佛洞壑跨千年，千里虔诚结善缘。
绿水沙洲沽好酒，盛隆年月赋诗篇。

贺父亲九十寿辰

栉风沐雨九十年，良善无私话语谦。
子孝妻贤和睦永，恭祝慈父寿福添。

雨中寄情

其 一

绿阴重重雨濛濛，燕燕穿行翅影风。
鸭子回眸鸾扇下，任它原野水云升。

其 二

帘外雨稠梅子红，屋檐双燕引思浓。
遥闻岁月朱笺语，回首已然白发同。

其 三

乌云压境雨如注，墙上凌霄满地红。
忽忆少时床榻水，祷祈帝俊阻灾洪。

其 四

四面呼号洪水泛，八方出动紧急援。
齐心协力战灾害，众志成城天下安。

崖畔花

夕照新妆吐皓华，浣涤香韵曼轻纱。
谁家灯盏思难寐，眷恋人间挂峭崖。

重阳节感怀

九月重阳上翠台，银杉挂彩野菊开。
路逢好友两三句，遥指桂花香已衰。

油菜花开

清风佛手驱雾霾，乌云散去暖阳来。
油菜花开织黄锦，撷春一缕发上戴。

清　明

绿树沐风听夜雨，点滴珠玉草尖居。
试登高处踏辽阔，山谷升烟换妙曲。

赏牡丹

晚风带雨摧花怨，偶遇相逢密语喧。
游客清明踏翠喜，谁知娇贵落红残。

游种植废园

桂翠滴珠染叶红，樱花飘落藏荆丛。
牛哞昂首思昔日，老汉怜田辍务农。

谷雨行

日暖炊烟鸟劝耕，山岚叠翠寺钟声。
躬身陇亩春生景，芒种临时麦长成。

采春茶

幼稚床沿泣找娘，茶枝叶嫩竖千行。
阿黄钻笼声欢快，霞蔚倾晖泛绿光。

暮　春

篱上蔷薇惹翠光，蜂蝶拈韵采花忙。
今年疫气扰民意，楼下小儿学未上。

庚子年闰四月初之秧田

水天一色映山川，绿影疏离横竖看。
何处寻花蝶影过，备镰一坝谷秋欢。

又到端午

雅风浣洗眼前花，燕雀飞鸿月笼纱。
端午长歌结艾草，香囊佩玉竞芳华。

寄蓝莓园

盈盈蓝月绿茵间，脉脉含情玉化烟。
谢姓男儿痴土壤，农耕产业创奇观。

与狗宝的缘分

犬妈月半不还家，狗崽七只各色花。
每送一只心难舍，此番已远是天涯。

遵绥两地姐妹缘聚红河村

赠　扇

秋赋蝉鸣姐妹缘，摇风一柄竟平添。

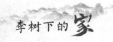

花香墨绿诗书画，水月飘然尽是欢。

秋入红河村

山中小径树生烟，秋入禾田稻浪翻。
佳丽依偎荷叶绿，景明山峪赛江南。

与重庆姐姐喜相遇

候鸟来绥避暑居，雅音桂馥晚风徐。
歌诗同唱炊烟醉，荷韵悠然过清渠。

游韭菜坪二首

一

九月五日韭菜坪，云上花海丽人行。
雾气轻沾蜜蜂翅，仿若漫步在天庭。

二

风车屹立在山巅，闻香识趣花海间。
缓缓转动大手臂，功力巨大造福缘。

废园赏桂

一

微露点黄葱绿间，香魂阵阵似云烟。
寒生原野秋风起，细雨朦胧闲处看。

二

废垄独留荒草漫，暗香流动晚风寒。
忽闻亭榭箫声过，寂寞湖滨守桂烟。

仁怀之行·夜过楠竹林公园

酒都夜至点妆灯，漫步公园云雾生。
金桂飘香甘肺腑，白鸽展翅赋诗城。

八月瓜

半月紫光藏草野，幽幽峡谷颂秋歌。
荆棘载道迎风发，久住山乡送润泽。

初冬暖阳

播撒山川月季开，柏枝霜露玉花来。
犬惊疑是何人进，红柿坠丛哪用摘。

小寒，遇梅

一片霞云映水边，雨星拂面雪飘寒。
倩魂盈漫花依影，柔美迎霜两相看。

野樱花

春阳乍暖拈樱树，月挂山腰草渐青。
行客仰瞻心羡慕，回眸花瓣已飘零。

云帱^①蕴酒醇

山绕云烟水月香，云帱妙地好风扬。
酒坛未启熏新雨，岁月蹉跎润物长。

①注：云帱，指云帱山，在仁怀市东，该地有森林公园，公园内有贵州最大佛场妙音寺。

早春植树

三春大地轻风裊，细数萌芽蕊粉摇。
荒野植林汗洒下，秋来丰沛唱新调。

备春耕

田事临时菜蕊黄，清风吹拂唤牛羊。
犁铧取下墙边立，为备春耕老父忙。

夏日田野拾晨景

一

山前轻雾稻含浆，田野烟波绿水长。
白鹤起飞生翠羽，叶尖晨露映朝阳。

二

稻田为主我为宾，一起一伏映绿茵。
除草薅秧千古事，今晨遇见乐乡亲。

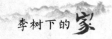

中秋夜怀想

独上高台弄素弦，虫声浮浪桂花眠。
思量无尽林深处，再写诗书寄玉盘。

中秋，山中行随感

一

苍岭葱茏连碧海，半山公路跨天边。
梯田稻浪潮涌滚，仰望天蓝月欲圆。

二

夏花歇罢秋花妍，晨雾清新漫翠岚。
蜂闹蝶飞撷蜜粉，月华之夜奉香甜。

三

村落园庭晒粟黄，鸡鸣狗吠护家忙。
竹林翠绿瓜蔓鲜，鸟雀欢言木板窗。

写给邻家大姐

儿离故土务工忙，孙子偎依岁月长。
小曲对吟窗上月，梨花飘雪鬓如霜。

整理老父照片

音容笑貌百年长，桃李凋零负岁光。
老父病重无力挽，犹留旧照祭新丧。

孟夏农家

布谷催耕孟月忙，秧稀水浅雨丝长。
躬身田间黄昏近，小酒同斟腊肉香。

老父葬礼毕

遥遥天路父归西，草木葳蕤影相依。
缅忆于心承遗愿，风轻云淡纳嘉吉。

秋分喜雨

秋来天旱地遭殃，河坝干涸鸟恐慌。
半夜突闻窗上雨，欣然提笔小书房。

采桑子·天台山森林公园见闻

风吟林诵深秋至，草木难消。银杏飘摇，信马由缰兴致高。　　夫妻老
伴悠闲度，身上棉袍。念字音娇，树下观书心未凋。

采桑子·感秋

黔山霜降秋风好，遍地清华。红叶如花，鸟语生香品桂茶。　　登高望
远豪情在，吟唱朝霞。烟火人家，疫病浪淘沉海沙。

采桑子·深秋时节遇种菊女

卧龙山下闲叶落，不为登高。溪水迴桥，女子寒暄诚相邀。　　恰逢菊
放依篱长，花朵喧嚣。曳曳摇摇，白绿红黄烦恼抛。

采桑子·冬日，误入一片茅草丛

风过茅絮如飘雪，云压烟笼。寒地枯容，景色萧萧鸦立松。　　旧年开发移禾稼，妄自心同。人遁无踪，原为良田今草丛。

减字木兰花·荻花

荻花如画，冬至翩然飞水坝。傍晚闲休，草海浮云漫步游。　　此生虚幻，身影孱微独行览。愁病深埋，观景萧条且释怀。

减字木兰花·悼友

病魔潜遁，突战袭击刀猛狠。生命空悬，春夏秋冬百药煎。　　乐观自信，谐语妄求抛厄困。霜雪含哀，悼友凼诗难遣怀。

少年游·生辰自题

腊风十六雪花飞，山舍雾烟炊。米酒含熏，灶膛渐暖，婴弱稚音微。　　半世风雨移步远，途中遇难危。鞭炮除旧，鸟依窗幔，溪畔映春梅。

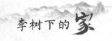

喜春来·春节前熏腊肉

灶膛柏叶藏光焰，余月元春入小寒。雀雏追，家犬嗅，小猫馋。童子欢，熏肉盼团圆。

虞美人·新春曲

雪笼山岭抒宏雅，松茂正风华。梅怀香韵梦晶莹，桃李芽微初醒、鸟声轻。　　归心似箭匆匆客，故土情难舍。爆竹辞旧纳新春，虎啸慑服疫疬、醉心魂。

虞美人·春雨

东风融雪溪边引，春雨传佳讯。丝丝缕缕绕阑干，梅上枝头迎望、染红笺。　　和风雅韵芳芽酿，新绿播山岗。柳烟温润笼河堤，鸿雁传书归北、唱新曲。

如梦令·传承青绿

四海起升朝旭，水畔晶莹碧竹。画卷美中华，宋代描摹全幅。含蓄，敦笃，吾辈传承青绿。

采桑子·思父

山峦雾锁绵绵雨，零落梨花。晨梦抛撒，老父魂消天似塌。　　殷殷教诲春秋语，再唤无答。清惠传家，崇善怀德映绮霞。

减字木兰花·种茶人家

山坡向暖，春和景明芽叶浅。初露朝阳，茶垄声稀采捋忙。　　通宵达旦，巧手制茶挥雨汗。月上林梢，片片馨香愿景描。

桂殿秋·纷飞的银杏叶

秋露起，杏叶飞。犹记那时网为媒。文章唱和如蝶舞，聚散离合各自归。

极相思·冬夜

菊花凋谢迎冬，梅蕊吐芳浓。山峦静默，寒风雨会，夜色凝重。　　遥想北方心头急，儿中招、病毒元凶。新冠肆虐，三天熬炼，旭日霞红。

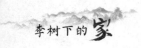

|后记一|

李花深深是归处

家乡兴植树，尤以李树为多。

每年三月，李花盛开，一个小小的身影被花海遮蔽。七月李子成熟时，我小心地在李树上攀爬，渴望长大，渴望长高，去摘取树梢上承受太阳光最多、蕴含最丰富糖分的那一颗。

李子成熟后，大路旁的那几棵总是被过路人摘取，尤其是天台山上的人，他们下山到坝子上的农田里干活，收工时顺手摘几颗，一大群人，低枝上的李子不几天便消失得干干净净。我高高地站在树杈上，手执竹竿，谁摘就打谁，还把小眼睛睁得圆圆的，涨红了脸，誓死保卫着家里的这点果实，以至于落得个"恶姑娘"的称号。其实我最胆小，最害羞。成年后想起来，自己觉得好笑。大约那小孩子的心性里，一是听父母的话，要照看好李子；二是和母亲一起把李子拿到附近的工厂卖了，可以买件花衣服或买肉吃。

李树下有一股溪流，从天台山下一个山洞中流出来。李花凋零时，上面漂浮了一层白色花瓣，李子成熟时，有部分掉进沟里溶化。溪沟，接纳了李树的一生，同时，滋养了李树一生。它和李树相伴一年又一年，不寂寞。因为有它们，我也不寂寞。

李树是我的根，李花是我的心灵，李子是我的血液，我与她们一起脉动。

我小学的同学都还记得我带他们到家里来吃李子的情形。

诗友们笑称，春天，可以开李花诗会，夏天，可以开李子诗会。一些机缘巧合，的确有过几次这样的聚会。

自从 2009 年开通 QQ 空间学习写作以来，每年李子花开时，我都情不自已地写一篇关于李花的散文或诗歌。或有重复之嫌，却始终是我手写我心。

生于乡野，自己已然如一棵小草般长大，但仍旧喜欢小草的坚忍和执着，一年复一年地完成生命的交接，故为自己的书房取名"草舍"。庆幸的是，书房的窗外，是家里的后山，一眼能看见草、树、雨、雪、鸟、亲人坟茔。春来花如白雪，夏来叶如绿毯，秋来黄叶簌簌地掉，冬来用裸露的身躯傲对寒霜。

本书里的文章基本都在草舍里完成。

有人说，李花如有着晶莹肌肤的女人，香味清淡悠远。那样的女子绝不会叉腰横立，让凌乱的风吹斜脸颊，也绝不会与人怒目相对，只是淡淡地瞅着你，似有似无。这样的白，绝不是惨白，像日本艺妓脸上敷的粉，太过，不真实，而是透着玉石的纯净。一片桃红含在唇上，眼波流转，那雪一样的白，让人怜爱的韵致，只若初见，记忆一生。

是呀，我喜欢每一个遇见李树的人都有沐浴后的喜悦，拂去满身尘土带来的疲惫，然后再上路。

她装扮了山崖，丰腴了眼眸。

我的人生及文学的起始都在有李花的地方，我愿我的归处，也在有李花的地方。《李树下的家》似乎早有归宿，又似乎是新近的灵感。文字尚浅，不奢求广为流传。但每一篇都是心底涌动的溪水，是过往，是现在，是将来。

李花有记，文学有痕。一生便只是几行文字，够了。

本对出书兴趣不浓，但父亲去世后，他留下的手写数篇日记、生日感言尤显珍贵，让我们对他有了直观的记忆。可见，文字记录对于一个人人生足迹的重要性。感谢家人支持我写作了十余年，感谢文友们一路上的鼓励，故特别选了这些与乡情、亲情、友情等相关的文字得以以书的形式保存，甚幸。同时，为了重新审视自己卑微的生命和以往潦草的写作，遂有此书。

2022 年 12 月 28 日

|后记二|

我相信，一切都是有伏笔的

　　无形的时间，请赐予我金钱和权势——年轻时的那点小野心呀，早在岁月中淹没。半生以来未争朝夕，疾病、衰弱、疲惫、失意，拟或爱情、友谊、责任担肩、平凡人的渴望，一样没落下——回顾时，我仿佛成了时间的宠儿，获赠无数。

　　我在时间的车站等你，看风景如流水，印象淡远，我在书海里大笑或悲伤，如跋涉千万里的山河岁月，为主人公也为自己，我在通向山径的山下思念，思念亲人，思念朋友。我常遇见一些提着火焰的人，给我温暖、明亮和希望。我向喜爱收藏的人微笑，为探索他前生后世的秘密，以此观照自己的今生前世。我曾多次在梦中，做数学题做到头痛，如世间许多事，始终无解。我时不时去后山的李子林里流连，为一地枯叶痴迷——它们从哪里来，到哪里去？幸运的一件事，是我与有诗性的人撞了一个满怀。我们诗、酒年华正好，擦拭我充满缺陷的人生。

　　文字如心，单纯至洁，端起这杯醇香的美酒，敬请给予我关爱和帮助的各位老师、诗友、姐妹一醉方休。虚度，时间赠予我们的，这段灵魂自由的好时光。

　　我的诗总是朝前，不断行走，无论是好恶、遗憾或者是荣辱，都被我丢在了路上。

诗歌创作，有一种美，一直诱惑着我。

我的诗歌写作，从公文似的语气到稍为自如的蜕变，是大量阅读诗歌起到了作用。开始的诗直白、押韵、无意境，甚至都不知道什么叫意象。但我心中有一种感觉、有一种目标。无论诗与散文，都要一种清新、一种流畅：像山泉水，叮叮咚咚，好听又清凉，给人以舒适的感觉。

如今，我所喜欢的诗歌创作达到预期目的了吗？当然没有，只是一种意愿，一种理想，一种超越日常的，不断挑战自我的创作之心。

我喜欢，在这样的理想国度里，牵着诗的文字漫步。我也相信，这样的漫步，为我的未来人生埋下了伏笔。

其实，说"牵着诗歌去散步"，不如说"诗歌牵着我去散步"。它们常携了我手，在时间的小径上，暗暗愉悦的是我，它们始终眼里带笑，包容我的好恶。还好，这些所为，像是自证清白，自我释放心头负累，却并未妨碍他人。

在这个过程中，我内心充盈，将爱恨情仇相忘于江湖，甚至可以不食人间烟火。更甚者，走着走着，就捡到了那个萦绕于心的少年文学梦。

从小，我就长得不好看，加上因为家庭成分，常常受欺负，特别自卑，对外界特别敏感。但我坚信一点，有了书中的文字，我的心便得到安抚，胸中装满了天地纵横，我的嘴角一定会永远微笑，且充满自信。现在，我常常看到很多脸露凶相的老年妇女，也许她们并不凶，只不过是岁月的沧桑，在她们的脸上刻下刀印。我特别喜欢，年龄越大，越慈眉善目充满喜乐之气的老年相。

曾下决心：我一定要成为一名诗人。名声的确很诱人，我还没有高尚到不在乎名声的程度。既然如此，如果有幸成了诗人，那感觉一定是不错的。那么这个"诗人梦"有可能实现吗？百合花生长在杂草中，她可是揣着开花的梦想而来的。只是那梦想会受到阳光、空气、土壤及自身诸多原因影响，也许能够开出美丽的花来，也许还是杂草一棵。不论开与不开，有了梦想，心里就是美丽的吧！其实，诗人不一定是思想家、哲学家，但他一定是以真善美为前提，有精神内涵的美学家。通过写作，发现了美；通过写作，留住了曾经的快乐；通过写作，以一种审视的眼光看待忧伤、苦难，便感觉与它们拉开了距离，这不是已经很好了吗？何况怀着"诗人梦"的经典阅读，从智者的文字中得到启示，获得一种满足，当不当诗人还重要吗？

周国平说，最好的写作状态是，有固定的收入，把写作当作业余爱好。他这样说，我就安心了。

我相信，我所读过的书，我所码下的字，在我的岁月里给予我丰盈的内心、饱满的精神、良善的情怀，让我看起来特别和颜悦色。

那种无所事事的无聊、空虚和寂寞，那些对病痛的恐怖，对挫折的怨恨，逐渐从我的人生字典里剔除。

当下，"无用"读书的人并不多，经典尚如云海，何况像我这种只能算是自写自话的人写的东西，未必有几个人喜欢看、认真看。只是每一个作者的心路历程，或一个家族的历史，能在文字中窥见一二，便有了其自身存在的价值。

为了抵御庸常，存下曾经的诗与远方，这些所谓的作品便是证据。

2022 年 12 月 20 日